你应该熟读的中国古词

陈引驰 编著

山东文艺出版社

本书以中华书局版《全宋词》为底本，同时参校《全唐五代词》
《唐宋人选唐宋词》等其他古本

导　言

诗词是中国传统文化最为精粹的瑰宝。领略传统文化，阅史书，长识见；读哲学，益智慧，都是很好的方式。不过，涵泳诗词，或许是更好的路径，因其中不仅有理智而且有情感，不仅有真与善还有美：美和情感，是多么宝贵的属于人的特质啊。

诗与词，往往并举，不可分割。这自然有道理，可两者之间终究有些不同，有些区别。

相比较于诗，词与音乐的关系更为密切。其实文学与音乐的关系，最早就是紧密相连的。先秦时代，《诗经》是可以演唱的，甚至有些部分还配合着舞蹈来演唱；《楚辞》里很多篇章也是可以歌唱的，比如《九歌》，根据诗人兼学者闻一多的看法，本就是一出迎神祭拜的歌舞剧。这也不是偶然的情形，后来汉代的乐府诗，唐宋的词乃至元代的曲，都可说是音乐的文学。

作为音乐文学，词的特殊性在哪儿呢？在于词的音乐主要是中国本土旧有的音乐融汇了隋唐之后从西域等地传入的域外音乐而形成的所谓燕乐，换句话说，词的音乐含有非常突出的外国成分和质地。不过，音乐很大程度上是外来的，但填配音乐的歌词却实实在在是本土的。做一个不太精准的类比，就像我们今天就着一首洋曲，填写出一首中文的流行歌曲。如今，当然无法听到古代那些妖娆婉转的音乐旋律，而我们读到的词，最初确是随着醉人的异域音乐而舞动的文字。

遥想那些花前月下轻歌曼舞的情景，美丽年轻的歌女演唱着词人才子刚刚写下的诗篇，场上场下，情愫涌动，心弦拨触，回旋着的不外是佳人之美和男女情曲。晚唐五代有一部词集，名为《花间集》，形象地呈现了从那时直到北宋初年，词的主要氛围和风格。

也正因为这样的缘起，词的世界一般而言没有诗广阔。就诗比如唐诗看，从金戈铁马到浅酌低吟，从雨夜孤烛到万里山川，从怒发冲冠到儿女情长……几乎无所不包；而词的视野则狭隘许多，静寂黄昏、一束残花、半角屏风、眼波流转……视听感觉的一个片段，都可以包含着可堪玩味的曲折情绪。不是说阔就好，狭就逊色。狭，可以深入，可以宛曲，可以细微。阔，展现了视野和胸怀；狭，则透露出深心和情长。

"且向花间留晚照"的韵致，到了北宋中叶，逐渐转变，尤其是在苏轼这里。东坡"以诗为词"，可谓词史上的关键时刻。"以诗为词"的一个重要意义，便是词境的扩大，搁置那些伤春怨别、闺阁庭院的传统题材，而趋向"无意不可入，无事不可言"（刘熙载《艺概》语）。那以后，词逐渐不再仅是侧艳之词，而形成一种含有悠深寄托的文学传统，与诗不尽相同，却也相映相衬、相辅相成。

为了将词这一富于鲜明特色又颇具多样变化的美文学，提供给一般读者尤其是青少年学生，我们起意编选了这本书。从唐至近代，二百五十多首作品，宋词自然是绝对的重心，因为它是传统所认定的词的典范，不愧为一代文学之代表。

文辞优美，感发人心，是我们选词时最主要的考虑。词中的情感，虽属于古典时代，但人心、人情之恒久不变者多矣，潜心读去，你会发现，尽管隔了千百年，但词中的场景和情感，与现代人之间并无不可跨越的屏障，时或你会有心有灵犀、神摇意夺的感觉。

我们希望这本书，可以置于卧室的床头，放在客厅的茶几上，装进旅行途中的背包里，可以在春日的午后，写作业的间隙，通勤的公交车和地铁里，随意翻读几页，恍然之间，体会到超越时空的人同此心、心同此情，你的情绪和灵魂，并非孤独唯一。

为让我们的读者尤其是青少年学生们，更直接更亲切地与书中的篇什相遇，我们的注释力求精简，对于词中的字词语句、名物制度等，只要不影响到对作品整体的理解，便不加注说，以便读者的注意力集中在对词作文本的领会和体悟上。每首词后的赏析文字，也不取串讲形式，不求全面阐发，仅寻词中打动人心处，写出我们的感动，希望引起读者的共鸣，更希望读者能与词作产生共鸣。

让我们一起来熟读这些词吧。

陈引驰

2018年2月

目录

菩萨蛮 敦煌曲子词

枕前发尽千般愿，要休且待青山烂。水面上秤锤浮，直待黄河彻底枯。

白日参辰现，北斗回南面。[1]休即未能休，且待三更见日头。

【赏析】

这是一首来自底层的怨歌，尽管诉说的是情人相恋之初的海誓山盟。

枕边许下的愿望不可谓不多：郁郁葱葱的青山轰然倒塌，沉重的秤砣在江水中浮起，天上而来的滚滚黄河水彻底枯竭，参、辰二星在白昼时分的天际交相辉映。再加之飞到南天球的北斗，半夜三更时候的灿烂阳光，一切都是那么波澜壮阔又光怪陆离，尽是把一些人世间断不可能发生的自然现象拿来作为誓言。于是千般的不可能指向的是那唯一的愿望——我俩要永远在一起，要如山河宇宙一般恒久，爱情永不退场！

这首词炽烈的情感与决绝的表达，通常被拿来与汉乐府名篇《上邪》相提并论，因为二者都是用人世间不可能出现的自然现象来起誓，表达绝不分离的信念，以诉说对于忠贞爱情的企盼。不过《上邪》的女主人公是幸福的，她自己决定了要与君相知，于是一切的海誓山盟是正着说下来的。至于到头来真的要与君一拍两散，也是属于她自己的主动断离。与之相比，此首词中的女主人公就要被动许多，她不能主动选择相恋的对象，更别说自我斩断三千情丝，故而一切的

敦煌曲子词，清朝末年，甘肃敦煌莫高窟藏经洞中发现大量抄录于唐代的纸卷，内容丰富，其间亦散见不少词作，多是流行于中晚唐时期的民间作品，后被统称为敦煌曲子词。

1. 参辰：参星与辰星，参星酉时（17:00—19:00）出于西方，辰星卯时（5:00—7:00）出于东方。

海誓山盟是反向说出，她只能在枕边用这样唠唠叨叨的方式企求对方不要抛弃她。但说到底，她实际上已经遭遇了负心，只不过词中并没有将其捅破，或许是因为如她这般的底层歌女，终究要面对如此无可奈何的宿命吧。

望江南

敦煌曲子词

天上月，遥望似一团银。夜久更阑风渐紧，为奴吹散月边云。[1]照见负心人。

【赏析】

诗人总是会说月光如水，这针对的是月光的柔美；诗人又往往讲月光如霜，那指的是月光的皎洁，总之都是一种柔媚的感觉，是属于文人墨客的情趣。底层的比喻就直来直去地用一团银来形容，也是说月光的皎洁，但似乎缺少了点韵致，而且亮度又似乎太高了一些。其实并不能用文人的眼光来衡量底层，银子在唐代并不是常见之物，底层民众更加难以获得。这首词实际上在拿自己最渴望的东西来比喻月光，于是这轮明月就承载着无尽的希望，希望它能够照亮负心人的心，使他可以回心转意。

但希望总是会伴随着失望，就算风将遮月的云朵吹开，但长夜将近的时候意味着明月即将西沉，又能照在负心人身上多少时间呢？更何况疾风渐紧，天气马上就要变化了，负心人应该是不会浪子回头了。再说回来，就算月光照在了负心人身上又能怎样呢？负心的始终是冷漠绝情的，放不下这段情感的始终是自己，痛苦受伤的也只能是自己，要不是心中还眷恋着负心的他，月光把他照亮又是给谁看的呢？怨意因痴情而生，痴情又因怨意而浓，这种痴情在外人看来殊不可解，深陷其间的主人公却也不知情从何起。

1. 更阑：更，古代夜间计时单位，一夜分五更，每更约两小时。阑，尽。更阑即夜将尽。

浣溪沙

敦煌曲子词

五两竿头风欲平，张帆举棹觉船轻。[1]柔橹不施停却棹，是船行。

满眼风波多闪灼，看山恰似走来迎。[2]仔细看山山不动，是船行。

【赏析】

用来探测风力的五两告诉船夫风势要平缓下来了，可以扬帆起航了。可是当船夫把船驶出港湾的时候却发现风依然在吹。但他很快明白过来，这并非令人厌恶的打头风，而是助其轻舟向前的顺风，于是便放下橹棹，自在前行。

尽管词中没有出现船夫，但读者始终能感觉到他的存在，而且会被他的愉悦所感染。都说人生似行舟，但如果能遭逢这样的似逆实顺后的一往无前，多少会有一些不真实感。就如词中的船夫一样，要对船行的事实反复确认，是山行，还是船行？——我真的获得成功了吗？而当其放下心来后，愉悦是必然的，但除此之外，应该还需要敬畏自己的所获所得，这样顺畅的船行才会持续下去。

“词以悲为美”，敦煌的民间曲子大部分也是这样，而这首充满轻快愉悦的乐章显得格外别致。对于生活，人们总是如此抱以最美好的期望。

---

1. 五两：古代候风的用具，用五两鸡毛制成，故名。通常系于高竿顶端，用来测占风向与风力。

2. 闪灼：即闪烁。

望江南 敦煌曲子词

莫攀我，攀我太心偏 。[1]我是曲江临池柳，者人折了那人攀。[2]恩爱一时间。

【赏析】

一曲青楼女子的告白，一种落寞无奈的拒绝。

面前的男子情意真挚，但却初涉风尘，并不知道青楼女子美丽的外表下其实有着饱受摧残的命运与支离破碎的心。女子以柳自喻的意蕴非常丰富，雪儿柳枝本就是唐宋歌妓的常用名，她或许就是从自己的名字中悟到了逃不过的命运。柳条是会被人攀折的，攀折会带来生命的摧残，但攀折又是人们对柳条梅枝表达喜爱的方式，这便是青楼女子的日常。摧残之外，折柳还意味着分别，攀折之客都是匆匆而来又匆匆而去，并不在意自己对柔弱女子的摧残，只留下如花美眷顾影自怜。于是这场痴男怨女的倏尔相逢，其实也意味着永远的分别，他们之间并没有可能。

痴情的男子最终应该被劝走了，但曲江池畔依旧人来人往。其间不仅有达官贵人，还有满腹经纶的新科进士。天下最薄情者莫过于书生，他们容易受到女子的青睐，又会为自己的始乱终弃润饰以冠冕堂皇的理由。或许这位青楼女子曾经有过这样的遭遇，才会吟唱得如此绝望，才会对曲江有格外清晰的记忆。

1. 心偏：指不切实际的事情。
2. 者：同“这”。

菩萨蛮 李白

平林漠漠烟如织，寒山一带伤心碧。暝色入高楼，有人楼上愁。[1]
玉阶空伫立，宿鸟归飞急。何处是归程，长亭连短亭。

【赏析】

异乡漂泊与空闺独守的惆怅是相同的，二者都源于无助的孤独。

人生每每遭逢相近的情境，身处越广袤的山林就越能感到己身的孤独与渺小。在这凝重而灰暗的空间里，一缕飘动的烟岚，一抹纤艳的碧色，便能摇曳起心中最柔软的波澜。夕阳西下，倦鸟归巢，佳人伤彼不返，游子叹己难归，这短暂而美好的黄昏，自古就最难消遣。那么为何不早日归去呢？何必让双方都忍受这无尽的折磨？词的结句给出了近乎绝望的回答，一旦迈出了离开的步伐，便难以回头，长亭短亭掩盖的归程实际上已不复存在，就算想归，也已然失去了归去的可能，这或许是人生最大的悲伤。

中晚唐的时候，词还是最新潮的流行歌曲，歌手在词作的传播过程中扮演更加重要的角色，至于歌词的署名权并不引人注意。因此这首词的作者究竟是不是李白并不重要，词中人是游子还是思妇也不重要，随着歌手性别的变化，听众闻见的词中情绪的性别也会发生相应的改变，但都能获得真切的感动，因为其咏唱的是所有漂泊者与守望者的共同心声。

李白（701—762），字太白，号青莲居士。唐代最伟大的诗人之一，与杜甫合称“李杜”。这首词与下一首《忆秦娥》宋人多题为李白所作，但现代学者对此颇有争议，本书姑系于李白名下。

1. 暝色：暝，夜晚。暝色即指暮色。

忆秦娥

李白

箫声咽，秦娥梦断秦楼月。秦楼月，年年柳色，灞陵伤别。

乐游原上清秋节，咸阳古道音尘绝。[1]音尘绝，西风残照，汉家陵阙。

【赏析】

萧史吹箫，弄玉调笙，这是青年男女幻想的美好爱情，但弄玉毕竟贵为秦国公主，最终可以选择与萧史乘龙归去，尘世间的男女就只能一次次地忍受情人离别之苦，以至于看见柳枝新绿便勾起恼人的离思。

若全词只在这场神话故事中打转，也就流于俗气，无法承受“百代词曲之祖”的显赫声名，关键就在于过片那句莫名其妙的转折，突然将世俗的男女情怨投射到广袤的历史空间去，将自我个体的愁事放大至永恒的宇宙悲哀。强大的西汉是令后人代代向往的盛世，但铸就如此伟业的君王，最终也逃不过注定的死亡，而无比繁华的汉家天下，如今也只剩下萧疏古道，那么孑然一身的词中人又能如何呢？更何况人生也已经很快就到西风残照般的衰老之时了。如此，上阕的男女情怨也就有了落脚点，在历史消亡的悲壮面前，个人的悲情又算得了什么呢？不是神仙眷侣，无法笑看人间的风云沧桑，而这大千世界，终究容不下每一位小小的你我。

---

1. 乐游原：西汉宣帝所建的皇家园林，在长安城东南，因地势较高，可以俯瞰长安。唐时成为著名的游览之所。清秋节：重阳节。

渔父 张志和

西塞山前白鹭飞，桃花流水鳜鱼肥。[1]青箬笠，绿蓑衣，斜风细雨不须归。

【赏析】

东汉的严子陵，曾经和被西汉皇家疏远的宗室刘秀同窗共席，又曾在新莽大乱之际对刘秀鼎力相助，助其一跃成为东汉开国的光武帝。但功成之后，他便抽身而退，成为富春江畔的一个渔父，成为张志和此处吟咏的原初形象。

东汉以来，太多的文人吟咏过江边独钓的渔父，但却都不能忘怀严子陵与刘秀的君臣知遇，很难说是真正放下了功名，张志和也是如此。这位渔父垂钓的地方西塞山充满了仕进与隐退的吊诡意味，一方面它身处湖州太湖深处桃花摇曳的地方，一方面它又是古来兵家必争之地，多少将军在此建立不世功业。在这样的西塞山下，渔父的心真的清净吗？尽管眼前桃花成林，鳜鱼肥美，极尽声色口腹的享受，而青绿的明艳还显示着渔父穿着一套新衣裳，何其自在，何其逍遥。但是斜风细雨中的不须归，不须归向何处呢？就又很微妙。只是简单地回家，或者回到声色犬马的名利场？词人口中说着不须归，但西塞山下的那只白鹭终究只在空中盘旋，没有落定，难道不是机心依然未尽的暗示吗？

太过简单舒朗的谜面，却在渔父和西塞山的线索中，露出了曲折难言的幽微心境。

张志和（732—774？），字子同，号玄真子。唐代诗人，晚年隐居湖州太湖之上，称“烟波钓徒”。

1. 西塞山：在今日浙江湖州市西。

忆江南

刘禹锡

春去也，多谢洛城人。[1]弱柳从风疑举袂，丛兰裛露似沾巾。[2]独坐亦含嚬。[3]

【赏析】

春天就要离去了，为何要对洛城人致以歉意呢？那是因为洛阳的歌女最美丽，洛阳的歌声最动人，她们的生命只有在青春年华时才能绽放，一朝春尽红颜老，就只能落寞凄凉地度过余生。美人自古如名将，不许人间见白头。春天的离去会让美丽的女子触景伤情，不由得感叹自己的青春也将如逝去的春光一样慢慢老去，何况还落落独坐，无人欣赏自己娇媚的容颜，春天当然要对洛城人致以歉意了。

但春天真的是在致歉吗？随风摆动的柳枝好似远处友人挥舞的衣袖，兰花上的露水有如临行时沾满衣襟手帕的清泪，究竟是谁将要远去，是春天吗？如果是，她为何做出送行之人的举袂沾巾之举呢？春天当然不会远去，她还会回来的，正如弱柳与丛兰，虽然将要换一副模样，但却始终都在这里，来年还会重生重开，可人还能再变回少年吗？春天永远是洛城的主人，美丽的歌女只能是这里的匆匆过客，她无法送别春天，只有春天在冷酷地向渐行渐远的她挥手致歉。

刘禹锡（772—842），字梦得，河南洛阳人。唐代文学家、哲学家。文与柳宗元合称“刘柳”，诗与白居易合称“刘白”。

1. 谢：致以歉意。

2. 裛（yì）：同“浥”，沾湿。

3. 嚬：皱眉。

潇湘神　　　　　　　　　　　　　　　　　　刘禹锡

斑竹枝，斑竹枝，泪痕点点寄相思。楚客欲听瑶瑟怨，潇湘深夜月明时。

【赏析】

传说大舜南巡至湘水流域的苍梧，不幸卒于此地，就葬在湘水边上的九嶷山。他的两位夫人，也就是尧的女儿娥皇、女英闻讯赶来，但却没有见到夫君最后一面。二人在湘水边痛哭不已，泪水打在江边的竹子上，化成点点斑痕，这便是今日的斑竹；而娥皇、女英最终也沉河自尽，化作湘水女神，成为楚地之人祭祀不绝的湘妃或湘灵。屈原《九歌》中的名篇《湘君》《湘夫人》便是祭奠她们的乐章。

刘禹锡就是在借潇湘二妃的故事抒发自我情绪，沉江后的湘灵弹出的瑶瑟之曲当然饱含哀怨，在行吟泽畔遭遇放逐的楚客屈原听来当然怨意更深，从而写下迷离凄美的诗篇。刘禹锡此时正遭遇着类似屈原的经历，他被贬到了朗州（今湖南常德），也在潇湘之滨徘徊惆怅，因而二妃与屈原的遭际共同投射在自己这位楚客身上，就又被抹厚了一层哀怨之情。不过刘禹锡的内心还是平静的，深夜的明月照在自己的身上，也曾照在二妃与屈原的身上，在这绝对的永恒面前，一切都是公平的，一切又都充满着希望，尽管身边无人，但至少还有一片透明的孤独。

忆江南　　白居易

江南好，风景旧曾谙。[1]日出江花红胜火，春来江水绿如蓝。能不忆江南。

【赏析】

江南是美好的，能给人带来惬意的享受与愉悦的回忆。对于白居易来说更是如此。来到江南之前，白居易以兼济天下为志，希望能挽救江河日下的唐朝，但却遭遇到惨痛的现实，因得罪当朝权贵而被贬江州司马。从那以后，他便走上独善其身的道路，在花间樽前、园林莺燕间度过恬淡的余生。

从江州被召回后，白居易便来到江南为官，连续在杭州与苏州做刺史。尽管他已是五十余岁的年纪，但上比天堂的人间苏杭给他带来了青春的活力，使他在晚年退居洛阳的时候常常回忆起这段走马观花的自在岁月。所以词中对江南最深的记忆便是春天的日出，无论是朝阳如火的光芒，还是春水渐起的泛涨，无不充满朝气与希望，似乎天下又重回盛唐的气象。但是这终究只是属于白居易个人的无限美好，步入黄昏的大唐依然在渐渐西沉下去。

白居易（772—846），字乐天，号香山居士。唐代伟大诗人之一，中唐新乐府运动的倡导者，与元稹并称“元白”。

1. 谙（ān）：熟悉。

忆江南

白居易

江南忆，最忆是杭州。山寺月中寻桂子，郡亭枕上看潮头。何日更重游。

【赏析】

杭州是白居易与江南首次相遇的地方，在其记忆中的地位自然是不可替代的。他在杭州刺史任上做了不少事情，比如疏浚六口古井，疏通偃塞的西湖，甚至将自己的一笔官俸留在州府，作为以供官府不时之需的运转资金。但这些事情在他的杭州回忆中都不存在，他只愿时常想起杭州的中秋，那天他可以白天躺在虚白亭上观看钱塘大潮，晚上跑去幽静的天竺寺或灵隐寺中清赏桂花，可见他在乎的还是自我闲适，而非家国民生的贡献。

白居易在长庆二年（822）十月抵达杭州，长庆四年五月便离任，他实际上只在杭州度过一次中秋节，就能对江潮、桂子产生如此刻骨铭心的记忆，二者不愧为历代公认的杭州代表元素。不过话说回来，白居易的观潮实在太惬意了，现代人需要在人山人海中艰难寻找立足之地，又要时刻提防离江太近，以免被江潮卷走，尽管也能感受到自然雄伟之力的震撼，但哪里还会有白居易的自在潇洒，就是灵隐南屏中的月中桂子，也只能闻其幽香，不见其影了。

忆江南　　白居易

江南忆，其次忆吴宫。吴酒一杯春竹叶，吴娃双舞醉芙蓉。早晚复相逢。

【赏析】

白居易在杭州只住了两年不到，在苏州的时间更短，不过大半年，估计他在修完从虎丘到苏州西门阊门的那段七里山塘后就因病离任了。但是他对苏州的记忆却非常有趣，美丽的吴娃之外，还有一杯新酿的吴酒，因酒浆尚未过滤清爽，漂浮着一层泛着绿意的泡沫。

按理说，苏州所在的江南并不是中国著名的喝酒盛地，但却在唐人的笔下时刻浮动着美酒的香气，李白的《金陵酒肆留别》就这样写道："风吹柳花满店香，吴姬压酒唤客尝。"似乎醇香酒与美娇娘成为吴地最具代表性的元素。实际上苏州人也是爱喝酒的，只不过他们不善痛饮烈酒，而要吃一杯烫热的黄酒，或是泛着桂花香味的冬酿，这些酒恰如雨水充沛的苏州，随处充满温润的气息。喝酒的时候也不宜过快，只需小小地抿一两口，再慢慢入喉，在甘爽香醇间静静地消磨着悠闲的时光。于是乎吴酒承载的是一种情绪，一种眷恋闲适眷恋美好时光的情绪。如果身边还有同样温润的姑娘共饮此酒，生命之花就能开放得更为绚烂。

所以白居易说一定会再相见的，这要比回忆杭州时自我反问"何日更重游"要坚决许多，毕竟人们总是希望回到往日无忧无虑的美好中去。

菩萨蛮　　温庭筠

小山重叠金明灭，鬓云欲度香腮雪。[1]懒起画蛾眉，弄妆梳洗迟。

照花前后镜，花面交相映。新帖绣罗襦，双双金鹧鸪。

【赏析】

睡懒觉或许已成为现代人常见的生活状态，经过了一周的忙碌工作，在难得清闲的周末时光，慵懒地睡到日上三竿，迷离的双眼看见窗外顺着帘幕边缘透进来的阳光，可是非常惬意安适的享受了。但对于古人来说，睡懒觉便不是那么常见的事情，因为他们要抓紧光线充足的白日尽快干活。而且这么一位终日无所事事的姑娘，哪有通过懒觉来补眠的需要呢？若要真的睡起来，那还不得睡到天荒地老去。

不过这位姑娘真的就在睡懒觉，还越睡越不想起床，任凭从屏风缝隙射入的阳光忽明忽暗地打在自己的脸上，将自己的秀美容颜照得更加鲜艳。还是起来吧，睡着也没什么意思，慢慢地画眉，慢慢地梳妆，慢慢地插花，还是如在床上一般懒散。前后摆放的镜子照出了自己正反两面，花光与人面在镜面中交互重叠，一如全词的时空，幽闭凝滞又不失空灵。

末了才发现自己还是有事要做的，她要去做针线绣花的活儿，凭慧心巧手在精美的罗衣上绣出需要的图案，而今日的图案偏又是成双成对的鹧鸪。词人在这幅罗衣图案上收束了词笔，并没有告诉读者女子此刻的心情，但就是这幅凝练的双双金鹧鸪，已能产生多少孤独之哀与为谁妆容的感叹。如此前边的赖床、懒画眉、迟梳洗也就有了落脚点，皆因一段孤独的怨情而生，至于怨从何来，那就需要读者自己去填补了。

温庭筠（812—870），晚唐诗人，也以词作出名，风格趋向华丽一路。

1. 小山：所指众说纷纭，有人认为是名为“远山”的眉毛式样，有人认为是唐人围在枕边的屏风，本书在赏析时选择屏风一说。

菩萨蛮

温庭筠

水精帘里颇黎枕，暖香惹梦鸳鸯锦。[1]江上柳如烟，雁飞残月天。

藕丝秋色浅，人胜参差剪。[2]双鬓隔香红，玉钗头上风。

【赏析】

美丽的女孩是词家惯常摹写的形象，她们往往身处陈设有精致华美器物的寂寞空闺中。这首词的上阕便是如此：女孩正在香闺熟睡，屋内的珠帘是用水晶制成，女孩所枕的是温润滑腻的玻璃。在晚唐的时候，水晶与玻璃可都是从西域贩贡而来的名贵材料。温暖的锦被上绣有鸳鸯图案，暗示着她可能梦到远方的情郎。于是换韵的两句便有多重解释：这一片与闺阁空间相对的郊野可以是女孩梦中所见，可以是闺阁外此刻的夜景，更可以如蒙太奇般切换到游子孤苦漂泊的空间。

下阕所写相对特别，一下子跳跃到女孩醒时的容貌仪态。传统的写法会将女孩置于暮春场景，以一片零落春红衬托其独守空闺的忧愁。但温庭筠在这首词里翻出新意，藕荷色的丝裙似乎看不出季节，但人日才佩戴的人胜透露着此时方过新年，美丽的女孩在微冷的寒风中迎接着春天。这本是充满春之希望的时令，但却被上阕的忧伤思绪点染得憔悴落寞。春花还没有开，也就无所谓因落花而伤情，但女孩已经开始伤感了。隋代诗人薛道衡的《人日思归》就这样写道：“入春才七日，离家已二年。人归落雁后，思发在花前。”温庭筠应是用词体改写诗意吧。

1. 颇黎：同“玻璃”。

2. 人胜：胜，古代女性头饰，多以彩纸或金箔剪裁而成。每年人日（农历正月初七），女子习惯将胜剪作人形，贴于屏风或戴在发上，以讨吉利。故名人胜。

菩萨蛮　　温庭筠

玉楼明月长相忆，柳丝袅娜春无力。门外草萋萋，送君闻马嘶。
画罗金翡翠，香烛销成泪。花落子规啼，绿窗残梦迷。

【赏析】

人在等待的时候是最痛苦的，只能依靠迷离的记忆抚摸心中的伤痛，脑海中也就会不断切换真实与幻境。玉楼明月是现实的时空，柳丝袅娜就不知是真是幻了，至于春草丛生、郎马嘶鸣之状，就更不知是梦回离别之时，还是幻想重聚之日了。

但再美好的梦幻也都将如烟散去，只有身边静谧的器物长久真实地存在。人是会累的，会伴着红烛沉沉睡去，当其醒来时，只能空对窗外的萧瑟。残红飘落，子规啼血，又一个春天即将过去，如同梦中幻境越发迷离。年复一年的失落间，人就不会再入梦幻了吗？或许并不会这样，心中总会有一些没有希望的希望。

更漏子

温庭筠

柳丝长，春雨细。花外漏声迢递。惊塞雁，起城乌。画屏金鹧鸪。

香雾薄，透帘幕。惆怅谢家池阁。红烛背，绣帘垂。梦长君不知。

【赏析】

俗话说“哀莫大于心死”，当人到了这种状态，外界的物候变迁就改变不了平静如水的内心。柳丝渐长，春雨愈细，都是惹动闲愁的春去物候，何况伴随着落花，还有滴滴诉说着时间流逝的漏壶水声。不仅人听了会心惊，就是塞外鸿雁，城头乌鸦，都能感到一种勾魂摄魄的震撼。但对于屏风上金线绣成的鹧鸪来说，再怎么春尽不返，也都无动于衷，因为它本没有心，一如词中睡着的心如死灰的女孩。

女孩已经惆怅不已，但词人似乎更加狠心，他让女孩在一片华美的空间里又梦见了魂牵梦绕的人。梦见了又能如何呢？女孩在寂寞空闺里伤感得死去活来，而不在乎她的人根本无法知晓，也不会去想知晓，很可能他正在另一处温柔富贵乡中快乐逍遥，这怎不让人心死呢？既然如此，何必让自己沉浸于忧伤？生命在情感之外还有丰富多彩的内容，当女孩真正拥有了选择生活分配生命的自主，便是她获得重生的时候。

梦江南

温庭筠

千万恨，恨极在天涯。山月不知心里事，水风空落眼前花。摇曳碧云斜。

【赏析】

都说“言者无心，听者有意”，但再怎么木讷的人也能够注意到眼前站着一位充满惆怅愤恨的他。正所谓人非草木孰能无情，真正无情之物当然也就根本不会管世间的情、世间的恨，它们照常升起，照常吹过，照常静谧，只留下有情之人的心里一片凌乱。

人到底能有多少种恨？江淹的名篇《恨赋》铺排了六位历史人物，赋咏了八种类型的人生痛楚，但最终还是指向了唯一的遗恨——生命的短暂与有限，这便是词中所谓的恨极之处“天涯”。天涯相隔的不一定是遥远的距离，更有逾越不过的生死。于是青山、明月、江水、清风的出现就显得那么不合时宜了，它们相对于生命都是永恒的存在，它们见证过一代又一代的生命来而又去、去而又返，所以也就不那么珍视生命，自顾自地将春花吹落，亲手结束了又一个短暂而美好的生命。已经意识到恨极之人怎能承受住这个？春花是自己未来的写照，自己又正在被山月水风逐渐摧残慢慢变老，心情还能平静无澜吗？

梦江南　　温庭筠

梳洗罢，独倚望江楼。过尽千帆皆不是，斜晖脉脉水悠悠。肠断白蘋洲。

【赏析】

千帆过尽之后，江楼上的女孩还年轻吗？她应该已经老了吧。

但是她一直在等，并没有和大部分老去红颜一样嫁作商人妇，但等待又有多少意义呢？只能等得夕阳与江水也为她含情脉脉，却始终等不到想见的那人。痴情的背后总会有不为人知的故事，白蘋摇曳的沙洲在乐府诗中往往是情人分别的地方，唐人赵微明《思归》诗就有句云："犹疑望可见，日日上高楼。唯见分手处，白蘋满芳洲。"二人分别的时候有怎样的誓言当然无从知晓，但可以相信，男孩给予了女孩一定回来的承诺。于是这便成了一场"曾经沧海难为水，除却巫山不是云"的故事，千帆中总有一面是美艳心动的，但只要掌舵的不是你，我终究不会登船。

当然，如此执着的背后是令人敬佩的无惧时间的勇气。

梦江南　　皇甫松

兰烬落，屏上暗红蕉。闲梦江南梅熟日，夜船吹笛雨萧萧。人语驿边桥。

【赏析】

梦中所见不一定都是入梦者亲力亲为，也有可能其在梦境中只是一个冷静的旁观者，淡然地看着现实中回不去的场景。

香烛已经燃尽，屋内的光线渐渐黯淡下来，屏风上鲜艳的红色芭蕉也模糊了，原本凝视着屏风的人也只能入睡了，进入了一片魂牵梦绕的空间。

雨打芭蕉，是江南梅雨季节的常见景象，无休无止的阴雨本就让人心烦意乱，而打在芭蕉叶上的声音又不断冲击着孤独的心灵，于是屏风上的芭蕉自然勾连起了对江南梅雨的回忆。

梅雨中的江南有什么呢？夜晚停泊的小船上传来悠扬的笛声，原本令人心烦的雨声在其映衬下似乎也显得灵动。水驿的小桥边有人在那里说话，与笛声雨声交织在一起，格外有岁月静好之感。只要与喜欢的人在一起，生活也就充满了色彩，管它是不是风雨潇潇。但这番美好与梦者并没有关系，他看见的是别人家的风景，无法插足，他只能孤独落寞地看着，一如他正身处的空间，幽闭狭窄，又无人做伴。

皇甫松（生卒年不详），一作皇甫嵩。晚唐词人。

梦江南　　　　皇甫松

楼上寝，残月下帘旌。梦见秣陵惆怅事，桃花柳絮满江城。双髻坐吹笙。

【赏析】

又是一场上帝视角的旁观之梦，梦见的还是江南，但并非令人烦厌的黄梅时节，而是桃花盛开柳絮纷飞的仲春时令。这是江南最美丽的日子，虽短暂，但却总是令人想起。在这大好春色中，还有一位绾着双髻吹笙的女孩子，她应该如春光一样美丽，尚且稚嫩的脸上洋溢着青春的朝气，她的笑容不仅会让梦者心动，春光也因之更加温柔。

然而这片美好的梦境却被梦者定义为江南的惆怅往事。这位吹笙的女孩应是他情窦初开时第一位闯入心房的姑娘。或许他们曾有过一段美好的往事，或许只是一次怦然心动的邂逅，但总归是青春懵懂之时刻骨铭心的第一次，否则不会常常梦见这场遗憾。

梦者对女孩是极为怜爱的，不惜把她置身在江南最美的风景中，使她能在梦境中呈现超乎现实的美丽，这也是他梦见女孩时唯一的样态。人总会把回忆如此装点，总会把错过的故事予以最为玫瑰色的想象，不管事实已经过去了多少岁月，哪怕已至如残月低沉般的人生暮年，心中深藏的女孩永远都是年轻时候的模样。她的容貌不仅封冻着当年的情事，还有那时同样年轻美丽的自己。

菩萨蛮　　韦庄

红楼别夜堪惆怅，香灯半卷流苏帐。残月出门时，美人和泪辞。
琵琶金翠羽，弦上黄莺语。劝我早归家，绿窗人似花。

【赏析】

“绿窗人似花”，女孩子要在什么样的情况下才会说出这么一句自夸的话，她的内心得有多么心酸。

美貌的容颜是女孩子一项值得骄傲的资本，原本并不需要反复地自我强调，肯定会有许许多多的风流浪子拜倒在她的石榴裙下，嘴里说着各式甜蜜的话。他们当然不会被女孩子真正在意，懂得欣赏自己的美是一方面，自己喜不喜欢是更重要的一方面，如果自己倾慕的郎君也能如此表达对自己的赞美，那就再好不过了。

心许的郎君确实也能欣赏自己的美貌，但是他们似乎在自己之外，还有其他的想法与追求，总是会决绝地离去，留下自己孤独地守着寂寞空闺，无趣地应付游手好闲终日调戏自己的纨绔公子哥。那就再挽留一下他吧，可是自己又能有怎样的方式呢？不独立的个体使自己只能用琵琶诉说心中的苦痛，只能用歌声再次凸显自己的美貌。实在不行，那就主动说自己如花般娇艳，你能不能再看看我，再陪着我呢？对于美貌的女孩来说，内心显然是骄傲的，被逼到如此境遇，显然是放下了所有的身段与尊严，可在那个时候，像她这样的女孩又能有多少尊严可言呢？

这首词是以男性视角叙述故事的，郎君终是有情，但还是决绝地踏上了再不回头的路。

韦庄（836？—910？），字端己。京兆杜陵（今陕西西安附近）人。晚唐诗人、词人，曾协助王建建立前蜀政权，官至吏部侍郎兼平章事（即宰相）。词与温庭筠齐名，人称“温韦”。

菩萨蛮

韦庄

人人尽说江南好，游人只合江南老。春水碧于天，画船听雨眠。垆边人似月，皓腕凝双雪。未老莫还乡，还乡须断肠。

【赏析】

家乡是温暖的，家乡人都是宽容的，漂泊在外的游子受了委屈，若回到家乡一定能得到最温柔的安慰与陪伴，况且家中还有如卓文君一般愿意与自己同甘共苦、临街卖酒的美丽妻子等候着自己。

但为何不回家呢？现代游子也常常如此自问，最终还是做出不回家的决定。小时候，大人都说外面的世界很精彩，都鼓励游子去外面的世界闯荡，干成一番大事业。于是自己也就来到了大人们所说的外面的世界，初来乍到，果真觉得非常精彩，有光怪陆离的娱乐，还有眼花缭乱的选择。“春水碧于天，画船听雨眠”，这番惬意终于享受到了，家中之人想象中的自己的生活，应该就是这样吧。

渐渐地，终于发现惬意只是瞬间的花火，陪伴自己的只有奔波的疲惫、异乡的孤独、失败的落寞、长夜的无助，外面的世界其实很无奈。要不就这样算了吧，回家去，还有美好的小日子等着自己，但内心又是这样不甘，总是想着自己还年轻，还有机会获得精彩，既然自己选择了外面的世界，经受再大的苦难也要咬牙走完。实际上，回乡就意味着自己的失败，但人又总是不愿意承认失败的，当发现自己坦然接受的时候，也就意味着自己老了。

所以未老莫还乡，还乡须断肠。

菩萨蛮

韦庄

劝君今夜须沉醉，樽前莫话明朝事。珍重主人心，酒深情亦深。
须愁春漏短，莫诉金杯满。遇酒且呵呵，人生能几何。

【赏析】

晚唐五代的时候，天下动荡，四处乱兵，政权更迭的速度都非常快，于是每一个个体生命更是过着朝不保夕的忐忑生活。同处晚唐的诗人罗隐就写下了相似的句子：“得即高歌失即休，多愁多恨亦悠悠。今朝有酒今朝醉，明日愁来明日愁。”

看上去这是得过且过及时行乐的消沉，人生应该是要向着未来奋勇前行的，如此只顾眼前，不论未来，往往会陷入自甘堕落的沉沦。如果说在一个充满希望的时代，人们对自己的明天充满信心，又有多少人会真的把自己弄成行尸走肉的样子？但是晚唐五代是一个希望缺失的时代，政权的混乱导致世人对于未来的方向十分迷茫，也对发展晋升的途径没有期待，那还能怎么要求他们有进取心呢？他们就算付出千百倍的努力，也只能换得一事无成的结局。于是，今朝有酒今朝醉不啻为一种豁达，一种对时代悲剧人生无奈的自嘲，不管明天如何，至少今日有酒，也就足够了。

不过借酒消愁往往是徒劳的，今宵的沉醉更多地会换来明朝酒醒的空虚苦痛，一切都是自欺欺人，看似莫抱希望的话语实际上依然放不下内心的躁动，酒杯前的呵呵，总是那带着眼泪的苦笑。

荷叶杯

韦庄

记得那年花下，深夜。初识谢娘时。水堂西面画帘垂，携手暗相期。

惆怅晓莺残月，相别。从此隔音尘。如今俱是异乡人，相见更无因。

【赏析】

心动的邂逅是难以忘怀的记忆，人群中那不经意的一瞥，心头便有触电似的感觉，我们好像在哪里见过。不仅这个瞬间难以忘却，就连当时的环境，周遭的陈设，都历历在目，不管过了多久，都是那么清晰。

可是人生长恨，欢愉的时候太少太少了，美妙的相逢往往伴随着各自分飞的结局，也只有失去的苦涩才会让记忆更加深刻，如果这场分别还是由于不可抗拒的外力导致的话，则又会增添新一重的苦涩滋味。

宋时就开始传说这首词的特殊写作背景。唐亡之后，韦庄帮助西川节度使建立前蜀政权，成为开国元勋，官居宰相。但军人出身的王建有着浓重的晚唐行伍习气，他看上了韦庄的爱姬，随即用教授宫女歌舞的托词将之抢夺入宫。韦庄无奈之余，别无他法，只能填就此词诉说内心痛苦。后来词作流传大内，爱姬闻之惨怛，遂绝食而终，使得此词又带上了几分血泪深情。

无论这个故事真实与否，这首歌词终归唱出了对于过往情人最深切的眷恋。

思帝乡　　韦庄

春日游。杏花吹满头。陌上谁家年少，足风流。妾拟将身嫁与，一生休。纵被无情弃，不能羞。[1]

【赏析】

青春是什么？青春不在于娇美的容颜，而在于懵懂的天真，在于大胆的恋情，在于无悔的冲动，在于生命深泉的涌流。

在青春眼里，满城飞落的花瓣不是伤春的惆怅，而是活力与风流的化身，就让它满头都是好了，青春的自信会让每一个人都能找到自己不同状态下的美丽。这番自信还是无所畏惧的，突然间遇见心动的他，何必去问他的家世背景早年经历，就不管不顾地冲上去，拥抱降临在青春的爱情。当然，青春不是不知道跌倒的隐忧，但依然无怨无悔地扑向迷离的烟火，这仍然是自信的表现，自信不会遭遇这悲惨的结果，就算真的如此，那也在青春岁月里绽放过最灿烂的生命，做过了这个年纪才可能会去做的事，也就不枉仓促的青春了。

多年之后，再来看青春时候的这些话、这些事，或许也会觉得它们实在太天真、太幼稚、太不假思索、太乱七八糟。但真的就会追悔不已吗？或许更多的时候仍然会报以会心的微笑，如果重来一次，还是会选择这样的无知无畏，这是完全跟随着自我生命律动的选择，既此生无悔，又永不散场。

1. 无情：薄情的男子。

女冠子

韦庄

四月十七，正是去年今日，别君时。忍泪佯低面，含羞半敛眉。
不知魂已断，空有梦相随。除却天边月，没人知。

【赏析】

或许时间会冲淡离别的情感，但去年今日的分离还远未到模糊的时候，相反会在一年的跨度中发酵得更为惆怅。分别的无奈会给双方都带来伤痛，因为知道此去不还，没有再见的机会，但又不愿意让对方察觉自己的痛楚，生怕将其感染得更为不舍，就让远去的安然离开，留下的好好过日子吧。

但这终究只是双方的自我欺骗，分离之后并无人分担空自相思的痛苦，生活中的种种忙碌又只能让自己在梦中回忆去年今日的分别。在外人看来，自己好像已经魂断心沉，不再留恋逝去的人事，似乎自己也不知道依然牵挂着没有可能的对方。但好在还有天边的明月，见证过人间多少悲欢离合的月亮是自己唯一的知己，只有它懂得自己内心的苦痛与梦见的场景，但这又能有多少意义呢？明月的知，本就是子虚乌有的，就算真的知晓，它也只会在天上无动于衷，不能做出任何的改变，于是自己的不知而知也就更加凄苦了。

至于词中的相思之人是男是女则不必强定，只要情到深处，无论男女都会有如此不知所起不知所终的落寞憔悴。

小重山

薛昭蕴

春到长门春草青。玉阶华露滴，月胧明。东风吹断紫箫声。宫漏促，帘外晓啼莺。

愁极梦难成。红妆流宿泪，不胜情。手挼裙带绕阶行。思君切，罗幌暗尘生。[1]

【赏析】

宫怨诗自有特色，总是会构建出一片典雅富丽的空间，置身其间的女性端庄华美，尽管也为情伤感，却没有世俗的脂粉气，呈现着含蓄而深沉的幽怨。这首描写宫怨的词也是如此。

又是一年春草绿，长门深宫中的佳人又老了一岁，但依然在期盼着君王能够回心转意。与世俗人家不同，夜幕降临并非意味着斯人今日的不归，君王反而会在某一时刻不期而至。于是她又在默默地等候，等候到月光暗淡，等候到啼莺报晓，绝不放过半点可能的希望。

遗憾的是，这终究又是一个遗憾的夜晚，君王在别人家的宫中听箫寻欢，曲终人散后也就睡在了那里，根本没有想过到这里来转转，也根本不在意她此刻的惆怅泪垂。但词人也只是点到为止，一句“思君切”就足以表达心中的怨意与愤恨了。

后宫佳丽三千人，又有谁会在意被抛弃的嫔妃？即使长门宫的第一位主人陈阿娇，也需要一掷千金来换取司马相如的关注，才能获得讲述自己被废幽怨的《长门赋》。陈阿娇毕竟曾是皇后，她的名姓有幸流传下来，这是大多数深宫佳人无法相比的，她们都如同此词一样不详姓字，但她们的故事每天都在深宫之中不知重复了多少次。

薛昭蕴（生卒年不详），字澄州。河中宝鼎（今山西荣河）人。晚唐词人，官至侍郎，好唱《浣溪沙》词。

1. 罗幌：丝织窗帘。

江城子　　欧阳炯

晚日金陵岸草平，落霞明，水无情。六代繁华，暗逐逝波声。空有姑苏台上月，如西子镜照江城。

【赏析】

逝去的六朝是唐人经常吟咏的沧桑，他们感伤繁华能够瞬间消逝，雍容的文化终究不敌野蛮的兵戈，秦淮河畔浪漫的金粉佳人最终变成了历史尘封的记忆，远去了歌声，消逝了容颜。

但在六朝繁华之前，江南就已发生过类似的故事。金陵城东的姑苏古城，是春秋时期吴国的都城，那里也留下了一段君王与美女的风流故事。姑苏高台上的西施，用她的曼妙舞姿诉说着吴国的强盛，又用她的绝世容颜将这片繁华毁灭，留下只供后人凭吊的断壁残垣。

从春秋到六朝，尽管西施的故事一直口耳相传，但哪里还会有人真的见过吴王宫里的佳人？哪里会有人如那轮明月一般，真正经历过繁华到毁灭的全过程？大多数人只记得风流，只记得美丽，只记得最终胜利的英雄。于是这轮明月每天都从东边的苏州绕来西边的金陵，想把它映照的吴王故事反复讲述给六朝人听，但没有人真正理解它的深意，它又无奈地见证了又一次繁华的毁灭，于夜深人静时空自照射着这片江城。

但是吟咏沧桑的唐人就能真正避免这番沧桑吗？逃不过的命运总是无情的，过往的历史再次重复了一遍，明月的镜面里又增添了大唐覆灭的故事。那么以后会发生什么，如今荒凉的金陵城里是否还会重起高楼，是否又会重归萧瑟，天上的明月没有说，但它应该已经知道了答案。

欧阳炯（896—971），益州（今四川成都）人。后蜀重要词人。

浣溪沙

孙光宪

蓼岸风多橘柚香，江边一望楚天长，片帆烟际闪孤光。[1]
目送征鸿飞杳杳，思随流水去茫茫。兰红波碧忆潇湘。

【赏析】

湖南山水，风神明秀，时而清亮，时而迷蒙，以至于远去的孤帆始终能在夕阳之下明灭闪烁，牵动着离别之人无尽的惆怅。朋友终究还是与鸿雁同去，顺水而行，自己的思绪也不由得顺着二者的方向被牵扯到不知何处的远方，你走了，可要常常想念啊！

希望他想起什么呢？词人只是用了湖南山水最典型的画面兰红波碧来指代，似乎只是让他时常想起这片土地。不过秋兰的红艳、江波的碧绿又恰与离别时候的红蓼摇曳、橙黄橘绿相互映照，构成专属于二人分别的记忆元素。于是乎怀念起潇湘就会怀念起秋日黄昏的这场江头送别，自然也就能兴起对兰红波碧间依依惜别的自己的思念。

深衷浅貌，语短情长，风景总是外设，重要的还是包裹着的人情。

孙光宪（约895—968），字孟文，自号葆光子。陵州贵平（今四川仁寿）人。五代词人，出仕十国中的南平（荆楚）政权。著有笔记《北梦琐言》。

1. 蓼（liǎo）：生于水边或水中的草本植物，花小，多为白色或浅红色。

风流子　　孙光宪

茅舍槿篱溪曲，鸡犬自南自北。菰叶长，水葓开，门外春波涨绿。[1]听织，声促，轧轧鸣梭穿屋。

【赏析】

农家春景，以极富层次感的笔法写来，从茅舍开始，视线逐渐向远方延伸，陆续点出篱笆与小溪，以及不知何处传来的鸡犬之声，寥寥两句，便把平和安详的村居氛围铺设出来，这需要极为高妙的才气。

整体氛围之外，还要有细节的点染，无论是茭白长叶，还是水葓新花，抑或是新涨春水，都是一副生机勃勃的样子，给人以蓬勃的希望。似乎农家总是这样平安喜乐。

但在这幅画面中，人物迟迟没有出场，词人虽不愿真的寂寥无人，但又舍不得让人破坏这片安宁，于是又用了声音的借代，但着实给这片风景带来了一丝别样的异色。促织之声意味着屋内是一位女性，她正在忙碌地织布，她的丈夫去哪里了？她是在为谁织布？联系起上文空旷寂寥的风景，还是容易给读者带来些许幽怨的联想。

1. 水葓（hóng）：生于农家路旁水边的空心菜。

竹枝

孙光宪

门前春水白蘋花，岸上无人小艇斜。商女经过江欲暮，散抛残食饲神鸦。

【赏析】

船商的生活是辛苦的，他们成日在风波中来去，无暇顾及每天都能见到的江上美景，甚至他们的儿女也要跟着自己漂浮。

好在终于可以回家歇一下了。明媚的春光象征着惬意的心情，无人的小艇也不再是寂寞孤独的象征，反倒充满归家的喜悦，它也可以自由地倾斜停泊了。随即，这幅明媚的画面中出现了最温柔的一抹亮色，暮色中的小女儿正在随意地喂着江神祠里的乌鸦，天真烂漫，无忧无虑，更加显示着短暂安居的珍贵。

不过春水也意味着上涨，家中的安宁对于船商来说终究是短暂的，他们很快就又要踏上航程。不过这片美好的风景一直会在这里等待着它的主人下次的停泊。

谒金门

孙光宪

留不得，留得也应无益。白纻春衫如雪色。扬州初去日。

轻别离，甘抛掷。江上满帆风疾。却羡彩鸳三十六，孤鸾还一只。

【赏析】

一场决绝的离去，诉说着男子震人心魄的薄情。

扬州有什么？有二分无赖的明月，有春风十里的珠帘，有解人深情的红药，有桥畔吹箫的豆蔻佳人。这些恰与这位白衣如雪、风神如玉的潇洒男子相配，他也应该在扬州获得了想要的艳遇与深情。

但遇见了乐过了也就足够了，男子并没有在这里留下自己的真情，只是将之作为可以一放自己年少轻狂的空间，于是又怎么会产生离别感伤？决绝地抛弃温柔陪伴自己的佳人是他不经思虑的决定。他走了，走得那么快，江上的风将船帆吹满，更加速了他的离去。他是无所留恋的，但如果真的无所留恋又为何催促着船行？他是怕了，怕自己承受不住内心对自己薄情的拷问，不敢见到女孩伤情而又愤恨的双眼。于是他说他羡慕江上成双成对的鸳鸯，感伤自己的形单影只，好像在说内心深处还是有些许的后悔。那为何还是要走？为何一去不回头？所谓的不舍只是自欺欺人的掩饰，待到达千里之外的目的地，他便安然地过起新的生活。

天下男子，大多如此薄情，同为男性的词人将其付诸歌喉，不知是否出于自省后的良知？

临江仙　　鹿虔扆

金锁重门荒苑静，绮窗愁对秋空。翠华一去寂无踪。[1]玉楼歌吹，声断已随风。

烟月不知人事改，夜阑还照深宫。藕花相向野塘中。暗伤亡国，清露泣香红。

【赏析】

亡国的痛楚并不是只有面对断壁残垣的时候才会生起，有时完好的宫殿反倒会勾起更为浓重的愁思。

金锁、重门、绮窗、玉楼，一切都是往日的模样，但只需一个荒苑、一面秋空，就能击碎故国犹在的幻梦，因为真正象征国家的不是这些冰冷的建筑，而是建筑中的君王与他的臣僚侍从，当君王不见了，宫廷欢乐的歌声也就没有了，国家又怎会还在呢？

刘禹锡曾经这样忧伤地吟咏金陵："山围故国周遭在，潮打空城寂寞回。淮水东边旧时月，夜深还过女墙来。"一般来说，诗词中见证过往日繁华的事物是无情的，如月，如柳，它们不懂得人间的沧桑情绪，只在那里自顾自地阴晴圆缺、长叶抽枝。但在刘禹锡笔下，月亮却是有情的，它还在留恋着这片曾经繁华的空城，所以又升起来看一看。词人明显化用了刘禹锡的诗句，但却又将月亮打回无情，它还是不懂亡国之恨，又在照耀深宫欲为君王助兴。但词人还是保留了刘禹锡的有情笔法，将之赋予野塘中的荷花，似乎比刘禹锡多了几分道理。已至秋日，塘中的荷花还能有多少呢？就算有，那也没有多少绽放的日子了。这就好似故国的遗老也已零落殆尽，并没有多少人能理

鹿虔扆（生卒年不详），五代词人，后蜀进士。

1. 翠华：原指用翠绿羽毛装饰的华丽车盖，多见于皇帝的仪仗，此处代指帝王。

解亡国的痛苦，而自己也已垂垂老矣，在寂寞荒野中等待着散场。待到所有的藕花都谢去的时候，还有谁会记得夏日的繁华？这番痛苦的情绪也会随之在人间消散。

尽管不知道鹿虔扆在凭吊哪一家政权，但如此刻骨泣血的痛苦使人更愿意相信此词是在诉说他自己的故事，不啻为南唐后主李煜的先声。

巫山一段云 李珣

古庙依青嶂，行宫枕碧流。水声山色锁妆楼。往事思悠悠。

云雨朝还暮，烟花春复秋。啼猿何必近孤舟。行客自多愁。

【赏析】

这是一首途经长江三峡的咏古词作。词中的古庙指的是巫山神女庙，行宫则是战国时楚王的细腰宫，传说楚怀王与巫山神女在这里有一段浪漫的相会。

神女也好，君王也好，都早已成为千年前的过往，只留下动人的故事在巫峡山水间口耳相传。但不要以为巫山只见证过楚王与神女的这一次浪漫，曾经流传过《山鬼》的地方并不缺乏敢于表达炽烈爱意的男女，他们的故事每天都在上演，如同春花每年都会绽放一般寻常。

然而每一段故事本身还是孤立的，散去了也就没有了，于是频繁地重复也意味着巫山要见证一次又一次风流俱往的伤感，千百年沉淀下来，就使得这片土地如烟雨迷离的气候一样，充满了神秘的低沉。

在这样的氛围下，巫峡啼猿的断肠之声也就与母猿丧子的本意渐行渐远，所谓“巴东三峡巫峡长，猿鸣三声泪沾裳”，是行客本就被巫山往事感染得惆怅万分，又听闻凄厉的猿啼，愁绪也就变得更加浓郁。如果行客本就充满了自己的忧愁呢？既然无法避开眼前的烟雨，山中的往事，那就只能奉劝啼猿离自己远一点了吧。

李珣（855？—930？），字德润。五代前蜀词人。其祖先为波斯人，家居梓州（今四川三台）。

南乡子　　李珣

渔市散，渡船稀。越南云树望中微。行客待潮天欲暮，送春浦，愁听猩猩啼瘴雨。

【赏析】

当喧嚣重归沉寂，当团聚又成羁旅，当故乡的风景已成迷离，落寞的惆怅也就随之而起。

就要走了，但还想再多看故乡几眼，似乎潮水也懂人情，直到傍晚也没有如约涨起，似乎又可以迟留一日了。不过这终究是徒劳，征程是不可避免的，岭南的啼猿于是也发出了巫峡的哀鸣，与南国带着瘴气的雨点一起，把原本就已惆怅的人心弄得更加凌乱。

作为波斯后裔的词人李珣，笔下总是会出现中原以外的风物，但越南云树依然可以表达诗词常见的离愁别绪，正所谓地有四方，人有四海，心终归是相同的。

南乡子　　李珣

相见处，晚晴天，刺桐花下越台前。暗里回眸深属意，遗双翠，骑象背人先过水。

【赏析】

动人的邂逅不是记忆中的幻影，而是眼前正在发生的真实，而且又是一片满是越中风物的空间，也就会有与中原个性不太相符的女孩。

“天意怜幽草，人间重晚晴。”夕阳虽然有些消沉，但却能把黄昏渲染得格外迷人，于是无论刺桐花还是越王台，都呈现着黄昏独有的迷离，而身处其间的女孩，想必也被夕阳映照得红润，而渐渐暗下去的光线，又会使她的身影带上一些幽暗的神秘。

神秘的不仅是身形，还有大胆炽烈的举止。同一片夕阳下，男孩的风姿应该也更加卓然，引得女孩暗中观察了多次，最终情定于斯。

越中的女孩并不羞于表达自己的深情，轻轻地将自己的一对耳环留在河边，自顾自地骑着大象渡过河去。这已经是明显不过的动人暗示，就看男孩敢不敢同样大胆地随心而动了。词人并没有揭晓答案，但读者心中已然有了期待。

鹊踏枝　　冯延巳

谁道闲情抛掷久？每到春来，惆怅还依旧。日日花前常病酒，不辞镜里朱颜瘦。

河畔青芜堤上柳。为问新愁，何事年年有？独立小桥风满袖，平林新月人归后。

【赏析】

闲情便是闲愁，一种无忧无虑状态下感受到的淡淡哀愁。愁的是什么？词人已经给出了答案——春来惆怅，愁的是春天的短暂，愁的是时光一去不复返。这种时间意识是属于青春的情感。人在这个年龄段会第一次意识到时间的流动，而且能够自由地享受一段时光的漫长，而后又真切地体认到它的短暂。

当青春逝去，年龄不仅带给人不断丰富的阅历，更带来生计所迫的苦苦奔波。当自己为家人的柴米油盐烦恼的时候，曾经的闲愁也就悄然退场了。人们会说这是成熟，是有责任的担当，是长大了。

可是闲愁并没有真正退去，它总在不经意间探出头脑，提示人们它依然还在。一缕春光，一叶新柳，一泓碧水，一簇桃花……这些都能勾起年轻时的惆怅，时间意识在成年后的每一个年龄段都很强烈，只不过外化成各式各样的具体新愁，一时间并不觉得是青春忧伤的延续。当终于想明白了，也已过了许久许久，久到身边的人都不知所终，只剩下自己在忘川的桥边久久伫立，咀嚼着永恒的寂寞孤独。

冯延巳（903—960），又作冯延己、冯延嗣，字正中。江都府（今江苏扬州）人。五代南唐词人，于南唐烈祖、中主二朝，三度入相。

临江仙　　冯延巳

秣陵江上多离别，雨晴芳草烟深。[1]路遥人去马嘶沉。青帘斜挂，新柳万枝金。

隔江何处吹横笛，沙头惊起双禽。徘徊一晌几般心。天长烟远，凝恨独沾襟。

【赏析】

作为南唐都城，金陵城外的长江边上，自不罕见南去北来的远行客，亦很熟悉离别的故事与情绪。这本来就是京城惯有的景象，但江南烟雨艳阳交错的气候造成了芳草秀丽云烟渺茫的风景，恰是配合着离别的愁绪，于是出现了都城难见的清丽，以及在水村山郭之间的别情。

没有美艳的歌女，没有丰盛的酒菜，没有动听的歌声，但只需一阵笛声莫名吹起，就能勾起心中不知何起的情绪。沙洲上成对的鸟儿也被笛声惊到，双双飞起盘旋，它们并不知道人间离别的滋味，因为它们始终相伴相随，但已为离别惆怅的人们见到它们，当然就会又想起已消逝在天际的伊人，愁绪也就更加浓重，原本强忍住的泪水不由自主地滑落。

朴素的环境，总能生起真挚的深情。

---

1. 秣陵：金陵，今江苏南京，南唐都城。

谒金门　　冯延巳

风乍起，吹皱一池春水。闲引鸳鸯香径里，手挼红杏蕊。
斗鸭阑干独倚，碧玉搔头斜坠。终日望君君不至，举头闻鹊喜。

【赏析】

南唐中主李璟曾经如此调戏他的这位宰相冯延巳："一池春水被春风吹皱了，关你什么事呢？"足见这首词在当时的流传程度。春水当然不关人什么事，但被风突然间吹皱了，却恰如原本平静的内心被不经意间的事物触动得烦乱不已，这就是与人息息相关的日常之事了。

就如词中的这位女孩，心中充满了对情郎的思念，但是情郎最终不来又能如何，还不得自己找些乐子？于是她逗逗鸳鸯，摘摘杏花，看看池中鸭子打架，倒也能将一天过得安静舒心，似乎生活本就可以没有他的存在，于是心情也就平静了下来。但刚欲仰头舒眉的时候，就听见喜鹊的叫声，这可是象征情人团聚游子归家的吉兆，难道他真的要回来了吗？一瞬间，原本已经渐次平复的心情再次跌宕起伏。

不仅等待中的人会有这样的情绪体验，世间全部的有情都是如此，你以为你已经放下了，但莫名地又会涌上心头。

南乡子

冯延巳

细雨湿流光，芳草年年与恨长。烟锁凤楼无限事，茫茫。鸾镜鸳衾两断肠。

魂梦任悠扬，睡起杨花满绣床。薄倖不来门半掩，斜阳。负你残春泪几行。

【赏析】

细雨打湿了时光，使得无形无影的时间也带上了一层湿答答的重量，既拖缓了脚步，也压抑了心情。何况芳草又在细雨的滋润下格外茂盛，这充满生机的场景却总是触发沉重心情下的愁恨，这愁恨一年一年地重复，没有例外，似乎是逃不去的宿命。

每当这个时候就会发现，人总是会为自己心在的地方留一个后门，总还是希望事如所愿。如若真正心冷，又怎么面对接下来还得慢慢走的人生？于是尽管人事总让自己伤透了心，真正等待的人总是不来，来的都是些莫名其妙的牛鬼蛇神或者更惹愁绪的天真无邪，但还是会擦干泪水继续等待下去，正所谓人类全部的智慧就包含在这两个词中：等待与希望。

长命女　　冯延巳

春日宴，绿酒一杯歌一遍。再拜陈三愿：一愿郎君千岁，二愿妾身常健，三愿如同梁上燕，岁岁长相见。

【赏析】

这是一首欢快的祝酒歌，唱出的是新春之际天下人共同的心愿。

无论是郎君千岁，还是妾身长健，生命的短长并不是祝福的本身，重要的是可以成为“岁岁长相见”的资本。如果不能与心意相通的人一起度过每一天，那再怎么多福多寿也是苍白平淡的。人终究是群居的动物，需要在他人的陪伴与认可中找寻自我。

早在中唐，白居易就用同样的章法与情感写了一首诗《赠梦得》送给刘禹锡，诗云：“为我尽一杯，与君发三愿。一愿世清平，二愿身强健，三愿临老头，数与君相见。”与诗相比，冯延巳的词作并没有天下太平的家国抱负，更加局束在个人情感生活的小圈子里，但在芸芸众生看来，却能勾起更深的共鸣。

蝶恋花　　冯延巳[1]

庭院深深深几许？杨柳堆烟，帘幕无重数。玉勒雕鞍游冶处，楼高不见章台路。[2]

雨横风狂三月暮，门掩黄昏，无计留春住。泪眼问花花不语，乱红飞过秋千去。

【赏析】

庭院真的深吗？从实际空间来看，其实并不深，一位女孩子的住所并不会有多大面积。但从外看去，秦楼楚馆间的女孩子太多太多了，类似的住所也鳞次栉比，因此才有无数重帘幕。楼宇和帘幕这样层层叠叠地往远处堆去，再加之迷离的春柳春烟，相对来说就深了。

物理空间之外，心理空间是真正的深深源头。本来自己独守空闺就已很寂寞，还被楼台风帘挡住了外面的世界，心情就会逼仄万分。更甚的是，在这样的空间心境下，自己盼不到人，又守不住春，青春年华还正在指尖偷偷溜走，谁也无法避免愈陷愈深的心情。

可叹的是青春逝去的结局是没法改变的，而且还无人倾诉，想要做出挽回的努力，但都是徒劳，就像那人总是不会回来的一样。姑且问问花儿吧，问问它们有什么妙法，可它们也在遭遇着人间的苦痛，也同样毫无办法，只能用自我的飘零诉说着无奈的结局。

回过头再看这幅画面，空间深谧，三月春深，韶华深逝，风疾雨深，长坐情深，这样的庭院，怎能不是深深深几许呢？

---

1. 这首词也见于欧阳修的词集，李清照就曾说过这是欧公之词，但经现代学者考证，这种说法是错误的。

2. 章台：汉代长安街名，因是青楼妓馆聚集之所，故后世以之代指妓馆。

浣溪沙

李璟

手卷真珠上玉钩，依前春恨锁重楼。风里落花谁是主，思悠悠。
青鸟不传云外信，丁香空结雨中愁。[1]回首绿波三楚暮，接天流。

【赏析】

按理说这又是一首讲述伤春悲己的歌词，只不过触动春愁的是将珠帘卷起的刹那，眼前一片落红，又是一年春尽，又是一年春愁，思绪当然悠悠，惆怅自也成空。

下阕还是传统的笔调，人始终不归，就是信使也不曾来过，美人就感到人似春花式的哀愁。只不过李璟在这里描写得更加细腻，用传说中为西王母传递消息的青鸟作为信使的化身，使词情增添几分神秘的瑰丽；而将原本常见的表愁之花丁香置于雨中，再用朦胧迷离的场景将惆怅渲染得更加浓重。这些手段无非是将愁绪层层递进，一直推向结句回首绿波流去的高峰，正所谓逝者如斯，夜晚终将来临，春天终将远离，人也终将老去。

或许人们不愿意一代君王只是写了一首清丽无比的歌词，文本的背后应当包含宫廷或政治生活的故事。于是在北宋史学家马令所著的《南唐书》中，出现了这样的记载，说李璟刚即位的时候沉迷宴乐，不理朝政，宫廷歌师王感化通过反复演唱“南朝天子爱风流”句劝谏，李璟由此感悟，遂作包括本首在内的两首《浣溪沙》赠予王感化。这样一来，人们便可以将此词与南唐被后周日以逼迫的国运联系起来，在词中的闺情春怨间得出另一层感悟。所谓风里落花，便指的是江河日下的南唐，而谁是主的追问便是寄托自己迫于

李璟（916—961），初名景通，字伯玉。南唐第二位皇帝，943年嗣位。因后周势大，自去帝号，改称国主，史称南唐中主。

1. 青鸟：传说中为西王母传递信件的神鸟。

后周压力，不再称皇帝而改叫国主的耻辱。但就算作为君王的自己明白又如何呢？没有青鸟带来神灵护佑的消息，也没有辅弼大臣，只有如雨中丁香般脆弱惆怅的自己，无助地看着这片三楚大地，正日薄西山地沉沦下去。

浣溪沙

李璟

菡萏香销翠叶残，西风愁起绿波间。[1]还与韶光共憔悴，不堪看。

细雨梦回鸡塞远，小楼吹彻玉笙寒。[2]多少泪珠何限恨，倚栏干。

【赏析】

上一首是春暮，这一首是初秋，似乎更要感伤，因为春暮毕竟春还在，而初秋则预示着霜寒终于来临，极富生命力的夏日荷花从此凋零枯萎，真是会让人产生王国维所说的“众芳芜秽，美人迟暮”的伤感。

因美人迟暮而生的伤感有很多种，词中还是将其限定在传统的边塞愁思上，只不过也加以妙思之句。女孩子吹笙排解相思之苦，很可能吹的就是边关之人爱听的曲子，她吹了一遍又一遍，吹得自己的气息都在笙管中凝结成水，似乎还不愿收场，寂寞情绪也就格外凝重起来。这番妙笔使之成为李璟流传最广的名句，冯延巳在当时便称赞不已。

至于这首词有没有言外的深意，那也是与上一首同样的故事。两首《浣溪沙》，这便是第二首。所以初秋凋零的荷花便是南唐的象征，而流不尽泪珠、诉不完愁恨、吹不停笙歌的佳人便是他自己。

---

1. 菡（hàn）萏（dàn）：荷花。
2. 鸡塞：在今陕西榆林横山区西，汉与匈奴之边境，又作鸡鹿塞、鸡禄山。此处泛指边塞。

虞美人

李煜

春花秋月何时了？往事知多少。小楼昨夜又东风，故国不堪回首月明中。

雕栏玉砌应犹在，只是朱颜改。问君能有几多愁？恰似一江春水向东流。

【赏析】

往事是什么？往事就是春花秋月，一年一年地在产生与消逝间流转，只要人还在，往事的轮回就会一如既往地持续下去，就会如同春花秋月一年年地交替出现，那么“何时了”的发问也就有对于仍将持续下去的生命的一种心灰意冷。

春花秋月的往事其实不仅包含着美好的回忆，悲伤的故事也在年年重复间大量存在着，但只要它们成为过往，那就变成了自我生命的痕迹，既是最珍贵的留恋，同时也永远不会退场，时过境迁后总会拿起反复咀嚼。

当然，最普泛意义上的春花秋月流转还是时间的流逝，国家在春花秋月间灭亡，往事在春花秋月间消散，斯人在春花秋月间衰老，只剩下曾经的旧物还在旧地默默地停留，守着同一轮明月，借着春风将惆怅从故都金陵吹到了西边的北宋京城开封，此刻自己被囚禁的地方。

亡国之恨也好、莫及追悔也好、伤春憔悴也好，都没有必要将这里的愁绪限定在具体的哪一种，明月下交汇碰撞冲荡着无穷的人生愁恨，像一江春水那样不停向东流去。其实，以水喻愁并不是罕见的表达，李白就有“请君试问东流水，别意与之谁短长”“桃花潭水深千

李煜（937—978），初名从嘉，字重光，号钟隐、莲峰居士。南唐最后一位国君，世称南唐后主、李后主。

尺，不及汪伦送我情”的诗句。但李白的诗句总是说破水与愁的类比点，愁如东流水一般长，情比桃花潭还要深，这其实也就如限定愁绪一样限制了词情，李煜则不管不顾地只给一个春水东流的画面，词人的愁绪与读者的情感都在这滚滚的动态中生成而激荡，时间、愁绪与流水的所有共同点都能在其间呈现，反而更有动人心魄的力量。这便是王国维《人间词话》引周济所说的“后主粗服乱头，不掩国色”。

一斛珠　　李煜

晚妆初过，沈檀轻注些儿个，向人微露丁香颗。[1]一曲清歌，暂引樱桃破。[2]

罗袖裛残殷色可，杯深旋被香醪涴。[3]绣床斜凭娇无那。烂嚼红茸，笑向檀郎唾。[4]

【赏析】

这是一首描绘女孩子的词，据说是李煜在即位前与大周后娥皇风流快乐生活的写实。

在大诗人陆游所著的《南唐书》中，大周后不仅国色天香，而且多才多艺。她能歌善舞，精于各种博彩棋类游戏，书法清秀，还懂历史，更善于弹琵琶，曾经一手恢复了当时已经散佚的唐玄宗时代名曲《霓裳羽衣曲》。同样醉心于艺术的李煜与她结合，无疑会产生神仙眷侣式的浪漫故事。

不管词中的女孩是不是大周后，总之呈现了一位符合男子心中期待的美艳形象。特别是最后嚼烂红茸吐向情郎的动作，既将浓浓爱意在风流俏皮间表达出来，又带着几分挑逗式的主动，却又能有不同于世俗风尘女子倚门大嚼乱吐枣核瓜子的优雅。词虽香艳，但还算相对节制。

但是对于帝王之家的李煜来说，这样风流秀曼的生活毕竟不合身份也不合时宜。可他即使在当了国主之后依然对自己的这种性情颇为

---

1. 沈檀：绛色颜料，古代女子施之眉端或口唇。丁香颗：代指歌女的舌齿。
2. 樱桃：代指歌女之口。
3. 殷色：黑红色。香醪（láo）：美酒。涴（wǎn）：染上、浸渍。
4. 红茸：原为红草花，此处指槟榔。檀郎：西晋潘安小名檀奴，因其美貌，故后世女子以“檀郎”称呼丈夫或爱慕的男子。

自得。他多次微服离宫，出入于金陵的青楼之间，还在墙上写下“浅斟低唱，偎红倚翠大师；鸳鸯寺主，传持风流教法”的联句。于是这首词也并不一定非得在即位之前才能创作，只是这样的行为这样的文字，或许会削弱人们对于他亡国之后的那些血泪词篇的感动之情。

子夜歌　　　　　　　　　　　　　　　　李煜

人生愁恨何能免，销魂独我情何限。故国梦重归，觉来双泪垂。
高楼谁与上？长记秋晴望。往事已成空，还如一梦中。

【赏析】

人在痛苦的时候，总会觉得自己是最惨的一个，因为无助与孤独是人最为恐惧的遭遇，况且又总是经历梦醒时分才明白过来的一场虚幻的欢愉，面对无人倾诉又无人理解内心的惆怅，于是会泪痕满面，会觉得自己的痛苦天下独绝。

其实每个人受的苦难都是一样深重的。尽管作为君主，李煜遭遇到的亡国是别人难以经历的伤痛，但却并不见得要比普通人家的平凡无奈特别到哪里去，并不能说君王的情感就要高人一等。只是他善于用最普泛的话语来表达自己的情绪，能够一下揭示出各种类型的愁恨背后共同的真谛，于是才能感人至深。

这首词正是如此，不管怎样的往事，过去了就过去了，再怎么留恋都是无法挽回的，正如梦中的欢娱越美好，就越给人带来梦醒之后的空幻寂灭，但人又总愿意去投入早知结局的徒劳。

望江南

李煜

多少恨，昨夜梦魂中。还似旧时游上苑，车如流水马如龙。[1]花月正春风。

【赏析】

梦见了往日的精彩应该是聊以慰藉的寄托，但梦醒后的幻灭却让人产生强烈的不满足感，反倒责怪起梦境来了，你为何要让我重新想起那么美好的往事？

不仅如此，梦中的风景真的就是当年的情境吗？“还似”一词悄悄地点破了真相，梦里再繁盛的车水马龙，梦里再美丽的花月春风，其实都不如真实场面，那么旧家风景的盛况也就任凭读者想象了。

当然，这首词的真正意味并不在于铺陈华丽的景象，而是用往日的欢娱衬托今夕的忧伤，虽一字也未提当下的情境，但无尽愁绪就在空灵的意境中无以复加地倾泻着。

1. 上苑：西汉上林苑，后代指皇家园林。

清平乐　　李煜

别来春半，触目愁肠断。砌下落梅如雪乱，拂了一身还满。

雁来音信无凭，路遥归梦难成。离恨恰如春草，更行更远还生。

【赏析】

游子的惆怅也许会随着富贵温柔乡而消散，但更多的时候在外面过得并不好，而且当初或许也是无奈地踏上了征程，那么越走越远，惆怅也就越走越深了。何况从离开至今，春天已经过去了一半，突然间就觉得身边方才初生的青草瞬间变得茂盛，便又形成一个生发惆怅的刺激点，离恨并未随着时间的推移而消逝。

对于在家守候的人来说，情绪同样也是如此，而且因为落寞，对于时间的变化就更为敏感。春日的白梅花，天边归来的大雁，逐渐生长的春草，都会成为触目肠断的物候变迁，同样也会随着离别时间的加长引发更加浓郁的愁绪。这种愁绪并不会产生打击式的痛楚，而是如无边烟草一般在心头弥漫开来。

时间有时并不会散去愁绪，反而会将愁绪打成碎片，又重新贴到身上。

乌夜啼

李煜

林花谢了春红，太匆匆。无奈朝来寒雨晚来风。

胭脂泪，相留醉，几时重。自是人生长恨水长东。

【赏析】

春天是美好的，春天又是短暂的。人最看不得的就是短暂的美好正在逝去，因而总会发出春光匆匆的感叹。但是这位亡国之君将春日的逝去予以不留情面的描写，在清晨的寒雨与傍晚的凄风交织摧残下，梢头怎会剩下一枝半朵残红？春光似乎与他的故国一样什么也不剩了。

词人在下片继续摧残着世间的美好，美丽的姑娘哭得伤感憔悴，但依然劝我再喝一杯，因为相聚似春光这般美好而短暂，离别又恰如春光那样一去不返，后会无期。但喝得再多又能如何？人生还是得无奈地面对这注定的生离死别。于是“人生长恨”的真挚感怀也就自然发出，恨春光易逝，恨情人分别，恨故国沦丧，恨青春不返……人生所遇见的恨实在是太多太多了。但人生注定是长恨的，就像江水终究要向东流去，或许这才是最令人遗恨无尽的吧。

捣练子令

李煜

深院静，小庭空。断续寒砧断续风。[1]无奈夜长人不寐，数声和月到帘栊。

【赏析】

这首词类似电影的一段长镜头，因为文字是线性的，所以听觉上的静与视觉上的空被分成两句呈现，其实都是这座院落的画面。在静旷的空间中，再来一点声音反倒能更加衬托这里的寂静，也可以将想要表达的声音加以强调。

此刻的画面中便需要强调秋风与秋砧的声音，二者都是诉诸愁绪的，诗中也爱用秋夜捣衣来表达夫妻分居两地的相思之苦。李白著名的《子夜吴歌·秋歌》就如是写道："长安一片月，万户捣衣声。秋风吹不尽，总是玉关情。"但李白依然将情绪点破，李煜则并未加以限制，这是李煜所擅长的，就让这风声砧声在月下断断续续地响着，帘栊里的人因此而难以入眠，这就够了。至于不眠的原因真正是什么，你我自会知道，但你我却互相不知。

正所谓词情狭深，不论词人本身有怎样的情缘，词文可以震荡出各种类型的惆怅。

1. 砧（zhēn）：捣衣石。

望江梅　　李煜

闲梦远，南国正芳春。船上管弦江面绿，满城飞絮滚轻尘。忙杀看花人。

闲梦远，南国正清秋。千里江山寒色远，芦花深处泊孤舟。笛在月明楼。

【赏析】

春花秋月究竟什么样，李煜用擅长的浓淡交错之笔给予了答案，两幅江南画面，美丽景色下隐含些许轻忧。春天的繁花、艳阳、飞絮，使人心情迷醉，温暖的环境也使人带上几分慵懒，只想去看花问柳，其他的也就放下吧。人同此心，于是江面上，巷陌中，满是游玩的寻芳客，呈现如暖春般喧嚣热闹的场面，其间或有如花之美的男女吧。

镜头切换至秋日，周遭瞬间冷清下来，一切都在与春日对比：和煦的春暄成为入骨秋凉；熙攘的人群如今只剩孤身；船中人原本聚焦船上成群的歌女，如今却只能将视线投向开阔的江山；群芳正好的场景也消逝了，取而代之的是一片单调而萧瑟的芦花。

当然，这片秋色还是很美的，承载着江南的凝练与婉秀，但与春日相比，还是有种繁华散去的惆怅。明月照耀下，高楼吹笛的人应该不是孤舟之客，应该是如《春江花月夜》中"谁家今夜扁舟子，何处相思明月楼"一样的思妇切换。但词较诗多出的笛声则将乡愁之苦渲染得更加厉害，毕竟月下吹笛早已成为经典的乡愁意象。李白的《春夜洛城闻笛》不就这样写道："谁家玉笛暗飞声，散入春风满洛城。此夜曲中闻折柳，何人不起故园情。"

至于这首词是不是亡国之作，其实并不一定。词以悲为美，人本就爱在一场热闹愉悦后产生乐极生悲的闲愁情绪，沉迷燕游又情思缜密的后主李煜当然更会如此。

浪淘沙　　李煜

往事只堪哀，对景难排。秋风庭院藓侵阶。一任珠帘闲不卷，终日谁来。

金锁已沉埋，壮气蒿莱。[1]晚凉天净月华开。想得玉楼瑶殿影，空照秦淮。

【赏析】

怎样的惆怅会让人从早到晚都在痛苦？或许只有亡国之君才能有这样的情感。普通人遇到挫折，遭逢苦痛的时候，消沉数日也就够了，终归要投入新的生活，不然就陷入难以度日的无边深渊了，又怎能如李煜这般终日高楼庭院，排遣忧伤呢？

不过李煜的伟大就在于他往往能够写出既可以表达帝王愁苦又适用普罗大众的刹那之景。晚凉天净月华开，一句富有动态的描绘，还有着强大的生命力量。这种力量不仅可以瞬间照亮黑暗的夜空，还能使一整天都苦恼烦乱的心情沉静下来。不管此刻面临的苦痛是什么，是理想破灭也好，是前尘难复也好，是年华老去也好，是国破家亡也好，月华都会如先前那般照在自己的身上，便会觉得无常的人世间还会有一些永恒的东西，对人多少有些安慰，情绪也就相对淡然了。

至于最后两句，无非是接着月华的话头，重复刘禹锡“淮水东边旧时月，夜深还过女墙来”的调子罢了。

1. 蒿莱：野草。

破阵子

李煜

四十年来家国，三千里地山河。凤阁龙楼连霄汉，玉树琼枝作烟萝。几曾识干戈。

一旦归为臣虏，沈腰潘鬓消磨。[1]最是仓皇辞庙日，教坊犹奏别离歌。[2]垂泪对宫娥。

【赏析】

公元937年，李煜出生，恰逢南唐烈祖李昪建立南唐，于是皇孙李煜便成为与国同岁的祥瑞。

公元975年，南唐都城金陵被北宋军队攻破，三十八年间积累下来的三千里山河就此宣告结束。这一年，作为南唐国主的李煜，与国家共同度过了近四十年的时光。

于是对于李煜来说，他的生命中当然只有宏伟的宫殿，华美的陈设，俊丽的男女。他在南唐繁华间长大，享受的是人间富贵与太平欢乐，自己的容貌才华、风流生活其实就象征着与他一般年纪的国家。

于是他当然没有见过战争。当时代的风云际会将战争突然摆在他面前的时候，他又能怎么办呢？他不是没有抗争，他打开了皇家仓库，把物资分发给金陵城民，但这样的皇恩太微不足道了，城还是破了。他也想过自焚，既然与国共生，也要与国同亡。这是属于英雄君王的责任，但需要太多的勇气，李煜没有这个胆量，最终还是选择了投降。临行前，曾经陪伴他度过许多欢乐夜晚的教坊乐工歌女演奏起了最后的曲子，不禁落下了几行清泪。

据说苏轼对李煜离开金陵的场景颇为不满，他说李煜应该在宗庙

1. 沈腰潘鬓：梁代沈约言己老病，腰带日渐宽大；西晋潘岳言己三十二岁，鬓角已生白发。后代即以沈腰、潘鬓形容男子衰老憔悴。

2. 庙：祭祀祖先的宗庙。

外痛哭，向他的民众谢罪，为何还是在听教坊乐曲，留恋宫娥呢？或许确实如苏轼所言，只有个人欢乐而无生民关怀的李煜注定是要经历亡国的，但这最后的离别却是他最真挚的反应。养于深宫之中，长于妇人之手，只有教坊离歌、宫娥清泪才能让他找到四十年的生命所寄。

浪淘沙令 李煜

帘外雨潺潺，春意阑珊。罗衾不耐五更寒。梦里不知身是客，一晌贪欢。

独自莫凭栏，无限江山。别时容易见时难。流水落花春去也，天上人间。

【赏析】

宋代僧人志南有一句诗很有名，叫作“沾衣欲湿杏花雨，吹面不寒杨柳风”，很确切地描写出了春雨春风的细腻与温暖。初春的风雨尚且如此，那么暮春时节，就更不会有多少寒意了。

可是李煜偏不这么觉得，他一面说春花大半已经凋零，一面又说罗衾耐不住五更黎明时分的寒冷，这分明就是写秋日冷寂的句子，哪里是夏日将至时一天比一天热起来的景象？

其实，气温只是世间冷暖的一部分，人情人心有时更能左右当下温度。对于词中人来说，梦中欢娱被春雨惊破，使他不能享受更长的美好时间，反而要在落花风雨间咀嚼孤苦空寂的现实，心当然就凉透了，于是再热的温度也无力暖融，只能将责怪转移到无辜的罗衾上。

于是也就不要再去凭栏远眺了，期待中的剩水残山并不能望见，而此处的青山却会以它的永恒嘲笑自己的落寞无助。春天、朋友、家国、青春、梦想、爱恋……他们总是无知无觉地溜走了，容易得连告别都不用做，但离开之后，再想重回往日，也就变得不可能了。

他们究竟去哪里了？还能够找回来吗？每当下定决心要去寻找的时候，却又不知自己身在何处，更不知道还将会有怎样的分别与新的里程。那就感慨一句“天上人间”吧，他们与自己相隔得有天上到人间那么远，又不知自己藏在天上人间的哪个角落。

乌夜啼　　李煜

无言独上西楼，月如钩。寂寞梧桐深院锁清秋。

剪不断，理还乱，是离愁。别有一番滋味在心头。

【赏析】

当夕阳还没有完全与人间告别，还在用一抹余霞诉说着自己的留恋，新月便已经悄然升起，在幽蓝的夜空中，伴着疏星数点，亮起了微光。

都说满月令人伤感，在用自己的圆满讽刺着人间的离别，新月同样如此。新月不同于满月的地方在于它的缺失，人们随即将缺失幻想出不同的样子。它可以是含羞敛起的眉头，诉说着千古共通的惆怅；它可以是欢笑的眼角，带着泪水唱着犹有希望的歌谣；它可以是一艘小船，在夜空中孤独地翱翔；它可以是一弯金钩，勾起世人最隐秘的心潮。

但最怕的还是孤身对月，毕竟闲情不愿岁月老，新月预示着美满的未来，而自己却无助地凋零，与秋夜梧桐一起被锁在深院当中，没有未来，没有希望，所有的念想都被禁锢了。

这样的心情只有自己能够体认，无人诉说，也说不出来。最深重的痛苦往往无法让人号啕大哭，在断续抽泣中哽塞人心的，才是别有的一番滋味。

点绛唇

感兴

王禹偁

雨恨云愁，江南依旧称佳丽。[1]水村渔市。一缕孤烟细。

天际征鸿，遥认行如缀。平生事。此时凝睇。谁会凭阑意。

【赏析】

江南不仅有美丽的风景，还有作为帝都的繁华，南朝诗人谢朓便针对两者同时吟唱道："江南佳丽地，金陵帝王州。"可是随着六朝的覆灭，隋唐时代的江南就已经一片萧疏，唐代诗人们面对着水村山郭酒旗风的景象，写下了一首首凭吊沧桑的金陵怀古诗。

时光到了北宋初年，江南的情况似乎并没太大变化，尽管风景依然美丽，但又经历了一场亡国，城市还是不见六朝的繁华，只有水村渔市的荒凉。但对北宋人王禹偁来说，此刻的情绪还是较唐人发生了变化，他不再关注亡国带来的沧桑感慨，而是兴起一片个人性的哀愁。

高楼遥望征鸿，本是非常普遍的词中形象，由此产生的感慨多是游子思妇的类型化情绪。但王禹偁在用"平生事""谁会凭阑意"等词句反复强调着不同于传统的情感。王禹偁与江南发生交汇只有早年于苏州地区任长洲县令，此时的他对仕途有着高远的抱负，曾在此写下"吾生非不辰，吾志复不卑。致君望尧舜，学业根孔姬"的少年意气之句。如此，这里借江南萧疏风景感慨的平生事便更可能为家国天下的抱负，是少年王禹偁对自己身处已然萧条的江南而难展平生志向的不满，一线天际征鸿，应是朝着开封的方向飞去。

一曲清丽小词，预示着北宋士大夫已经昂扬地登上了历史舞台。

王禹偁（954—1001），字元之。济州巨野（今山东巨野）人。北宋诗人、散文家、史学家。

1. 佳丽：谢朓《入朝曲》："江南佳丽地，金陵帝王州。"

江南春

寇准

波渺渺，柳依依。孤村芳草远，斜日杏花飞。江南春尽离肠断，蘋满汀洲人未归。

【赏析】

这是一首表达江南惆怅的小词，古人就爱听这样填词的歌谣。

满汀洲时分的惆怅高楼女孩，在温庭筠的《望江南·梳洗罢》中得到了婉媚的形象塑造。而早在南朝乐府中，花摇曳的地方就已是勾起离别愁绪之处。著名诗人柳恽的《江南曲》就这样写道："汀洲采白蘋，日落江南春。洞庭有归客，潇湘逢故人。故人何不返，春华复应晚。不道新知乐，只言行路远。"不管寇准此词描写的江南是柳恽原诗的湖南，还是今日熟悉的苏南浙北，但同样的渺渺春水、依依杨柳、芳草杏花、汀洲蘋满，诉说着同样缠绵悱恻的深情。

作为北宋名相，寇准的形象是庄重严肃的，他曾果决地劝说真宗亲征澶渊，锐气勇概不是常人可比，与这首小词的优柔婉转极为不同。南宋人对此颇为费解，只能留下人心难以揣测的感慨。但那是强调文品等同于人品的时代，今日的读者，自可轻松地想象端坐庙堂之上的威严宰相，也有一颗温柔可人的心。

寇准（961—1023），字平仲。华州下邽（今陕西渭南）人。北宋政治家、诗人，宋真宗年间两度拜相。

酒泉子　　潘阆

长忆观潮，满郭人争江上望。[1]来疑沧海尽成空，万面鼓声中。

弄涛儿向涛头立，手把红旗旗不湿。别来几向梦中看，梦觉尚心寒。

【赏析】

一生漂泊的潘阆，到过许多著名的城市，似乎唯独对杭州最为钟情，写下十首《酒泉子》吟咏杭州风物。这是第十首，是全部回忆的收束。

估计每一位在杭州长期生活过的人，都不会忘却钱江大潮，这是令人震撼的自然之力，也是别处难以得见的风景，白居易便也将之视作代表杭州的两大元素之一。

但与白居易的逍遥闲适不同，江湖游士潘阆的观潮与现代人一样，是挤在熙攘的人群中翘首观望，而且对自然之力也没有云淡风轻的笑看，而是有沧海成空的惊吓。这是普通人家最寻常不过的反应。

于是关注点便会投向那不畏自然的弄潮吴儿，他们也是平凡人家的孩子，但却有自己没有的勇气与力量，羡慕的情绪也就油然而生。在这人与自然的搏斗中，自然的力量其实被无所畏惧的人凸显得更加强大，使得相对柔弱的潘阆在时过境迁之后依然能被震撼出阵阵寒意。

弱小之人似乎都会向往强大的力量，但人终究不能超越自然的伟力。

潘阆（？—1009），字梦空，一说字逍遥，号逍遥子。宋初隐士、文人。

1. 郭：外城，此处即代指城。

苏幕遮　　范仲淹

怀旧

碧云天，黄叶地。秋色连波，波上寒烟翠。山映斜阳天接水。芳草无情，更在斜阳外。

黯乡魂，追旅思。夜夜除非，好梦留人睡。明月楼高休独倚。酒入愁肠，化作相思泪。

【赏析】

歌词的魅力就在于只要旋律、辞藻、意象足以抒发情绪就可以，不用太在意使事用典是否符合常理与逻辑。

这首词便是如此。起首天高云淡，黄叶铺地，在一片高远寥廓的空间中暗暗袭来阵阵萧瑟的秋意，行走其间的游子，自然会产生浓重的天涯漂泊的孤独感。情绪已立，下文便承续此情又铺陈出“芳草无情，更在斜阳外”的意象组合。斜阳掩映下的萋萋芳草是诗词中常见的抒发离愁别绪的意象，如白居易那首著名的《赋得古原草送别》诗就这样写道：“远芳侵古道，晴翠接荒城。又送王孙去，萋萋满别情。”如此本来已在寥廓秋日中感受到羁旅孤独的游子，又见到连天芳草，情绪当然也就更加惆怅了。斜阳之外，那是家乡的位置，连绵的芳草尽管迷茫了游子前进的方向，但它却可以直达游子心恋的家乡，怎不令人产生无情之恨！

不过艳阳芳草是三月春色，与开篇的深秋叶落根本不会同时出现，二者的叠加虽然在愁情表达上极富力量，但终究有违自然常理。宋人其实非常注重诗歌中对自然物理等实际情况的确切表达，如对于

范仲淹（989—1052），字希文。苏州吴县（今苏州吴中区和相城区）人。北宋思想家、政治家、文学家。

张继《枫桥夜泊》名句“姑苏城外寒山寺，夜半钟声到客船”，自欧阳修开始就反复争论江南寺庙半夜究竟打不打钟。再如对于屈原《离骚》“夕餐秋菊之落英”一句，宋人就是爱强调菊花是在枝头枯萎而不凋落的。但面对此词的物候矛盾，宋人却并没有在意，这只能是歌词的特性为范仲淹提供的方便，他可以在上阕全力铺陈代表性的丽语，为下阕准备好可以容纳纯写柔情的空间，从而产生了这首千古传诵的名篇。

渔家傲

范仲淹

秋思

塞下秋来风景异，衡阳雁去无留意。四面边声连角起。千嶂里，长烟落日孤城闭。

浊酒一杯家万里，燕然未勒归无计。[1]羌管悠悠霜满地。人不寐，将军白发征夫泪。

【赏析】

范仲淹曾经被派往陕西担任经略副使，这里是北宋与西夏的边防前线，他的职责就是与西夏作战，防卫西北边疆。一介文人范仲淹对军事似乎不应该在行，但他却做得很好，西夏人对他非常敬畏，称赞他“腹中有数万甲兵”，并把他叫作“范老子”，也就是“范爸爸”。

真实的边塞生活经验给范仲淹带来了不一样的情感体验，这首词也就有着不一样的情感力量。边塞生活当然是清苦的，荒凉的山川总是会勾起万里思家的愁绪。但想家并不意味着就要回去，心中还有勒石燕然成就功业的抱负，如果回去了，那这理想也就无法实现了，矛盾也就随即而生。不管是将军还是士兵，明明想家想得痛苦落泪，明明已满头白发但仍未看见成功的影子，却依旧期待着那渺茫理想的最终实现。边关立功也好，生意发达也好，事业小成也好，只要人心中对未来有些许期待，为之奋斗努力却难以实现的时候，不管理想是所谓的大还是小，心情则大多如此。

1. 燕然未勒：燕然，指燕然山，今蒙古国境内的杭爱山。勒即镌刻的意思。东汉窦宪率兵出击匈奴，一路进军到距边塞三千余里外的燕然山，获得大胜。为纪念这场胜利，窦宪于燕然山上将这场战斗经历刻在山石之上，由随军出征的史学家、文学家班固撰写铭文，后称燕然勒石。

对于北宋士大夫来说，通过边关战争而赢得不世功名似乎已成了遥远的记忆，他们更追求在庙堂之上与帝王共治天下，尽管范仲淹的这首词也能体现他们在朝堂郁郁不得志但仍积极进取的人生状态，但总会觉得有些小家子气。据说范仲淹不止写了这一首反映边塞生活的《渔家傲》，还有好几首同样以“塞下秋来”为首句的《渔家傲》在当时传唱，欧阳修就开玩笑说这些是“穷塞主”之词。可实际上，当欧阳修醉卧滁州醉翁亭的时候，何尝不也是如此心境的“穷太守”呢?

雨霖铃　　柳永

寒蝉凄切。对长亭晚，骤雨初歇。都门帐饮无绪，留恋处、兰舟催发。[1]执手相看泪眼，竟无语凝噎。念去去、千里烟波，暮霭沉沉楚天阔。

多情自古伤离别。更那堪、冷落清秋节。今宵酒醒何处？杨柳岸、晓风残月。此去经年，应是良辰好景虚设。便纵有、千种风情，更与何人说。[2]

【赏析】

最痛苦的情绪不会放声痛哭，最伤感的分别难以说出动人的情话。

情人就要分别了，女子在都城城门之外为情郎送行。开封是北宋最繁华的地方，你这一去哪里还能享受如此肥马轻裘的生活？又到哪里去再找一个美艳如花的我？男子同样也是惆怅的，他舍不得都城的富贵风流，舍不得都城大量的仕宦机会，好在，词人还告诉我们，他也舍不得眼前这位泪眼婆娑的女孩。

周遭的风景都带上了惨淡愁容，寒蝉、长亭、骤雨，这些与离别息息相关的景物无不透露着永恒的悲伤落寞，就连悄然而至的傍晚，也在声情上带了一丝惆怅。它们都为缠绵悱恻的人间离别做好了铺垫，毕竟这是男女双方都倾注不舍情感的分别。除了那位不解风情的艄公，不耐烦地催促着男子快些上船，或许他怕再遇到方才的那场大暴雨吧，岸上的男女为何还在那里肉麻地纠结？

于是寂寞的时候只有自己知道内心的痛苦，分别的时候也只有

柳永（约987—约1053），初名三变，字景庄，后改名永，字耆卿。崇安（今属福建）人。因排行第七，故称柳七，又官至屯田员外郎，世称柳屯田。北宋词人。

1. 都门帐饮：都门，京都城门。帐饮，于郊野设帷帐以宴饮送别。

2. 风情：男女之间的情意。

双方才能通晓各自的心意。千里之外的淮楚之地有什么好？男子为何不得不踏上行程？这些读者都不知道，只知道男子心中一定有万般无奈，他最终还是踏上了前行的小船，在这冷冷落落的清秋时节，上路的忧愁也就更加深重了。

“今宵酒醒何处？杨柳岸、晓风残月”，这是男子的设想之辞，想象着自己上了船就倒下睡着，醒来之后当会在晨风中见到黎明时的残月，天已完全放晴了，但这改变不了月已残缺人已分别的事实。清秋的月色应当十分明澈，孤悬在天际的它让人觉得似乎并没有离开；汴河两岸的杨柳在清冷的月光下伫立，似乎与开封城外并没有太多区别，似乎自己也并没有离开，但定睛一看，已然置身另一番天地，但究竟是哪里，就无从知晓了。

设想完明日之事，男子又进一步设想多年之后的状态，那一定是心灰意冷，不管多么美好的风景、欢快的宴会、醉人的故事都如今夕帐饮一般无滋无味，因为它们都无法与女子共享，而思念女子的心意又无人诉说，更重要的是，女子也全然不知。

想了那么多，男子也是怕了，怕忧伤难解，怕深情难知，怕重诺难守，怕日久情淡，他依然在岸上，并没有迈出上船的脚步。

凤栖梧　　　　柳永

伫倚危楼风细细。望极春愁，黯黯生天际。草色烟光残照里，无言谁会凭阑意。

拟把疏狂图一醉。对酒当歌，强乐还无味。衣带渐宽终不悔，为伊消得人憔悴。

【赏析】

登高望远，一片春意，视线往往先被远处吸引。见到芳草生于天际，愁绪也就悄悄地在心头涌起。不想芳草一路从天边弥漫至眼前，愁绪也就越来越浓了。

浪荡公子自有排遣寂寞的方式，饮酒去，高歌去，在醉中忘记所有的忧愁，这本是自己没心没肺的日常。但今日却发现，这些居然没用了，无法将自己再次麻醉在痴狂中，自己无法脱离无尽的苦海。

究竟是什么让这位浪子突然沉静下浮躁的心？是什么让他在一片春色中感到浓重的惆怅，以至于形容消瘦，瘦骨伶仃，英俊的面庞褪去了万般英姿？原来那是因为伊人，他遇到的是内心的真爱，而非平日里逢场作戏的寻欢作乐，只有在她的身上，才真正懂得什么是春愁，什么是相思，男孩长大了。

或许除了怦然心动的他/她，还有其他什么东西能让自己长大，那便是心中渴求的理想，期待中自己未来的样子。王国维便说古今之成大事业、大学问者，必经过三种之境界，而这“衣带渐宽终不悔，为伊消得人憔悴”是为第二境。这样看来，《诗经·秦风·蒹葭》中那位反复追寻伊人而不得的家伙便是词中憔悴者的前辈，人生如斯，总需要有三两个蒹葭摇荡处的伊人，让自己失望而执着地追求着，追求着。

少年游　柳永

长安古道马迟迟，高柳乱蝉嘶。[1]夕阳鸟外，秋风原上，目断四天垂。[2]

归云一去无踪迹，何处是前期。狎兴生疏，酒徒萧索，不似少年时。

【赏析】

青春是疯狂的，可以无忧无虑地纵情欢乐，这是属于生命郁勃之时应有的样子。

当年华老去，不知为生活何事而奔波他乡，羁旅的惆怅中就会带着一丝青春已逝的无奈苍凉。秋蝉的嘶叫依然欢快，但已经没有多少欢唱的时日；夕阳之下的飞鸟映衬着红霞，显得格外艳丽，但却正急着赶在夜幕降临之前回家。于是秋风四起的原野上，就又剩下孤独的自己。

青春终究是离去了，就像云彩一样杳无痕迹地消逝了。当自己还觉得犹是少年的时候，却蓦然惊觉早已忘记了年轻的模样，而那时候爱玩爱闹爱看爱笑的东西，也不知多久没再触碰了。那些陪自己一起疯玩，一起浪荡，一起迷醉，一起无忧无虑的兄弟姐妹，而今也皆零散天涯，各自为家，消磨了意气，暗淡了春花。只能默默地问候一声：“你们还好吗？”

1. 迟迟：行走缓慢的样子。
2. 夕阳鸟外：夕阳隐没在飞鸟之外。一作“夕阳岛外”，意境稍有不同。

望海潮　　柳永

东南形胜，三吴都会，钱塘自古繁华。[1]烟柳画桥，风帘翠幕，参差十万人家。云树绕堤沙。怒涛卷霜雪，天堑无涯。市列珠玑，户盈罗绮，竞豪奢。

重湖叠巘清嘉。[2]有三秋桂子，十里荷花。羌管弄晴，菱歌泛夜，嬉嬉钓叟莲娃。千骑拥高牙。[3]乘醉听箫鼓，吟赏烟霞。异日图将好景，归去凤池夸。[4]

【赏析】

又是一首描写杭州的词，只不过铺叙的画面并不是令自己魂牵梦绕的记忆，而是借当下的太平景象来称颂太守的贤明。

市井的繁华最突出的表现就是熙攘的人口，王维就用“云里帝城双凤阙，雨中春树万人家”描摹盛唐的长安。到了北宋，情况早已远超于此，并非都城的杭州随便就可以有十万人家的数量，而随处可见的珠玑与罗绮又烘托着市场的繁荣与市民的富庶。

实际的人物图景外，杭州还有自然风光，是天上山水与人间富贵的有机统一。钱江大潮自是不会漏过的元素，但被柳永写来无比雄壮，似乎并不在意两岸观潮者与江头弄潮儿的安全。除此之外，西湖更是重中之重，虽说四时之景不同，但柳永只拈取了三秋桂子与十里荷花这最具代表性的两大元素，这样描写西湖，也就够了。于是城中市民风帘翠幕的雅致生活，西湖上泛舟采莲歌咏吹笛的美丽女孩也就

---

1. 东南：古人所言方位，多以中原为限，故东南即指今日苏南浙北一带。
2. 重湖：杭州西湖上有多座堤坝，将湖面分割为若干部分，故云重湖。巘（yǎn）：大山上的小山。叠巘即指西湖边诸山层层叠叠的样子。
3. 高牙：高举的牙旗。“牙旗”本指将军之旗，此处与“千骑”共指被车马仪仗簇拥的杭州太守。
4. 凤池：即凤凰池，皇宫内的池沼，为宰相办公场所中书省所在。

都有了落脚点，成为一道道更加醉人的风景。据说金朝皇帝完颜亮就是因为读到柳永这两句词，心生钦慕，想去南方看一看桂子与荷花，遂不惜撕毁和约，大举南侵。看来不仅冲冠一怒为红颜的故事世人爱听，三军一动为西湖的情节也很有市场。

在如此繁密的铺叙后，词的主人公杭州太守就出场了，他的现身才为杭州城全部风景圆满收束。但他与西湖、孤山乃至于采莲女不同，他终究是要离开的，要去往对他来说更加魂牵梦绕的京城，然后再于那里思念着杭州。至于到那时他到底对杭州有多少依恋，似乎不知道，却又已然知道。

玉蝴蝶

柳永

望处雨收云断，凭阑悄悄，目送秋光。晚景萧疏，堪动宋玉悲凉。[1]水风轻，蘋花渐老，月露冷、梧叶飘黄。遣情伤。故人何在，烟水茫茫。

难忘，文期酒会，几孤风月，屡变星霜。海阔山遥，未知何处是潇湘。念双燕、难凭远信，指暮天、空识归航。黯相望。断鸿声里，立尽斜阳。

【赏析】

高楼远眺，羁旅孤独油然而生，一片苍茫的秋色中，不一定只会产生对情人的思念，也可以是嘤嘤求友的呼唤，情绪也可以表达得如此深切。

宋玉被视作第一位悲秋的才士，在秋日又提起他，无疑是一种自我类比。所谓怨女伤春，秋士易感，都是一种物候下勾起的时光感伤，感伤的背后实际上是自我依恋，觉得自己的才华与美貌被辜负了。于是最让人难以忘怀的就是文期酒会，在这里可以向朋友尽情展示自己的光芒。人之所以可以证明自己的存在，是因为另外的人认可他，如果身边没有别人的话，就会产生质疑自我的想法；如若内心又足够强大，强大到无比自信，那在此时就会产生无助的凄凉。

所以越变换的星霜越预示重放光华的渺茫，越开阔的山海越衬托孤身孑然的无助，此时的生命如断鸿如斜阳，只留一片无可奈何的忧伤。

---

1. 晚景：傍晚的景色。宋玉：战国时期楚国文学家，传说为屈原的学生。因其所著《九辩》开篇有“悲哉秋之为气也！萧瑟兮草木摇落而变衰”的句子，故后世将其视作悲秋才士的代表形象。

八声甘州　　柳永

对潇潇暮雨洒江天，一番洗清秋。渐霜风凄惨，关河冷落，残照当楼。是处红衰翠减，苒苒物华休。唯有长江水，无语东流。

不忍登高临远，望故乡渺邈，归思难收。叹年来踪迹，何事苦淹留。想佳人、妆楼颙望，误几回、天际识归舟。[1]争知我、倚阑干处，正恁凝愁。[2]

【赏析】

柳永是填词的高手，一首百八十字的慢词信笔写来，章法结构丝毫不爽。起笔以一阵傍晚秋雨，寒意已经袭来。其后便开始远近的景色铺陈，从寥廓的秋日夕阳，到近处的萧疏草木，又跳跃到远处无语东流的江水，非大手笔不能为之。换头便转入情绪的抒发，尽管是习见的游子思乡，但也带上了时空的腾挪。游子感叹自己境遇的潦倒，自然转到对佳人苦苦思念自己的设想，最后又回转到自身独凭栏杆的惆怅当下，百感交集，又曲折动人。

不仅如此，柳永还是写秋的高手，“霜风凄惨，关河冷落，残照当楼”本是三种不同类型的秋景，但同时被一个“渐”字领起，就带上了蒙太奇般的灵动。不断凄惨的霜风，吹拂着关河更加冷落，而夕阳虽正在当楼，却又不可避免地渐渐西沉，只不过偶然与霜风、关河、物华、江水、自己相逢，衰飒从心头涌起，又在这日益萧瑟的秋日中弥漫而加深。

长逝无回是宇宙最永恒的存在，是人最不愿意面对的现实。不仅是词中游子思乡的情绪，每逢消沉的时代，无助的未来，失落的梦想，这

1. 颙（yóng）望：仰首盼望。
2. 争知：怎知。恁（nèn）：这样。

三句都十分应景。人都想极力摆脱逝去的枷锁，却总无奈地发现越是用力越是向下沉沦，只能自己咀嚼与负荷宇宙间最沉重的负担。

据说苏轼极为欣赏这三句词，认为其不减唐人高处。诚然这三句有唐诗中习见的宏大时空格局。但在唐人那里，特别是盛唐诗人，诗句的开阔往往展现的是蓬勃的朝气与对未来的信心，是这首蕴含失望之空幻的慢词所没有的气象。

鹤冲天

柳永

黄金榜上。偶失龙头望。[1]明代暂遗贤，如何向。未遂风云便，争不恣狂荡。[2]何须论得丧。才子词人，自是白衣卿相。[3]

烟花巷陌，依约丹青屏障。[4]幸有意中人，堪寻访。且恁偎红翠，风流事、平生畅。青春都一饷。[5]忍把浮名，换了浅斟低唱。[6]

【赏析】

在北宋流行乐坛上，柳永绝对是天王巨星级别的词作家，他的歌词在坊间巷陌的流传程度非常高。如果某位歌女能独家获得一首柳永的新词，那么她的知名度及身价就会大涨。于是经常有歌女主动拜访柳永，希望柳永能专门为自己填一曲歌词。不仅如此，柳永甚至还有很高的国际知名度。有一位来自西夏的官员就曾说过，西夏那里“凡有井水处，即能歌柳词”。

在这样的流行热度下，深宫中的帝王也难以不受其影响。宋仁宗就非常喜欢柳永的词，曾经在宫中自我哼唱当时最流行的柳词金曲，每当饮酒的时候，也一定要让宫中侍女哼唱助兴。但是流行乐坛的热度并不能为柳永的仕宦生涯提供便利，他还是必须先通过科举考试，取得进士身份，才能够进入仕途。但遗憾的是，柳永屡试不第，歌词方面的才华无法在以策论为考试内容的科场中施展，于是落寞潦倒，在开封的平康巷陌中沉醉癫狂，也就有了这么一首词。

柳永非常失望，自视甚高的他想不通为何得不到君王的赏识，只

1. 龙头：状元。此处指没考中进士。
2. 明代：贤明的时代。未遂风云便：没有碰到好机遇。恣：放纵，无拘束。
3. 白衣：平民。
4. 烟花：妓馆。丹青屏障：画着艳丽图案的屏风。
5. 一饷（xiǎng）：片刻。
6. 浮名：功名，即中举得官。

有同样沉沦底层的歌女才能赏识自己的才华，才能理解自己的痛苦，在她们那里才能拥有自信，找到自我。既然如此，何不纵情于知己之间？为何要去汲汲追取世人看重的功名？在烟花巷陌、流行乐坛上，自己当然就是地位最高的卿相。何况青春也就那么短暂，为何不趁着大好年华尽情享受自我舒畅的生活？

这首与主流政治对抗的歌词充满爆发力，迅速在民间流传开来，宋仁宗也很快听闻了这首词。据说柳永写了这首词后就考中了进士，但发榜之际，仁宗见柳永在列，遂说："此人好去'浅斟低唱'，何要'浮名'？且填词去。"柳永便再次落第，但却自我标榜为"奉旨填词柳三变"。而这件事也让柳永知道仁宗对自己歌词的熟悉，他又通过一位宦官朋友得知仁宗在宫中爱听爱唱自己的词，于是就托这位宦官带两首新词给仁宗。仁宗见后，并没有说什么，只是从此宫中不再响起吟唱柳词的声音。

可见这首满腹牢骚的词并不能掩盖柳永追求功名的心，这些词句只不过是求之不得的发泄，他还是积极参加科举，甚至想寻求一点获取功名的捷径，他终究不愿意在浅斟低唱间了此余生，他也有着北宋士大夫共同的天下抱负。五十岁的时候，柳永终于考中了进士，开始真正投身于治国平天下的事业。今日偶传的《煮海歌》便是一首反映海边盐民贫苦生活并反思根源的讽刺作品。但这些东西与柳永早年的歌坛地位相比太微不足道了，于是也就被淹没在歌词之间，被历史遗忘。千百年后的读者，更愿意相信柳永是词中所写的落魄文人，只有同样沉沦底层的歌女才能欣赏他的才华，理解他的痛苦。于是就会产生这样的故事，柳永在郁郁不得志中故去，无钱也无人为其料理后事，只有曾经频繁寻访他的众位歌女，凑钱为他安葬，在春风中哭泣，凭吊这位曾经的白衣卿相。

一丛花令

张先

伤高怀远几时穷？无物似情浓。离愁正引千丝乱，更东陌、飞絮濛濛。嘶骑渐遥，征尘不断，何处认郎踪。

双鸳池沼水溶溶，南北小桡通。[1]梯横画阁黄昏后，又还是、斜月帘栊。沉恨细思，不如桃杏，犹解嫁东风。[2]

【赏析】

登高望远，往往产生思念的忧伤，这是词中常见的情绪，似乎每一代人都要经历这样的惆怅。若问什么时候能不再这样，答案当然是无期无尽，因为人非草木，孰能无情，只要有血有肉的人还在，那情也就在，伤高怀远就会持续下去。

尽管词中之情还是传统的怨女思郎，但是词人在下阕却描绘了不同寻常的细节画面。女子所在的高楼前有一块池塘，池塘中的戏水鸳鸯正反衬着女子的孤独。一般来说，闺阁外的池塘有着类似围墙的功用，将深闺女子与外面的世界隔绝开来。但此处的池塘却并非如此，水面上有小船南北往来，原来是小楼与外界的沟通道路，情郎是顺着水路来的。而且闺阁的窗下，本来还摆着一架梯子，想必是女子的情郎乘船到楼下，是要顺梯从窗户爬进小楼的。如此说来，女子思念的郎君是曾经悄悄幽会的对象，尽管是私通，但心已然归属于他。

不过如同所有的爬墙公子那样，这位翻窗公子也一去不返了，空留着湖面给路人经过。梯横就是说梯子被横放在小楼之上，也就意味着被收起来了，女子已经不再抱有情郎回来的希望。但尽管如此，她还是忘却不了已经付出的深重浓情，她觉得自己的命运连桃花、杏花

张先（990—1078），字子野。乌程（今浙江湖州）人。北宋词人。

1. 桡：船桨。

2. 解：能够。

都不如。虽然桃杏被东风摧残凋零，但它们毕竟与所爱的东风一起飘荡在空中，又随风而去，美丽而短暂的春光也算有了归宿。可是她尽管与东风般的翻窗公子相遇心倾，却不能与他共赴天涯，他不肯带她走，她也不敢与之同奔，也就只能于此落寞惆怅，无助地看着自己的青春慢慢逝去。

全词的最后一句极为沉挚，欧阳修就非常欣赏，曾经给官至尚书都官郎中的张先取了个雅号，就叫“桃杏嫁东风郎中”。不过大多数人主要是被词中的湖水与梯子吸引，或许他们颇为费解为何寂寞深闺会有和外界相通的路径，于是就流传开了这样的故事。说张先曾经与一位小尼姑发生私情，小尼姑的师父发现后就将小尼姑幽禁在一座建于小岛的高阁上，自己住在楼下。但这样做仍然阻止不了二人的幽会，每当夜深人静，师父睡去的时候，小尼姑就悄悄从窗户上放下梯子，乘船而至的张先得以顺梯入阁。如此，这首词就变成了张先于一场幽会之后，回望小楼而生起的淡然惆怅，不过这样的情绪似乎担不住开篇的“无物似情浓”吧。

天仙子　　张先

时为嘉禾小倅，以病眠，不赴府会。

水调数声持酒听，午醉醒来愁未醒。[1]送春春去几时回？临晚镜，伤流景，往事后期空记省。[2]

沙上并禽池上暝，云破月来花弄影。[3]重重帘幕密遮灯，风不定，人初静，明日落红应满径。

【赏析】

往事都已成空，再想也是无益，那么后期又会如何呢？

花前醉酒，看似是一场富贵风流，其实蕴藏着春去人老的无奈，欲以纵享欢乐的迷醉挽留住青春的脚步。可是耳畔的流行金曲，从旋律到歌词都一如心中所想的惆怅，击碎了幻想，只剩感慨万千的惆怅，姑且沉沉睡去，不愿面对无情的事实。

梦醒时分，时间已从午后来到了黄昏，眼前已经开始阑珊的春意继续撩动心中的春愁，而且将愁绪的思考引向了更深的层次。都说春去春又回，可是春去了真的会再回来吗？或许春天还是会回来的，但镜中已经衰老的容颜再不可能回到曾经的样子，而充满美好往事的年华更似流水，一去不返。突然间醒悟了，原来春天去了会再回来，但回来的春天仍将不免逝去的命运。就像往事已成空，人们虽可期待未来的美好，但未来也终将成为一去不返的往事，依然会使人空自神伤。于是沉浸在往事的记忆中是空的，而寄托于后期的希望同样也是空的，不管美好已经发生，还是将要发生，都会成为永不复回的过往。

---

1. 水调：水调歌，传说是隋炀帝开凿大运河时谱写的乐曲，在唐宋时期极为流行。此曲旋律哀婉，多配忧伤愁怨之词，宋代词人贺铸的《罗敷歌》就提到“谁家水调声声怨”，即可想见《水调》曲词的声情。

2. 流景：流水一样的年华。记省（xǐng）：记，追忆；省，省悟。

3. 并禽：成对的水鸟。

经过了这番省悟，自己因午间醉酒而错过府会也就不那么令人惋惜了，欢乐都是要消逝的，现在不就是曲终人散的时候吗？如同今夜月光下还有动人的花影，明早起身，就只剩满地落红，那还是不要面对欢娱之后的伤感为好。

前人说这首词乃是临老伤春之作，与词中习见的少男少女的伤春不同。（沈祖棻《宋词赏析》）从词人对于后期也不抱有希望来看，确实如此，因为青春时代的伤感不会如此决绝，总会对未来有所期待。

渔家傲

张先

和程公辟赠别

巴子城头青草暮，巴山重叠相逢处。[1]燕子占巢花脱树。杯且举，瞿塘水阔舟难渡。

天外吴门清霅路，君家正在吴门住。[2]赠我柳枝情几许。春满缕，为君将入江南去。[3]

【赏析】

在外漂泊久了，就会思念故乡，面对周遭与故乡不同的山水，或许会心生一些嫌弃。如若突然间得以归乡，带来的欢欣愉悦有时会让人忘乎所以。

生长于湖州的张先此刻应该就是如此。他习惯了江南的艳阳芳草，重湖清波，来到渝州做知州后，对于巴蜀地区的连绵重山明显不太适应。群山不仅阻碍着眺望家乡的视线，而且造就的急险江峡，又少了泛舟太湖上的潇洒惬意，他对此多少是有些嫌弃的。

此时张先已经六十三岁了，更愿意回到家乡安度晚年，不想很快就愿望成真，激动的心情让他开起了上司程公辟的玩笑。程公辟家在苏州，与张先的故乡同在江南，而且是张先回家路上的必经之地，于是张先说：让我帮你把这柳枝蕴含的春色带回江南故乡去吧。可程公辟明明是为他折柳送行的，很可能正在为自己归不得而感到忧伤，张先却借此戏谑一番，足以想见他此刻的洋洋自得，不知程公辟心中是何滋味。

其实，春意正是江南的象征，一般的人会牵花折柳，寄给远方的江南游子，以勾连乡愁与思念。陆凯那首著名的诗《赠范晔》就如是

---

1. 巴子：渝州，即今重庆，因周朝时为巴子国属地，故名。
2. 吴门：苏州。清霅：霅溪，在今浙江湖州吴兴。
3. 将：拿。

写道：“折梅逢驿使，赠与陇头人。江南无所有，聊赠一枝春。”可张先不仅自己回到江南家乡，还把蕴含江南春意的柳枝一并带走了，却让程公辟在凄凉的巴山楚水间独自淹留，连寄托乡愁的花花草草都没有。张先忘乎所以的激动其实反衬着程公辟的落寞，人间总在上演这番几家欢乐几家愁的故事。

木兰花

张先

乙卯吴兴寒食[1]

龙头舴艋吴儿竞，笋柱秋千游女并。[2]芳洲拾翠暮忘归，秀野踏青来不定。[3]

行云去后遥山暝，已放笙歌池院静。[4]中庭月色正清明，无数杨花过无影。[5]

【赏析】

曲终人散多令人感到忧伤，特别是青年男女，往往产生年华终将逝去的感慨。但对一位阅尽世事的老人来说，笙歌散去的空寂里，依旧有淡定与从容，因他早已习惯悲欢离合，也就不会将其放在心上。

张先善于写影，据说因为他的诗词中有“云破月来花弄影”“浮萍断处见山影”“隔墙送过秋千影”三处写影妙句，从而获得“张三影”的美名。这首词中也提到影，但与那三处实际存在的影子不同，眼前飞过的杨花并没有在月光中留下影子，词情词境也就翻深一层。

这月光其实就是年老的心，饱经沧桑后变成毫无尘埃的明镜。而无数杨花就是日间的竞舟吴儿与踏青游女，他们来了又去，却不会在词人心中留下痕迹，因为词人本就没有了留恋青春的不舍。于是他们来了，词人就自在围观他们的热闹；他们散了，词人就安然享受曲终人散后的独自静谧。

不过话说回来，人得经历多少个春秋才能达到这样清明的境界，而又只有天才晓得在这过程当中，词人遭逢过怎样的苦痛。

---

1. 乙卯：宋神宗熙宁八年（1075）。
2. 舴艋（zé měng）：形似蚱蜢的小船。笋柱：竹子做的秋千柱。
3. 拾翠：古时女性春游常采百草，故用拾翠代指春日郊游。
4. 行云：天上的浮云。此处一语双关，既指浮云，也指上文提到的游女。放：散去。
5. 中庭：庭中。

青门引

春思

张先

乍暖还轻冷。风雨晚来方定。庭轩寂寞近清明，残花中酒，又是去年病。[1]

楼头画角风吹醒。入夜重门静。那堪更被明月，隔墙送过秋千影。

【赏析】

春天年年都去，却也年年都来，尽管是会勾起恼人的春愁，但年年都产生去年的惆怅，若不是心思格外细腻，那就得拥有刻骨的情事。

若是后者，年年的愁绪就总会伴随着那人的身影，时而清晰，时而模糊。又是一年寒食节，明月送来一片秋千影，真的有人在墙的那头荡秋千吗？或许有，或许没有，就算真的有，也与愁人没有交集。不过在愁人眼里，秋千上一定有人，且只会是那人的样子，因为在他心中，寒食的秋千早已定格在那时，令他魂牵梦绕。

只要时过境迁，再深的旧情都会变淡，再重的旧愁都会放下，愁人也会寻找到长久的陪伴。但曾经的错过总是在心头挥之不去，不经意间，就会瞥见似曾相识的身影一闪而过。

---

1. 中（zhòng）酒：喝醉酒。

浣溪沙

晏殊

一曲新词酒一杯，去年天气旧亭台。夕阳西下几时回。
无可奈何花落去，似曾相识燕归来。小园香径独徘徊。

【赏析】

当生活逐渐安定下来的时候，日子就会变得平淡甚至有些无聊。每天都在重复着昨天的工作，遇到特定的时节，又总是随着惯性做着年年如斯的规定动作，于是也就难以察觉时刻不停的变化，甚至把它忘却了。

一如此刻，在艳阳春日下非常欢乐地喝酒唱词，突然想起去年今日也是这般温暖怡人的天气，自己也在同一处亭台间喝酒唱词，一切都没有变化，令人欣喜。但事实真的如此吗？望着西沉的落日，突然间提出这样莫名其妙的问题：太阳落山了，还会再升起来吗？

或许会吧。正如眼前的花谢是无可奈何的，但好在去年的燕子还会回来。但是仔细再想一下，今年飞来的燕子真的就是去年飞走的那只吗？似曾相识，其实已经暗示着不是。原来花落了不会再开，明年绽放的是新的一枝；燕子去了不会再来，明年筑巢的需要重新结识。于是每天升起的都是一轮崭新的太阳，今年喝酒唱词的我也就不是去年亭台中的自己，终究老去了一岁，而生命就在这日复一日年复一年的看似重复中悄然溜走，待回过神来的时候，自己早就衰老不堪了，这才是最让人无可奈何的事情。

但话说回来，能够拥有这番情绪的人始终是幸福的，他不必为生计苦苦奔波，也只有这样，才能如此深细地咀嚼时间的短暂与永恒。

晏殊（991—1055），字同叔。抚州临川（今江西抚州）人。北宋文学家、政治家。十四岁以神童科入仕，为相多年。词风婉丽，尤擅令曲。

浣溪沙　　晏殊

一向年光有限身，等闲离别易销魂，酒筵歌席莫辞频。[1]
满目山河空念远，落花风雨更伤春，不如怜取眼前人。

【赏析】

离别在人生中实在太常见了，有时候会和同一个人多次道再见，如果每一次离别都隆重地设乐摆酒，也会产生疲于奔命的憔悴吧。

但心思细腻的词人却察觉到宴会之外的深意，他从春光的短暂瞬间联想到人生的短暂，谁又能保证这一次离别还会有再见的时候呢？很可能一场普普通通的告别就意味着后会无期。这种经历实在太寻常了，多少人在离别的时候庄重地许下海誓山盟，说要永远做最好的朋友，但“海内存知己，天涯若比邻”终究属于初唐才子的朝气，距离往往会冲淡原本醇厚的深情，何况还要面对生命中的种种无常？

于是乎眼前的山河只能给人带来空自落寞的惆怅。伊人的方向被山河阻挡，生命的短暂又敌不过山河的长久，一切对于过往的挽回都是空的，一切的美好都是短暂的，所以当风雨赤裸裸地在眼前摧残春花的时候，细腻的心也就更加不能忍受了。

不过晏殊从来不会将情感说得决绝，他总是会点到为止。就如这句“落花风雨更伤春”，尽管伤感不已，但人犹在伤春，故而一片落红环抱的枝头上，仍然还有几朵诉说春之生意的残花，人还能欣赏最后的春光，还能抓住青春最后的尾巴。这正如身边还有人陪伴着他，他还可以珍惜眼前陪在自己身边的人，以此来消解后会无期的惆怅。但晏殊终究是富贵悠游五十年的太平宰相，畅达的政治生命决定了他的词作珠圆玉润的特点。而对于大千世界中的普通人来说，有多少还能拥有朋友永别之后身边犹有他人陪伴的幸运呢？

---

1. 一向：即一晌。年光：春光。等闲：寻常的。

蝶恋花　　晏殊

槛菊愁烟兰泣露，罗幕轻寒，燕子双飞去。[1]明月不谙离恨苦，斜光到晓穿朱户。[2]

昨夜西风凋碧树，独上高楼，望尽天涯路。欲寄彩笺兼尺素，山长水阔知何处。[3]

【赏析】

高楼之上，能眺望到什么？春日的时候，离离的艳阳芳草向天外弥漫开去，视线其实被遮挡，也就只能产生烦闷的惆怅。而清秋时节，草木凋零，空间萧索寥廓，也就可以看到最遥远的天边。

但就算如此，高楼之上的人就能看到想见的全部吗？他在看着一条路，苦苦思念的那个人就是顺着这条路离开的，所以只要能看到这条路的尽头，那就能够看到伊人，最好是伊人此刻正在神色匆匆地回家。可是他尽管一直看到了天边，但仍然没有望见路的尽头，这条路并没有随着天地交接而结束，在地平线之外，还有好长好长。

既然望不见，那不如寄一封承载相思的信吧。彩笺是此时惯用的信纸，可以随驿使前往想去的地方。尺素则是传说中塞在鲤鱼肚子里的信笺，名义上是拜托朋友带两条鲤鱼给对方，实际上信笺才是真正的目的所在。一古一今，可谓双保险，但是在望不见尽头的天涯路面前，寄信的方向其实是不知道的，那再多的渠道也都寄不出去，只留下自己更为无助的彷徨。

这场迷离的忧伤中，天涯路的尽头到底是什么？读者自可以跳出情人的束缚，而置换成所有的心中理想。如此，那首《诗经·秦

1. 槛（jiàn）：亭台楼阁的栏杆。
2. 谙：知晓。
3. 尺素：书写用的一尺长左右的白色生绢，多用于书信。

风·蒹葭》便又摇曳在眼前，王国维便说《蒹葭》与这首词意思相近，但一洒落，一悲壮尔。诚然如是，《蒹葭》尽管也求之不得，毕竟还能看见水边伊人的灵动影像，而昏暗的天涯路上却什么也没有。但是，高楼之上的人还是会和《蒹葭》一样，在反复的失败中依然不断追寻。尽管看不见伊人，尽管不知道追寻的方向，但他终究会坚定地踏上天涯，在黑暗中摸索自己的道路。

踏莎行

晏殊

小径红稀，芳郊绿遍。高台树色阴阴见。春风不解禁杨花，濛濛乱扑行人面。

翠叶藏莺，朱帘隔燕。炉香静逐游丝转。一场愁梦酒醒时，斜阳却照深深院。

【赏析】

离家在外的人，总是会被暮春景色惹动愁绪。道路两旁的花已经不剩几朵了，散漫开来的绿色笼罩着道路之外的原野，树木投在地上的影子也日渐增大，时间又是匆匆过去，可行人还在无边原野间走着，顺着迷茫的方向，盼着不知何日的归期。春风将柳絮吹拂过来，或许会让行人想到送行时折下的柳枝，那时它才刚刚抽芽，如今已絮打人头，自己的漂泊本就如风中柳絮，弱小而无助，何况又不知经过了多少时间，是否也已如斯般白首?

不仅是行人，在家苦苦等候的人也总在暮春销魂。等待中的时间本来就非常缓慢，而白昼又在渐渐变长，这更加让人难挨，就连莺燕也在叶间帘外自顾自地玩耍，人之寂寞就又深了一层。或许在醉酒中睡去是比较方便的时光消遣，但梦里依然是愁绪满布的空间，人怎么也逃不过寂寞相思的吞噬。而醒来之后，发现才夕阳西下，并没有睡多长时间，漫长的一天仍然在等待着他，而且一下子送来了最难消遣的昏黄。

无论春光还是容颜，总是在动静与速缓间均匀地消逝着。

山亭柳

赠歌者

晏殊

家住西秦。[1]赌博艺随身。[2]花柳上、斗尖新。[3]偶学念奴声调，有时高遏行云。[4]蜀锦缠头无数，不负辛勤。[5]

数年来往咸京道，残杯冷炙谩消魂。[6]衷肠事、托何人。[7]若有知音见采，不辞遍唱阳春。[8]一曲当筵落泪，重掩罗巾。

【赏析】

宋仁宗皇祐二年（1050），晏殊以户部尚书、观文殿大学士知永兴军节度使（今陕西西安）。十四岁由通过神童科考试获得进士身份的他，直到这一年六十岁了，才真正意义上外任地方。而之前的四十多年，他大多在京城富贵悠游，过着太平宰相的生活，就算偶尔外任，也与京城相距不过百里。从这点来看，词中的这位陕西歌女，很可能带有晏殊自己经历的映射。

词的上阕叙述歌女会的技艺丰富而高超，以此获得了无数清客公子的青睐，这与他的政治生平可以大致相对。“神童”出身的晏殊当然对儒家经典非常熟悉，中试之后便被封为太子舍人，陪同还是孩子的宋仁宗读书。仁宗亲政之后，晏殊很快得以重用，迅速升迁至副宰

---

1. 西秦：即指关中平原，今陕西中部。因春秋战国时属秦地，在中原之西，故言西秦。
2. 赌博：古时酒席间通过掷采（类似今日骰子）以较量胜负的游戏。
3. 花柳：歌舞欢乐的场合。尖新：新奇别致。
4. 念奴：唐玄宗天宝年间的歌女。高遏行云：形容歌声嘹亮动听。遏，阻止。传说古时歌者秦青能够用歌声停止住浮云的飘荡。
5. 蜀锦：四川地区出产的名贵锦缎。缠头：将锦缎缠绕在头上，乃古时酒席间赏赐歌女的方式。
6. 咸京：咸，咸阳，今属陕西西安。京，北宋京城开封。
7. 衷肠事：心中事。
8. 采：赏识，理解。阳春：《阳春曲》，战国时流行于楚国的高雅歌曲，代指高雅而难唱的歌曲。

相级别的高位。在任上，晏殊兴办过地方学校，参与过对西夏作战的最终决策，而且还在仁宗年幼的情况下力主章献太后垂帘听政，自是一位多面手。而“不负辛勤”一句，是更加明显的自我牢骚，为大宋奉献了那么久那么多，居然在六十来岁的时候被打发到了遥远的边关，如此消沉的话语，得融杂了多少情感才能说出。

下阕转入歌女而今的冷落，恰与晏殊自己的经历相同。同样的知音渴求带来了二人的心意相通，于是歌女纵其才技为晏殊演唱，晏殊也完全能够听出曲中哀伤，而当场落泪。帝制时代，官员与歌女尽管有身份尊卑不同，但生命境遇却是一致的，都不能真正主宰自己的生活，而需要依托在别人之上。皇帝也好，男人也罢，总之是那条牵着风筝的线，决定着它飞往的高度，也随时可以让它回到地面。

早在唐朝，被贬江州司马的白居易便借浔阳琵琶女的起落身世抒发苦闷之情，从而写下了传世名篇《琵琶行》。白居易也听完了琵琶女的故事，也听懂了她的人生，于是发出“同是天涯沦落人，相逢何必曾相识”的经典感慨。后来琵琶女也为白居易倾心演奏一曲，白居易听罢止不住泪水涟涟。晏殊的《山亭柳》可谓《琵琶行》的北宋翻版，但这样的故事，其实每天都在上演。

玉楼春

宋祁

春景

东城渐觉风光好，縠皱波纹迎客棹。[1]绿杨烟外晓寒轻，红杏枝头春意闹。

浮生长恨欢娱少，肯爱千金轻一笑。[2]为君持酒劝斜阳，且向花间留晚照。

【赏析】

当春天刚刚回来的时候，人们总是欣喜不已。城头上东风吹起，意味着温暖、生机、烟景将渐次来临，这是能够预见的美好未来，是充满希望的天地。这样的生活是人们最期待的，一切都在向上，一切都在往好的方向发展，那么自己又有什么理由不会变得更棒呢？在这样的预设下，心情也就欢腾起来，从事任何工作都会有十足的动力，如争相绽放的朵朵红杏，热闹枝头的背后，是蓬勃的生命力。

但人世间似乎悲伤忧愁是主流，欢娱时刻总是短暂。可身处欢娱的人又很难意识到美好的不易，他们更难想到可能会遇见美好瞬间消逝的无常。如若意识到了这些，那就会珍惜当下的存在，就会不惜一切更多地沉醉其间。人生欢笑的时候那么少，既然千金可以换取，又何必在意价值几何呢？于是下阕的及时行乐就不是无耻炫富，也非无聊颓废，而是在明白人世忧患无奈之后的生命深情，是对美好与希望的执着留恋。尽管向着夕阳的挽留哀求，终究显得那么落寞无助。

宋祁（998—1061），字子京。开封雍丘（今河南杞县）人，幼居安陆（今属湖北）。北宋史学家、文学家、词人，官至工部尚书。因“红杏枝头春意闹”一句脍炙人口，故被称为“红杏尚书”。

1. 縠（hú）：有皱纹的轻纱。縠纹即指水面波纹似纱上的皱纹。

2. 肯爱：怎肯怜爱。

采桑子

欧阳修

群芳过后西湖好，狼籍残红。[1]飞絮蒙蒙，垂柳阑干尽日风。[2]

笙歌散尽游人去，始觉春空。垂下帘栊，双燕归来细雨中。

【赏析】

春意阑珊多会让人感到憔悴的痛苦，但欧阳修面对群芳凋谢之后的颍州西湖，却并没有产生这样的情绪，反倒寻找起其间的欢乐。尽管满地都是凌乱的落花，但空中飞舞的柳絮却填补了花去的空白。日益柔美的柳枝在风中摇曳交错，使得眼前依旧充满生机。

曲终人散，喧嚣过后的安静会让人多少觉得空寂，但很快这种心情便消散了。细雨朦胧中，飞回来了去年的双燕。如果说离别是人间的无奈忧伤，那么不经意间的重逢也就非常值得欣慰了。于是空寂的暮春湖山也就不再寂寞冷清，而多了几分岁月静好的安宁。

欧阳修（1007—1072），字永叔，号醉翁、六一居士。吉州永丰（今江西永丰）人。北宋政治家、思想家、史学家、文学家，“唐宋八大家”之一，词与晏殊齐名，称“晏欧”。

1. 西湖：颍州西湖，在今安徽阜阳西北，为欧阳修晚年退居之所。

2. 阑干：纵横交错的样子。

朝中措

欧阳修

送刘仲原甫出守维扬[1]

平山阑槛倚晴空，山色有无中。[2]手种堂前垂柳，别来几度春风。

文章太守，挥毫万字，一饮千钟。行乐直须年少，尊前看取衰翁。

【赏析】

宋仁宗庆历五年（1045），欧阳修参与的庆历新政失败，与同道范仲淹、韩琦、富弼等人一同被贬，任滁州知州。在滁州的时候，欧阳修建了一座醉翁亭，并自号醉翁，寄托政治失意的苦闷。三年之后，也就是庆历八年（1048），欧阳修改任扬州知州。此时的他依然没有完全散去贬谪情绪，但表露于外的行为要淡定从容许多。他在扬州修了一座平山堂，地势高耸，视线极佳，南京、镇江、扬州一带的青山尽收眼中。欧阳修常与宾客游玩其上，饮酒作诗，过了一段自在风流的太守生活。在这个时候，他心中牵挂的家国天下，似乎悄悄隐去了。

多年之后，时间来到至和元年（1054），欧阳修已经回到京城，官居翰林学士、史馆修撰，他的好朋友刘敞也正做着重要官职知制诰。对于欧阳修来说，他的政治生涯今后将蒸蒸日上，但刘敞就没有如此幸运，两年之后的嘉祐元年，刚刚成功出使辽国的刘敞，就因为避亲的借口，被除去了知制诰之职，离开京城，外任扬州知州，欧阳修便是在送行的宴会上写下了这首词。

两位朋友即将于不同时间在同一空间发生交会，而前后至此的两人都带着政治失意的情绪，于是欧阳修便非常有针对性地用自己的

1. 刘仲原甫：刘敞（1019—1068），字原甫，北宋学者、文学家，欧阳修好友。

2. 平山：欧阳修任扬州知州时修建的平山堂，后成扬州名胜。山色有无中：王维《江汉临泛》诗："江流天地外，山色有无中。"

过往安慰朋友，说扬州是一处可以自在逍遥的地方，那里有我建的平山堂，你可以在那里尽情欢乐。平山堂前还有我当年种下的柳树，它们就在那里年年抽枝长叶，我却多年不见。欢快的时光我已经很久没有经历了，京城繁忙的公务不会允许如此潇洒，但心中还是非常留恋那段过去。好在朋友你如今要到那里去了，当年我到扬州的时候是四十二岁，今日要去扬州的你三十八岁，相近的年纪伴随着不输给我的才华与豪情，你完全可以重现当年那位文章太守的豪情雅兴。至于此刻的我，已是五十年纪，尽管可知天命，但也行将迟暮，只期望你能够在那个地方延续我们的青春我们的生命活力。

本是对朋友离京的劝慰，但不想一段自己的人生感慨却倾泻而出。

踏莎行

欧阳修

候馆梅残，溪桥柳细。[1]草薰风暖摇征辔。[2]离愁渐远渐无穷，迢迢不断如春水。

寸寸柔肠，盈盈粉泪。楼高莫近危阑倚。平芜尽处是春山，行人更在春山外。[3]

【赏析】

春水春山，离愁由此而生。在天气初暖的早春时节，同样也能深情至浓。

行人在外行走，漫无目的地甩着马鞭，伴随着逐渐涨起的春水，逐渐铺开的春绿，愁绪也就越来越重。春水缠绵，潺潺不断，心中同样的一片缠绵，也就不会随着路遥别久而黯淡。

与之相同，家中的思客同样也离愁难断。或许她无数次登高望远，经历了太多的遗憾失望，于是才会告诉自己不要再上危楼了。但有时理智难以控制自己的身体，她还是登上了高楼。不出所料，依然是一片春山遮住了视线，只见原野草色青青，不见熟悉的行人身影。只有自己在这里独守空闺，一如春山就在那里默默伫立。

全词如画，但极柔之句，极厚之情，却又是画笔所难至的。

---

1. 候馆：旅店。
2. 薰：香气缭绕。
3. 平芜：平远的草地。

生查子

欧阳修

去年元夜时，花市灯如昼。[1]月上柳梢头，人约黄昏后。

今年元夜时，月与灯依旧。不见去年人，泪满春衫袖。

【赏析】

宋代的元宵节，是一年一度狂欢的日子。正月十五的晚上，平时不大能出门的女性都可以盛装打扮，在街上自由地赏灯游乐。于是这一天也成为情人幽会的好机会，城中璀璨华丽的灯火，也能为此增添不少浪漫。词中的约会便这样如期举行了，皎洁的月光一如青年男女纯真的爱恋，见证着初入爱河时的忐忑、羞涩与甜蜜。

倏尔之间，又到了元夕佳节，距离这场约会只过去了一个春秋。一年的时间其实并不长，月光还是那样皎洁，去年的花灯式样远没有过时，依然挂满枝头，点亮整座城市，人也还是那年轻美丽的样子，并未老去。一年的时间却也很漫长，长到可以发生各种意想不到的故事，长到可以让恩爱甜蜜的情侣黯然分别，此生难见。于是熟悉的元夕灯火不再为自己绽放，成群的美艳游女正如去年那样奔赴柳梢之下的约会，却是一片别人家的热闹。

这首词在结构与章法上很像唐朝诗人崔护的《题都城南庄》，诗是这样写的："去年今日此门中，人面桃花相映红。人面不知何处去，桃花依旧笑春风。"都是去年今日的物是人非，但诗中所写的是一场偶然的邂逅，而非词里的刻骨爱恋，于是情绪要比词里节制许多，并没有痛哭不止，只是桃花春风间的怅然。

都说一代儒宗欧阳修怎么可能在元夕做这样略带世俗趣味的幽会，这会削弱欧公形象中的道德高度。于是南宋中叶以来的很长时间

1. 元夜：元宵节的晚上。

内，都将这首词系在女词人朱淑真名下，以坐实其浪荡女子的形象。但正如崔护的那首诗并没有什么缠绵悱恻的故事一样，欧阳修的这首词也不一定是在记录真实，元夕幽会只是一种故事可能，而人们大可以由此想起属于自己的某日时光。

玉楼春 欧阳修

尊前拟把归期说，未语春容先惨咽。人生自是有情痴，此恨不关风与月。

离歌且莫翻新阕，一曲能教肠寸结。直须看尽洛城花，始共春风容易别。

【赏析】

宋仁宗天圣八年（1030），二十四岁的欧阳修中举，被授予西京留守推官，旋即前往洛阳，开始了青年时期在洛阳城走马观花的风流生活。

这段生活在欧阳修的生命中是特别而珍贵的。他可以肆意挥洒青春的激情，也可以将心底的深情毫无保留地倾泻出来，这是在今后的政治舞台上难以表达也难以激起的情感。

都说风月让人伤感，但真正的伤心却与风月无关，如若将风月抽去，樽前的离愁别绪并不会消减半分。如若心中存有一片痴情，那么越平淡阑珊的风景，越是能勾起无限的怅惘。于是此刻的我，并不是因为风花雪月而感伤离别，而是因为感伤离别才要诉说风花雪月；我也不是因为将要面对的忧伤寂寞，才对你留恋不舍，而是因为对你的留恋不舍，才恐惧未来的寂寞空虚。

既然如此，何不趁着最后的相聚看尽最美丽的洛城花朵？春易逝，花易谢，容易老，人易别，但至少我们现在还在一起，至少我们依然年轻。那就用青春的豪情抚慰深情的沉重，或许就可以不必在春花逝去之后独自悔恨。

玉楼春

欧阳修

燕鸿过后春归去，细算浮生千万绪。来如春梦几多时，去似朝云无觅处。

闻琴解佩神仙侣，挽断罗衣留不住。劝君莫作独醒人，烂醉花间应有数。[1]

【赏析】

春天去了，总是会勾起无限的不舍，但转念一想，人生遭逢的伤逝实在太多太多了。年华老去，情人分别，壮志难酬，往日成空……这些匆匆短暂的美好，要比春光重要很多。而且春天总是会回来的，来年就可以重新欣赏她的美丽，但更多逝去的美好，已经无法再见到她回来的样子。

承载着美好的时光总是这样，悄悄地来，又悄悄地去，不经意间给人生注入无限的希望，又默默地将希望销蚀殆尽，只剩下清风中的无踪无影。想挽住她的手，拉住她的脚步，却总是一厢情愿的徒劳，该来的总归会来，该走的也总归要走。

独醒人间，看透世事，虽然智慧，却也要有直面惨淡人生的勇气，如若还振臂高呼，铁屋呐喊，就更需要烈士的情怀。但面对失去美与爱的巨大痛心，大多数人并不会勇敢地做着看似无谓的奋起，只会一头扎进更深的温柔乡中，用残存的花酒麻醉自己，多少可以舔舐一下深裂的伤口，毕竟连消沉的烂醉迷狂也是有限的，再不抓紧，她也要消失无痕了。

1. 有数：有限。

临江仙　　欧阳修

记得金銮同唱第，春风上国繁华。[1]如今薄宦老天涯。十年歧路，空负曲江花。[2]

闻说阆山通阆苑，楼高不见君家。[3]孤城寒日等闲斜。离愁难尽，红树远连霞。

【赏析】

十年的时间有多长？人生第一个十年记忆又从何时开始？

对于欧阳修来说，他的第一个十年是从考中进士开始的。二十四岁的他风华正茂，无比繁华的春日开封，预示着青春年少的他将有灿烂锦绣的未来。当时的他，自然也是如此期许的。

十年过去了，曾经的少年已经开始感到中年的憔悴，或许早在人生奔波的操劳中疲惫不堪。但是当初的理想实现了吗？意气风发，胸佩红花的新进士，如今已经获得曲江池畔想要的生活了吗？遗憾的是，尽管过去了那么长的时间，自许颇高的我，竟然一事无成。

这应该是人生的重大打击之一，毕竟人的一生能有几个十年？或许第一个十年过去了，还可以期待第二个十年，但下一个十年会不会也是这样一事无成地白白流逝？打击之下的人往往丧失了信心，或许很有可能吧。如若这样，自己还去哪里找第三个十年呢？这样的期待，只会和将希望寄托在缥缈的仙家故事上一样，终究找不到平静的方向，只剩下夕阳日复一日地西斜，留下一片饱经风霜的苍茫。

欧阳修的疲惫始终存在，纵然没有他那样的春风得意，但人们读到这首词，总会想起自己十八岁时候的那缕阳光。

---

1. 上国：京城。
2. 曲江花：唐时新科进士佩戴红花，于曲江池畔出席皇帝宴请。代指祝贺新科进士的宴会。
3. 阆山：阆风巅，在昆仑山之上。阆苑：神仙居住之所。欧阳修此词乃送别一位同榜及第的友人赴任四川阆中通判，故词句以阆山、阆苑双关。

水调歌头

苏舜钦

沧浪亭[1]

潇洒太湖岸，淡伫洞庭山。鱼龙隐处，烟雾深锁渺弥间。方念陶朱张翰，忽有扁舟急桨，撇浪载鲈还。[2]落日暴风雨，归路绕汀湾。

丈夫志，当景盛，耻疏闲。壮年何事憔悴，华发改朱颜。拟借寒潭垂钓，又恐鸥鸟相猜，不肯傍青纶。刺棹穿芦荻，无语看波澜。

【赏析】

庆历五年（1045），范仲淹主持的庆历新政失败，参与改革的官员纷纷被贬官或外任。被范仲淹举荐得官的苏舜钦也未幸免，他因在祭祀的时候卖废纸换钱宴请宾客，被御史台官员弹劾监守自盗，从而落职，皇帝要求他迁到苏州居住。

开封人苏舜钦在苏州的生活似乎还算闲适，他在苏州郡学旁花费四万钱买了一大处空地，修了一个园子，起名为沧浪亭。上古的时候有一首《沧浪歌》非常有名，传说是一位渔父劝诫世人随波逐流，莫去执着做官。他是这样唱的："沧浪之水清兮，可以濯吾缨。沧浪之水浊兮，可以濯吾足。"据说孔子和屈原都听过此曲，身处困厄的他们似乎都若有所思。苏舜钦以之作为园名，显然有种潇洒江湖的情绪。

恰好苏州正是潇洒淡然的地方，这里离京城很远，山水清丽，街巷虽不壮丽，但却有富足的鱼米，很适合消解追名逐利的心。而且太湖之上又有许多淡然漂泊、脱离官场的先贤故事，迎接着一代又一代隐者的到来。

苏舜钦（1008—1049），字子美。北宋文学家。

1. 沧浪亭：苏舜钦在苏州的私家园林。

2. 陶朱：传说越王勾践灭吴后，重要谋臣范蠡携西施归隐太湖之中，称陶朱公。张翰：字季鹰，西晋官员、文学家，吴郡吴县（今江苏苏州）人，于京城洛阳为官时，忽因秋风起而思念太湖出产的莼菜鲈鱼，遂弃官归乡。

不过无论是范蠡还是张翰，他们本就是苏州人，来太湖烟水间泛舟垂钓，是阅尽人事悲欢后，回到湖山田园，享受家乡带给自己的宁静。而开封人苏舜钦在这里，终究是一位他乡之客，似乎很难完全沉浸在湖光之中。而且，苏舜钦并没有放下胸怀天下的心，他觉得自己还年轻，正是去大展宏图的时光，此刻在沧浪之水上的垂钓只是做做样子，连他自己都不信，何况见惯隐者的湖滨鸥鸟呢？京城已无人赏识，太湖上也找不到心意相通者，只能默默地自我观赏心中激荡的波澜。

话说回来，《沧浪歌》的第一批听众孔子与屈原并未真的按照渔父的话做，因为他们放不下心中的家国与理想。世世代代唱着沧浪之曲放舟垂钓的士大夫，又有几位真正与世浮沉的呢？

桂枝香 王安石

登临送目。正故国晚秋，天气初肃。[1]千里澄江似练，翠峰如簇。归帆去棹残阳里，背西风、酒旗斜矗。彩舟云淡，星河鹭起，画图难足。

念往昔、繁华竞逐。叹门外楼头，悲恨相续。[2]千古凭高对此，谩嗟荣辱。六朝旧事随流水，但寒烟、芳草凝绿。至今商女，时时犹唱，后庭遗曲。[3]

【赏析】

王安石对南京是有感情的。宋英宗治平四年（1067），年轻的王安石刚踏上仕途不久，便来南京担任江宁知府。宋神宗熙宁九年（1076），罢相后的王安石再临金陵，在钟山脚下修建半山园，在此度过了凄凉无奈的晚年时光。人生起落之后，面对眼前这座城市的山河、历史以及历代诗人的吟咏，不一样的沧桑感慨也就油然而生。

词人将笔墨放在晚秋时空，淡化了金陵的脂粉气，却将繁华覆灭的无常挥洒得更加悲壮苍凉。且看晚霞染红的江船在残照中逐渐随彩云黯淡，但那银河又已瞬间升起在寥落的夜空。变化的，远去的，消逝的，始终是人事，唯有永恒的宇宙，平静地注视着南去北来。

下阕转入沧桑感慨，但金陵承载的六朝往事已经被唐朝诗人吟咏了太多次，如何翻出新意，得看真功夫。好在王安石学问很大，见识

王安石（1021—1086），字介甫，号半山。抚州临川（今江西抚州）人。北宋思想家、政治家、文学家。

1. 故国：故都。

2. 门外楼头：杜牧《台城曲》诗："门外韩擒虎，楼头张丽华。"韩擒虎为隋朝大将，灭陈战争的先锋。张丽华为陈后主宠妃。

3. 后庭遗曲：传说陈后主创制名曲《玉树后庭花》，至唐代犹传唱不衰。杜牧《泊秦淮》诗："商女不知亡国恨，隔江犹唱后庭花。"

独到，又善于写作集句诗词，于是这对他来说并不成问题。他在下阕用了集句的方法，连续化用杜牧诗句，翻出了金陵怀古的新意。

在唐人那里，金陵怀古多局限于感慨六朝往事的本身，就连爱作翻案文字的杜牧，也只是表达了不同的历史认识，并没有跳出六朝的局限。王安石则站在星河的视角看着六朝往事与唐人诗歌，发现王朝的覆灭并没有随着六朝的结束而结束，而是还在那里永恒地流转着。那些感慨沧桑的诗人，在伤感之余并没有体认其间的亡国教训，于是再怎么忧伤感人的文字，都是毫无意义的。于是责怪秦淮河畔的歌女不懂亡国之恨，还在那里唱着《玉树后庭花》，真是推卸责任的表现。歌女是无辜的，历史的主角始终是帝王将相。他们自己就没有真切借鉴历史遗恨，那就只能看着繁华成空的故事上演一个又一个的轮回。

杜牧在《阿房宫赋》的结尾感慨道："秦人不暇自哀，而后人哀之；后人哀之而不鉴之，亦使后人而复哀后人也。"王安石这首大量化用杜牧诗句的词，也将杜牧这篇文章的情绪引入，融汇成北宋士大夫对于历史的认识，展示着他们以天下为己任的责任与忧患。

清平乐　　王安国

春晚

留春不住，费尽莺儿语。满地残红宫锦污，昨夜南园风雨。

小怜初上琵琶，晓来思绕天涯。[1]不肯画堂朱户，春风自在梨花。

【赏析】

人生的悲伤愁苦是难免的，但在越是悲伤，越是逆境的时候，就越能体现人的品德。

正如这片春色，再怎么挽留也是徒劳的，千万首动听的歌敌不过一夜的凄风苦雨，花朵还是四散零落了。但是人并没有在春色中消沉，听着歌女弹起的忧伤琵琶曲，心情反倒更加坚定了些。

视线被窗外飞舞的梨花吸引，梨花就在春风中飘荡，不管春色是多么五彩缤纷，它就执着地坚守一抹纯白，就连春风的摧残，也不会玷污它的纯洁。于是，富丽奢美的朱户高堂怎是梨花看得起的地方？就算它无处可寻，就算它终将逝去，也不愿屈身于自己心所不屑的污浊之所。于是人是否也能在艰难苦恨中，依然不屈地坚守自己的底线与本真？

王安国（1028—1074），字平甫。王安石同母弟。

1. 小怜：北齐后主高纬嫔妃冯小怜，精于演奏琵琶。此处代指演奏琵琶的歌女。

临江仙　　晏几道

梦后楼台高锁，酒醒帘幕低垂。去年春恨却来时。落花人独立，微雨燕双飞。

记得小蘋初见，两重心字罗衣。[1]琵琶弦上说相思。当时明月在，曾照彩云归。

【赏析】

楼台高锁，帘幕低垂，这是一片清寂的空间，不一定真的就是梦后酒醒时真切所见，但却是每一位有情之人从梦幻欢娱回到孤独时的触目之感。

于是常见的春恨就被这楼台帘幕衬染得宝相庄严，带给人与燕不寻常的力量。二者并不是在习见的落花微雨间独立或双飞，而是伴随着那层层叠叠的楼台帘幕，承受着大千世界滚滚涌来的寂寞惆怅，心灵上也就有格外震撼的冲击。

这片空间能承载什么呢？悲伤的离别太躁动，衬不住静谧的力量，那就只有初见的时候了。不经意的一瞥，她突然出现在自己的眼前，就觉得好像在哪里见过，一颦一笑，一衿一袖，都是那样熟悉与美丽，这是青春迸发出的活力，是属于生命的灿烂光芒。

眼前不见了跃动的精灵，她已如彩云般随风逝去，只有当时明月还高悬楼台之上。但那轮明月真的还在吗？斯人归去的身影在月光照耀下逐渐模糊，带走了天边云彩，也带走了皎洁月光，只剩下自己在楼台帘幕间黯然神伤，她带走的，还有青春、欢乐、热情与希望。

晏几道（1038—1110），字叔原，号小山。抚州临川（今江西抚州）人。晏殊第七子。北宋词人。

1. 两重心字：绣在罗衣上的篆体心字图案，可能是多个心字叠在一起绣成，故云两重。

蝶恋花　　晏几道

梦入江南烟水路。行尽江南，不与离人遇。睡里消魂无说处，觉来惆怅消魂误。

欲尽此情书尺素。浮雁沉鱼，终了无凭据。却倚缓弦歌别绪，断肠移破秦筝柱。

【赏析】

离人在哪里？在烟水缭绕的江南。这已经给离人披上了神秘朦胧的面纱，暗示着苦苦追寻而不得的结局。

尽管如此，还是要去找寻她的踪迹，还是要去江南大地寻寻觅觅。但早已注定的命运不会改变，只留下自己在烟雾弥漫中无助彷徨，眼神迷离。

迷途的惊醒使自己发现刚才只是一场梦，在梦中不仅找不到她的踪迹，而且寻觅不得的消魂也无处诉苦，好在已经醒了，不必无助消魂了。但惊定下来，一阵更加浓郁的惆怅涌上心头。梦中尽管寻觅不得，但毕竟身处她在的江南，还是有找到的希望。而醒来之后，连江南都远在天边，寻觅不到的消魂也无从体验，那便一点希望也没有了。

于是鲤鱼尺素、伤曲哀弦也就都是自欺欺人的慰藉，很快就将鱼去弦断，依然只剩落寞凄凉的自己。

鹧鸪天　　晏几道

彩袖殷勤捧玉钟，当年拚却醉颜红。[1]舞低杨柳楼心月，歌尽桃花扇影风。

从别后，忆相逢，几回魂梦与君同。今宵剩把银釭照，犹恐相逢是梦中。[2]

【赏析】

离别的时候，无时无刻不在想她。梦中的她一如当年的样子，美丽纯真，灿烂动人，还有那情意绵绵的舞姿与歌声，充满着青春生命的活力。杨柳桃花，楼心扇底，可以比拟出她的各种姿态，却都概括不了她美丽的全部，只有动态的相合，才能获得最接近的形容。

不仅会梦到她，还会期待着相逢，尽管希望渺茫，但仍然在梦中演习了好多次，那一定会有欣喜若狂的欢叫，激情的拥抱，以及互诉衷肠的私语。

终于梦想成真，见到了日夜思念的她，但相逢的场景却与梦中千万种设想都不一样，就是那么自然地发生了，自然到自己都不相信这是真的，那些准备好的甚至反复练习的情话，都不知道忘到哪里去了，只是在那边挑亮火烛，反复确认这是不是她，这是不是梦。

好在还是与她重逢了，这在充满别离与愁恨的人生中是莫大的幸福。不管分别了多久，不管自己此刻是否青丝白发，容颜憔悴，眼前的她一定还是那么美丽，脸上洋溢着最温柔的笑容。相信回过神来，不再怀疑真实的时候，那些失去的青春、活力、希望、爱恋，都将在渐渐消沉的生命里重新绽放。

---

1. 玉钟：玉制精美酒杯。拚（pàn）却：甘愿，不顾惜。
2. 剩（jǐn）：通“尽”，只管。银釭（gāng）：银质的灯台，代指灯。

鹧鸪天　　晏几道

小令尊前见玉箫，银灯一曲太妖娆。[1]歌中醉倒谁能恨，唱罢归来酒未消。

春悄悄，夜迢迢，碧云天共楚宫遥。梦魂惯得无拘检，又踏杨花过谢桥。[2]

【赏析】

偶然间的席上相逢，顿时被她的美艳打动。似乎她也对我一见倾心，所以用最妖娆的舞姿，最醉人的声音，唱了一曲表达爱意的《剔银灯》。她叫什么名字，似乎并不知道，但也没有必要知道，因为我们心意相通，恰似那韦郎与玉箫的两世情缘故事，那何不就叫她玉箫呢？

不过我并不能和故事中的韦皋那样，留下一对玉指环作为定情信物，向她许诺婚约，二人的缘分也就这一场酒宴而已，宴会结束了，人也就散了。但因为这场动人的相逢，我喝得比平常要多得多。

热闹过去了，也就得面临空旷的孤寂。春夜是如此安静，此时的夜晚还没有变得太短，一场欢会之后，还有足够的时间安眠。睡下的时候，或许瞥见了碧蓝的夜空，突然间惆怅起来。天上的神仙离我非常遥远，而席间那位与我两情相悦的女孩，此刻还在那户人家，但与我也就是这般的天人两隔，音讯渺茫了。不由得感到万般悔恨，既然

---

1. 玉箫：代指吟咏的那位歌女。传说唐人韦皋年轻时候游历湖北江夏，在姜姓人家借宿多日。主人安排一位名叫玉箫的小青衣服侍韦皋，二人渐渐生情。后韦皋离开江夏，约定五到七年之后来此迎娶玉箫，但却未如约。玉箫遂绝食自尽，后转世人间，长成后又遇韦皋，成其侍妾。银灯一曲：即一曲银灯。银灯指北宋流行名曲《剔银灯》，主要歌唱男女之间的爱情。

2. 谢桥：谢娘桥。唐人李德裕有一位歌妓名谢秋娘，后以谢娘代指歌妓，谢桥即指歌妓住处。谢桥亦可代指游冶之地或情人欢会之所。

时间还那么长，刚才为何不再多留一会儿？为何此刻在此安眠？起身再往，也还是有机会的吧。

但是，人在世间，总会被一些条条框框束缚住，哪怕此刻有此念头，也担心坏了世俗的规矩，难以做到为情而不顾一切。好在人还有梦，梦中的我没有那么多的顾虑，完全可以又摇摇晃晃地伴着飞舞的杨花，走向玉箫的家。

但这毕竟是梦幻之景，很可能踏着杨花过谢桥是傍晚赴宴的真实场景，但我不可能再做一遍，这也就使得这句描写狎妓姿态与心情的词句容易被更多人接受。据说严格以端正品行要求自己与他人的道学家程颐，也对这首词迷恋不已，以“鬼语也”的笑言表达了自己的赞许，这种迷离的幽情其实是道学家的头巾裹不住的人之本性。

阮郎归　　晏几道

天边金掌露成霜，云随雁字长。[1]绿杯红袖称重阳，人情似故乡。
兰佩紫，菊簪黄，殷勤理旧狂。欲将沉醉换悲凉，清歌莫断肠。

【赏析】

重阳节在古时是非常重要的节日，是与三月初三踏春出游相对的踏秋。这一天家人团聚在一起，登高祭祖，佩戴茱萸，服食蓬饵，畅饮菊酒，祝愿大家平安长寿，是团圆欢娱的日子。于是在重阳佳节独自流落在外，就会勾起浓重的思乡情绪。王维《九月九日忆山东兄弟》所云“独在异乡为异客，每逢佳节倍思亲。遥知兄弟登高处，遍插茱萸少一人”，便是表达这样的情绪。

不过王维虽不能在重阳节与家人团聚，但他是在京城长安为官，思乡思亲的情绪并不会令他非常感伤。晏几道则与王维迥异，他处于潦倒凄凉的境遇。晏几道的家乡就是京城开封，作为太平宰相晏殊的幼子，小时候当然习惯了雕梁华屋、豪宴丝竹、美酒佳人。但随着晏殊故去，家道已不如从前，贵公子的脾气使自己不愿趋炎附势，生活也就越来越潦倒了。

此刻的晏几道在重阳佳节的席间遥望着京城的方向，眼前的美酒与佳人虽能称得上重阳节的热闹，但却与当年见惯的相差太多。

于是重新拾起往日的疏狂，但早已没有了当年的氛围与心境，也就成了逢场作戏，是为逃避眼前污浊悲凉的万不得已。

---

1. 金掌：皇宫前铜制仙人所捧的承露铜盘，代指京城。

卜算子　　王观

送鲍浩然之浙东

水是眼波横，山是眉峰聚。欲问行人去那边，眉眼盈盈处。

才始送春归，又送君归去。若到江南赶上春，千万和春住。

【赏析】

一般来说，送别是充满伤感的时刻，但这首小词却一反常态，将自我离别的忧伤消解在江南春景中。

以水喻眼，以山喻眉，是再常见不过的比拟。但通常是眼如春水，眉似远山，只是一片静态的观照。但王观却将山水赋予动态，既添了一层灵动的美丽，又将二者与人之情感联系起来。此时此地的春水横羞，远山眉蹙，似乎也为友人的离去感到伤感。与之相反，目的地的山水应当笑意盈盈，因为它们将要获得一位新朋友的陪伴与欣赏。

既然朋友将要去往一个美好愉快的地方，那么此刻的感伤也就毫无必要。尽管自己刚刚经历过春去的忧愁，又将遭逢人间的离别，但就让自己独自伤感吧，不要打扰了友人的好情绪。他要去的地方是江南，那里的春光格外美丽，多少人向往着那里的美景。于是就祝愿他能够赶上江南春天的尾巴，甚至能与其长久相伴吧，这样他就能与山水一样笑口常开。至于自己的伤感，也就不重要了。

王观（1035—1100），字通叟。如皋（今属江苏）人。北宋词人，与秦观并称“二观”。

卖花声

张舜民

题岳阳楼

木叶下君山，空水漫漫。十分斟酒敛芳颜。不是渭城西去客，休唱阳关。[1]

醉袖抚危栏，天淡云闲。何人此路得生还。回首夕阳红尽处，应是长安。

【赏析】

岳州的岳阳楼，不仅有洞庭湖的名胜大观，而且还是中原南边的第一道分界。过此再往南行，便进入湖湘地区，已经是与中原相隔千里的楚地了。于是每一位贬谪南方的官员，到了岳阳楼，都会驻足停留，再眺望一下中原的风景，再等待一下希望渺茫的召回令，因为再往前走，自己就真的成为迁客了。

张舜民此刻的心态正是如此，他被贬往湖南南部的郴州，行经岳州，受到了岳州太守的款待，在岳阳楼上饮酒听曲。但歌女的芳颜清歌并不能消解张舜民此刻的落寞，反倒责怪起这位美丽的姑娘，为何要唱着王维的《渭城曲》呢？歌女只不过是即席应景，她哪里知道张舜民本来在西夏前线作战，正是要去做西出阳关的渭城西去客，但却因为写了几首反战的“诽谤诗”，才被贬到郴州，在这里听她唱曲？于是他怎能受得了对于渭城西去的安慰呢？

于是张舜民不再听歌，独自凭栏远眺，湖山云海，是一片闲淡的景色，却并不符合此刻的心情，他想的是千百年来多少人踏上了湖湘大地而未生还，这时一阵凄厉涌上心头，也促使着结尾那句强音的奏

张舜民（生卒年不详），字芸叟，自号浮休居士。邠州（今陕西彬州）人。北宋文学家。

1. 阳关：即《阳关曲》，送别之曲，因王维《送元二使安西》诗有“西出阳关无故人”而得名。

出。白居易早有一首《题岳阳楼》诗，里面有这么一句："春岸绿时连梦泽，夕波红处近长安。"张舜民显然是化用白诗，但将白诗的温情点化成了自己的悲愤。尽管已觉得此生无望，但他还是将目光投向京城的方向，多少的眷恋、怨恨、期待都散入水天一色的红霞之中。

离亭燕

孙浩然

一带江山如画，景物向秋潇洒。水浸碧天何处断，霁色冷光相射。橘树荻花洲，掩映竹篱茅舍。

天际客帆高挂，烟外酒旗低亚。多少六朝兴废事，尽入渔樵闲话。怅望倚层楼，红日无言西下。

【赏析】

这是一首金陵怀古词，但没有突出地展现六朝往事的断壁残垣，实际上到了北宋中叶的时候，还能有多少四百年前的旧物呢？也就只有眼前的这片水村山郭了吧。

词意也就在这片剩水残山间铺开，将江南秋意的萧爽寒凉层次分明地展现出来，甚至不惜调动读者各种感官，在碧天、霁色、冷光中，体味繁华过往后的萧瑟落寞。更甚的是，在橘红荻白的明丽色彩间，散落着几间暗淡的茅舍，有时候，人烟反而会将空间衬托得更加寂寥。

铺陈至此，也就可以自然地将笔墨转移到生命活动之上，但无论是客帆还是酒旗，都在萧瑟的秋景中沉默无言，如同夕阳一般渐渐远去，留下一片无可奈何的沧桑叹息。

这首词的开篇说“一带江山如画”，词人也确实用妙笔画出了这片江山，引得画家屡屡瞩目这幅画境。据说当时的大画家驸马王诜就颇爱这首词，根据词中所写作了一幅《江山秋晚图》。南宋的时候，名臣楼钥还见过这幅画，并发出“尽写浩然词意”的赞叹。只可惜王诜的画作今已不传，唯有这曲《离亭燕》留给代代读者自行想象。

孙浩然（生卒年不详），北宋词人。

行香子

苏轼

过七里濑[1]

一叶舟轻，双桨鸿惊。水天清、影湛波平。鱼翻藻鉴，鹭点烟汀。过沙溪急，霜溪冷，月溪明。

重重似画，曲曲如屏。算当年、虚老严陵。[2]君臣一梦，今古空名。但远山长，云山乱，晓山青。[3]

【赏析】

这首词是苏轼任杭州通判时所写，是他刚刚接触词体写作时的样子。这个阶段，苏轼还是比较小心谨慎地填词，在小令中也一丝不苟地使用工整的对句，描摹着四川人初见江南山水时的心情。

这是一片宁静的空间，不仅山水清丽幽谧，而且生活其中的鸿雁、游鱼、白鹭都是那样平静从容，和谐地与自然融为一体。一直以来，它们都是这里的主人，但如今，一叶小舟载人而来，打破了这片静谧，没有见过烟火红尘的动物受到了惊吓，纷纷四散而走，这是之前不曾有过的剧烈运动。但是船上的人似乎很习惯迅速，他将船行驶得更快，瞬间行过溪山峡谷，见到了白沙环绕、霜花满地、明月如水的多重风景。

眼前的变幻多姿让舟行之人联想起同样风云诡谲的历史，原来这里并非不曾有人来过，东汉的严子陵就在这里隐居垂钓。他淡泊功名

苏轼（1037—1101），字子瞻，号东坡居士，世称苏东坡。眉州眉山（今四川眉山）人。北宋文学家，在诗、词、散文、书、画等方面取得了很高的成就，诗与黄庭坚并称"苏黄"，词与辛弃疾并称"苏辛"，文与欧阳修并称"欧苏"。

1. 七里濑：又名七里滩，在今浙江桐庐县城南三十里，是富春江上著名滩头。

2. 严陵：严光（前39—41），字子陵，会稽余姚（今浙江余姚）人，东汉隐士，隐居富春江畔。

3. 但：仅仅。

的心就像水天间的鸥鹭，与风雨青山自然地融为一体。但是并没有多少人觉得严子陵真的忘却功名，反倒觉得他的垂钓是做做样子，给自己留下一个淡泊名利、急流勇退的美好声名。似乎也确实如此，一个真正的隐士，外人怎么会知道他的名字与故事呢？

舟行之人似乎也是这样认为。于是他嘲笑严子陵的隐士声名和帝王将相一样，都是虚名，都是空幻，他并没有真的将自己融入山水间，也就没有真正理解这片清丽山水的意义。不管一个人的生命是飞扬还是平淡，都将会淹没在滚滚的历史江涛中，成为倏尔即逝的风景。而剩下的，只会是这片江山，默默地注视着四时朝暮的光影变迁与人世的荣辱得失。

少年游　　苏轼

润州作，代人寄远[1]

去年相送，余杭门外，飞雪似杨花。今年春尽，杨花似雪，犹不见还家。

对酒卷帘邀明月，风露透窗纱。恰似姮娥怜双燕，分明照、画梁斜。

【赏析】

离别的时候，正是大雪纷飞，但苏轼还是踏上了前往镇江的道路，把妻子留在了杭州。此行似乎是一场公务出差，双方都没有长久分离的预期。但是分别却历经了一年那么久，久到春雪消融，杨花纷飞的时节，还是没有回家。尽管苏轼还是在传统的春愁中描写思妇之情，但却没有正面描写惹动春愁的艳阳芳草，而是用飞雪杨花的互相比拟，巧妙地将今昔情绪烘托出来。在恶劣天气下的离别本就伤感，而暖意袭人的美景中还守候不到归来，则要比离别的时候更加忧伤。

下阕苏轼从游戏文字间跳出，设想妻子在杭州思念自己的样子。杜甫《月夜》诗云："今夜鄜州月，闺中只独看。遥怜小儿女，未解忆长安。香雾云鬟湿，清辉玉臂寒。何时倚虚幌，双照泪痕干。"苏轼显然袭用了杜诗章法，将心神驰到彼处，想象妻子在月下窗前的守候，诗也就从对面飞来了。杜甫尽管内心焦虑，不知是否能回到妻子身边，但他依然将希望寄予诗中。苏轼此刻并不像杜甫那样被软禁，当然回得去，甚至很快就能回到妻子身边。所以他只将全词停留在月照梁间双燕的场景上，诉说着自己与妻子同一般的思念与柔情。

1. 润州：今江苏镇江。

江城子

苏轼

密州出猎

老夫聊发少年狂，左牵黄，右擎苍。锦帽貂裘，千骑卷平冈。为报倾城随太守，亲射虎，看孙郎。[1]

酒酣胸胆尚开张，鬓微霜，又何妨。持节云中，何日遣冯唐。[2]会挽雕弓如满月，西北望，射天狼。[3]

【赏析】

这是苏轼在山东密州当知州时候的作品，记录着一场求雨祭祀后的游猎。根据苏轼自己写给好朋友鲜于子骏的信中说，这首词写好之后，苏轼让山东壮汉拍手跺脚，吹笛击鼓，群起高唱，声情与场面非常壮观。一般来说，唐宋歌词主要由十七八岁的歌女演唱，伴奏乐器也是以象牙歌板和琵琶为主，苏轼的这番演奏改编，意味着属于他的第一首豪放词产生了。

不必在意词中所写是否属实，豪放词本就可以在事实与虚构间弹性伸缩，只要符合情感的宣泄就可以了，而且词中展现的是另一副苏轼的模样。北宋的士大夫，虽然多以家国天下为己任，但其实并不太重视武功，他们向往的是通过文章义理获得高位，而不是军功。尽管西夏时常犯边，但士大夫并不把守疆卫土作为人生第一志业。范仲淹虽在陕西获取战功，却被欧阳修开玩笑为“穷塞主”；蔡挺于西夏前线守边有方，但仍然时刻向往回京的召唤，在即席填就的歌词中也透露出安享太平的愿望。于是苏轼突然间发出在西北战场获取功业的声

1. 孙郎：孙权。孙权曾亲手射虎，传为美谈。

2. 冯唐：西汉官员。时云中郡郡守魏尚因瞒报杀敌人数而得罪，冯唐向汉文帝建议宽恕，文帝从之，派遣冯唐前去赦免魏尚，并恢复其云中郡郡守之职。

3. 天狼：天狼星。古人认为此星主战事，象征北方游牧民族侵扰中原政权。由于天狼星位于西方，故苏轼更可能直接喻指西夏。

音，当然就会显得格外特别。不过也不必太过奇怪，词终究没有诗那般严肃真实，这或许是在游猎活动之际的应景之作，或许是宣泄与王安石政见不合而自求外任的无奈牢骚，亦或许只是中年苏轼在重温那场属于小男孩的梦。

江城子

苏轼

乙卯正月二十日记梦

十年生死两茫茫。不思量，自难忘。千里孤坟，无处话凄凉。纵使相逢应不识，尘满面，鬓如霜。

夜来幽梦忽还乡。小轩窗，正梳妆。相顾无言，唯有泪千行。料得年年肠断处，明月夜，短松冈。

【赏析】

苏轼十九岁的时候，娶十六岁的王弗为妻，但宋英宗治平二年（1065），年仅二十七岁的王弗便不幸逝世于京城开封。又过了一年，苏轼的父亲苏洵逝世，苏轼与弟弟苏辙护送父亲的灵柩回乡安葬，同时也将王弗一并葬于父母墓地之旁，并广种松树以寄哀思。三年守孝期结束后，二苏兄弟便返回京城，这一去，他们便再也没有回过眉山。

神宗熙宁八年（1075），苏轼来到山东密州任知州，此时距离王弗的逝世恰好过去了十载。这一年正月二十日，苏轼又梦见了王弗，一场人鬼情缘就此开场。

十年来苏轼终日思念亡妻吗？当然不是这样。苏轼心中牵绊的事情太多太多了。何况斯人已往，活着的人还要好好活着，苏轼续娶了王弗的堂妹王闰之。但这些并不会熄灭他内心深处的思念火种，一遇到特定的际遇，便会熊熊燃烧起来。他还是幸运的，身边有许多人可以倾诉，但亡妻却在千里之外的孤坟中，她去哪里诉说别来的衷肠呢？想到这里，苏轼自然会产生前去相会的冲动，但又总是停步不前。王弗的生命已经定格在青春如花的年纪，她将永远是年轻美丽的样子，但苏轼却不断变老，如若真的人鬼相逢，她应该认不出憔悴潦倒、满头星霜的自己吧？

一场幽梦回应了这个答案显明的问题。苏轼悠悠地飘至故乡眉山，王弗依然和当年在家乡的时候一样，靠着轩窗，对镜梳妆，一如新婚时的美丽。但苏轼站在她面前的时候，两人却都无法开口。王弗根本不知道这位奇怪的老头究竟是谁，苏轼则感伤亡妻已经认不出自己的模样，于是泪水潸潸，欲诉无言。亲爱的妻子啊，我知道你年年在明月照松冈的时候伤心肠断，我知道你是在思念远方的我，我也知道你在这里是多么凄凉无助，我现在来了，就站在你的面前啊，你为何投来如此异样而陌生的目光？你再仔细看一看吧，这张老泪纵横的脸上，依稀还有些许当年的英姿。

水调歌头

苏轼

丙辰中秋，欢饮达旦，大醉。作此篇，兼怀子由。

明月几时有，把酒问青天。不知天上宫阙，今夕是何年。我欲乘风归去，又恐琼楼玉宇，高处不胜寒。起舞弄清影，何似在人间。

转朱阁，低绮户，照无眠。不应有恨，何事长向别时圆。人有悲欢离合，月有阴晴圆缺，此事古难全。但愿人长久，千里共婵娟。

【赏析】

相对于生命，月亮的永恒是令人羡慕也令人慨叹的，为什么自己不能如月光般长久地存在于天地间呢？那首孤篇压全唐的《春江花月夜》便这样写道："人生代代无穷已，江月年年望相似。不知江月待何人，但见长江送流水。"这是面对永恒与短暂时的普遍吟唱。

苏轼当然也逃不过这样的心情，他也羡慕月亮早已存在世间，还将长久地存在下去，于是产生如嫦娥那样奔月的念头。但他总爱转念一想，便想到月宫的寂寞寒冷，就算嫦娥可以长生不老，但又有谁会跑去月宫上欣赏她的美貌，赞美她的舞姿？如果嫦娥就在人间，尽管生命是短暂有限的，但是却能获得世间的注目，对于苏轼来说，他更愿意选择此岸世界的声名与欢乐。

此时的苏轼正外任地方，京城里正在进行轰轰烈烈的变法，反对变法的他不能回到京城实现他的天下抱负，那么在州郡获得一方民众的爱戴倒也不错。那么此岸的欢乐就还剩与亲人的团聚了，可遗憾的是，亲爱的弟弟苏辙也远在千里之外。

尽管词的小序中说自己欢饮达旦，但是词文里还是要讲自己因思念弟弟而终夜无眠，眼睁睁地看着月亮从中天落在了窗前。人在忧伤的时候往往会将情绪发泄在外物上，苏轼就在责怪月亮的无情，责怪月亮不懂人间的离别之恨，偏偏要在自己和弟弟分离的时候自顾自地圆着。

当然，清旷的苏轼不会让自己沉浸在忧伤之中难以自拔，他很快就用思考抚慰自己。他很快就认识到世间的诸多美好是难以齐全的，因为月亮总是会阴晴圆缺，人生也未知何时经历悲欢离合，所以正好在天上满月的时候遇到人间团圆，实在是太难得了。有时候月色正好，人间离别；有时候人间团聚，月光残缺；就算恰在三五之夜我们团聚在一起，若遭逢阴雨天气，也还是颇为遗憾的。

这样想来，也就不必过于执着于完美了，尽管我们此刻分别，但依然在共赏同一轮明月。身体长健是人间最大的幸福，因为只要人还在，就会有再见的机会，就会享受到人间最幸福的完美。

望江南

超然台作

苏轼

春未老，风细柳斜斜。试上超然台上看，半壕春水一城花。烟雨暗千家。

寒食后，酒醒却咨嗟。休对故人思故国，且将新火试新茶。诗酒趁年华。

【赏析】

苏轼在密州任知州的时候，曾命人修葺城北的高台，弟弟苏辙根据《老子》“虽有荣观，燕处超然”一句，为之题名“超然”。苏轼亲自作《超然台记》，表达寄寓此台中的超然物外、知足常乐的人生意趣。其后，这处超然台便成为苏轼诗酒放情的好去处。

宋神宗熙宁九年（1076），超然台已修成一年，苏轼又在其上饮酒赏春。寒食节刚过，春色尚未老去，满城依然芳华笼罩，春风细雨间，掩映着无数人家，一片安宁祥和的气氛。在如此烟景中，人本不该感伤，但如若这是别人家的幸福，却也难免黯然销魂。清明寒食本就是家人团聚春祭的时节，密州居民正伴着春色祭祖言欢，让正与老友饮酒叙旧的苏轼联想起自身羁旅，也开始思念起故乡与故人。

但是超然台上怎会允许悲伤无限制地涌动？苏轼很快转以情绪的平复。寒食后改换新火，而春茶又恰好鲜嫩，人间自有涌动的新意，不断会有无限的可能，这种尝试的神秘与欣喜，是对无法挽回的过往的一种补救。更加欣慰的是，此刻春光正好，年华未老，正可以尽情享受人间的欢乐，何必执着于悲伤的戚戚呢？

或许只有忘却尘世的一切才能获得真正的超然，真的做到这样，也就不会刻意强调依然身处的年华与春色吧。

永遇乐　　苏轼

彭城夜宿燕子楼，梦盼盼，因作此词。

明月如霜，好风如水，清景无限。曲港跳鱼，圆荷泻露，寂寞无人见。紞如三鼓，铿然一叶，黯黯梦云惊断。[1]夜茫茫，重寻无处，觉来小园行遍。

天涯倦客，山中归路，望断故园心眼。燕子楼空，佳人何在，空锁楼中燕。[2]古今如梦，何曾梦觉，但有旧欢新怨。异时对，黄楼夜景，为余浩叹。[3]

【赏析】

宋神宗熙宁十年（1077）秋，苏轼已经改任徐州（今属江苏）知州。黄河在北宋的时候流经徐州，于是每一任徐州知州都会面临黄河水患的隐忧。这一年，徐州上游的黄河段不幸决堤，滚滚洪水倾泻至徐州城。然而苏轼早有准备，在决堤发生之前，他就率领民众开挖了大量防洪沙石与泄洪通道，更准备了充足的干粮草料，故而在这场洪水面前，徐州军民并不慌张，再加上苏轼身先士卒地守在抗洪第一线，徐州成功地抵御了这场洪水。洪水退去之后，为了纪念这场成功的抗洪，苏轼在徐州东门修筑一座大楼，用黄土涂刷外墙，以成黄土胜水之象，保佑徐州不再经受洪水之患。

于是黄楼便成为知州苏轼的政绩象征，也成为他的生命在徐州的定格与储存，后人来到徐州，见到黄楼，必然会想起当年的大洪水，以及洪水中的知州苏轼。但是苏轼那一天晚上并没有住在属于自己的黄楼，而是在历史上另一位徐州守臣张建封的燕子楼里。

---

1. 紞（dǎn）如：击鼓的声音。
2. 燕子楼：徐州名楼，唐朝张建封曾置爱妾关盼盼于其上。
3. 黄楼：苏轼于徐州知州任上曾指挥抗洪，洪水退去后建黄楼纪念。

张建封是唐代宗、唐德宗时期的武将，战功显赫，受封徐泗濠节度使、徐州刺史，镇守徐州十年。但他在徐州留下的生命痕迹却与政绩无关，而是一段情事。张建封在徐州娶了一位名叫关盼盼的爱妾，给她建了一座小楼居住，题名“燕子楼”。然而两年之后，张建封便病逝于徐州，关盼盼心念旧恩，不忍改嫁，便在燕子楼中孤独终老。这段故事在当时就闻名遐迩，曾与关盼盼有一面之缘的大诗人白居易就为此写过三首题为《燕子楼》绝句，其一云：“满窗明月满帘霜，被冷灯残拂卧床。燕子楼中霜月夜，秋来只为一人长。”这便是描写关盼盼独居燕子楼的幽怨状态，显然为苏轼此词的上阕所本。

然而苏轼并非与白居易一样，只围绕张建封与关盼盼的故事抒情，燕子楼只是托词，他真正关心的还是黄楼与宿于燕子楼中的自己。这便是“借他人酒杯，浇自己块垒”。苏轼在下阕转入自我感慨。所谓“天涯倦客”，当然指自己，他又在含蓄地表达对故乡眉山的思念。但富贵才归故乡，他还没达成心中理想，还需苦苦上下求索。但就算求索到了又如何呢？燕子楼尽管贮存了张建封和关盼盼的爱情与生命，但生命本身还是消逝不见了。所有的人生都如一场梦，后人并不会因前人梦碎而停止做梦，依然在一代代地重复过往的悲欢离合，又一代代地重复梦醒后的空寂。自己同样也不能幸免于此，未来的人们，一定会面对着贮存了自我生命痕迹的黄楼，像自己感慨张、关爱情一样，叹息立下如此功业的苏轼，也逃不过梦醒成空的宿命。

张建封、关盼盼、苏轼，他们都是幸运的，因为有一座名楼承载着他们的故事，使他们的生命得以不朽。不过楼阁似乎也不大能靠得住。白居易的《燕子楼》诗序中只是提到故事的男主角叫张尚书，苏轼由此认为这位张尚书是张建封。然而现代学者却普遍认为，张尚书应该指的是张建封的儿子张愔。这样来看，高楼也没有办法必然储存斯人的生命，这似乎要比没有高楼的芸芸众生更加悲哀无奈了。

水龙吟　　苏轼

次韵章质夫杨花词[1]

似花还似非花，也无人惜从教坠。抛家傍路，思量却是，无情有思。萦损柔肠，困酣娇眼，欲开还闭。梦随风万里，寻郎去处，又还被、莺呼起。

不恨此花飞尽，恨西园、落红难缀。晓来雨过，遗踪何在，一池萍碎。[2]春色三分，二分尘土，一分流水。细看来，不是杨花点点，是离人泪。

【赏析】

咏物词非常难写，既需要尽量细致地描摹所咏之物的特征，还要不拘泥于物，以免词情艰涩，缺少美感。苏轼面临的情况还要更复杂，一方面他吟咏的是细小的柳絮，没什么铺陈描摹的空间；另一方面，他是在和韵，这就需要避免章楶原作已经使用过的熟典。

但这些问题当然难不倒苏轼，他起笔看似寻常，但却在感慨无人怜悯杨花也终归尘土的情绪中，悄悄地将柳絮纷飞间的人引入，随后便一任笔意流淌到伤春女孩的故事上。

这位女孩面对着漫天飞舞的柳絮，突然觉得这细小之物蕴含着无限情丝，就如同此刻柔弱的自己，正以美酒麻醉着自己深切的思念。醉倒了，就可以飞去情郎所在的地方了，就可以和他在一起了，可是恼人的黄莺却击碎了这场美梦。唐人金昌绪就已经在《春怨》诗中表达过相似的语句："打起黄莺儿，莫教枝上啼。啼时惊妾梦，不得到辽西。"

下阕仍旧没有描摹杨花的样貌，而是转入女孩对杨花飘散的感

---

1. 章质夫：章楶（jié），建州浦城（今属福建）人，苏轼好友。
2. 一池萍碎：苏轼在这句下自注道："杨花落水为浮萍，验之信然。"

伤，但依然是借柳絮以自悼身世。不管是在空中为柳絮还是于水中成浮萍，都是柔弱无助的形象，不是被尘土淹没，就是随流水飘逝，注定着忧伤结局。于是空中飞舞的点点杨花，实际上是女孩的泪水，既是伤感离别，更是在哀悼自身。

杨花与女孩，在词中互隐互现，细看对方，都是镜中的自己。

卜算子

苏轼

黄州定慧院寓居作

缺月挂疏桐，漏断人初静。谁见幽人独往来，缥缈孤鸿影。

惊起却回头，有恨无人省。拣尽寒枝不肯栖，寂寞沙洲冷。

【赏析】

宋神宗元丰二年（1079），苏轼遭遇了“乌台诗案”，虽幸免于死罪，但却被贬为黄州团练副使。不过北宋并没有这么个“团练副使”的官职，他的真正身份是安置在黄州等待发落的囚徒。次年春，苏轼抵达黄州，在有关部门尚未安排好居所的时候，他暂时在黄州城东南边的一座叫定慧院的寺庙里住下。

从少年得志的政治明星沦为一介钦犯，这对心灵的震动并非常人可以想象，哪怕是天性旷达的苏轼，在最初的时候也是心烦意乱的，于是便有了这么一首以孤鸿喻己的词作。

在静谧的空间中，有一个身影闪过，好像是人，又好像是鸿，但不必执着于是何物，可以是人化成了鸿，也可以是鸿变成了人，总之人的心事重重与鸿的轻灵飞动相合在一起，便是苏轼将自己变化后的形象。

下阕将形象略为固定在鸿上，却蕴含了复杂的引喻。“良禽择木而栖”，比喻优秀的大臣选择为理想的君王服务。但苏轼这只鸿雁却遇不到嘉美乔木，自己也不肯将就屈服，就只能在沙洲上盘旋清苦了。

然而引喻并非那么简单，苏轼到黄州时开始研究《周易》，后来写成《东坡易传》，词中的孤鸿也与《周易》有着密切关联。在《周易》的六十四卦中有一卦名“渐”，分别描述了鸿雁落在河岸、山石、陆地、树枝、山丘时的状态，与此词相关的自然是鸿雁落在树枝的状态，这预示着迷茫的人终于找到前行的方向。但苏轼却说自己找遍了枝丫都不曾落下，不仅找不到方向，更是面临着迷茫中的迷茫。

念奴娇 苏轼

赤壁怀古

大江东去，浪淘尽、千古风流人物。故垒西边，人道是，三国周郎赤壁。[1]乱石崩云，惊涛裂岸，卷起千堆雪。[2]江山如画，一时多少豪杰。

遥想公瑾当年，小乔初嫁了，雄姿英发。羽扇纶巾，谈笑间、强虏灰飞烟灭。[3]故国神游，多情应笑我，早生华发。[4]人间如梦，一尊还酹江月。[5]

【赏析】

这首词因豪放而知名，苏轼的幕客就曾说过，这首词需要手拿铁板的关西大汉来唱，才能表达好声情，若换以敲着温润象牙歌板的十七八岁女郎，非得拗坏她们的嗓子不可。

但是豪放并不简单等同于大汉的粗犷凌乱，或是徒逞狂气的啸叫，而是横亘于广袤胸襟的慷慨情志，以及不拘时空限制的率意。词中所怀的当然是真实的历史，但苏轼叙述的却是一个变形的故事。黄州赤壁并非赤壁古战场，苏轼也不是不知道，因为“人道是”嘛，别人说的，和自己没关系。但他就是要将错就错，眼前这片江水必然要是流淌不尽的英雄热血，不然词还怎么写呢？

乱石惊涛，白浪翻卷，自然担得起江山如画四字，但自从长江流出三峡，便与夹嶂高山、汹涌江涛告别，这本就不是江汉平原的风景，无怪乎原本兴高采烈的陆游在朝圣过黄州赤壁后，会发出“坡公

1. 周郎：周瑜，字公瑾，东吴大都督，指挥赤壁之战。
2. 千堆雪：白色浪花。
3. 纶（guān）巾：青色丝带编成的头巾。
4. 故国：旧地。
5. 酹：祭奠。

虚夸也”的感叹。但若不是这么一片如画江山，何能衬得住一时荟萃的群英，何能装得下苏轼广袤的胸怀，又何能点亮那颗最闪耀的星辰周瑜？

周瑜的妻子小乔，更不可能在赤壁战时恰好出嫁，他们已经恩爱了十年。但是在这首词里，小乔必须在周瑜人生最辉煌的时刻嫁给他，这样才能将故事里的周瑜说得更加完美。英武的外貌，不世的功业，美丽的新娘，还有身为儒将的潇洒，周瑜实现了男人所有的梦想，他越是完美也就越能将此刻的苏轼衬托得越发潦倒。因此不必周瑜英魂重临赤壁，读者自会笑其华发，词情也就随即从豪情壮志收束到永恒的悲伤。

词以悲为美，这是豪放词也不能绕开的情愫。放得出去，收得回来，才能叫豪放。放出去的是豪情，是理想，是渴望，收回来的是它们终究难成的伤痛。也正因如此，这首词不仅是最好的豪放词，也在两万余首宋词间当仁不让地排行第一。它道出了一个男人心中最强烈的功业渴望，以及到头来理想难成的无可奈何的忧伤。或许，关西大汉也不能唱透词中情绪，应该需要一位老者，伴着自己一生的节奏，悠悠地向孙儿辈唱出“大江东去”。

临江仙　　苏轼

夜归临皋

夜饮东坡醒复醉，归来仿佛三更。家童鼻息已雷鸣。敲门都不应，倚杖听江声。

长恨此身非我有，何时忘却营营。[1]夜阑风静縠纹平。小舟从此逝，江海寄余生。

【赏析】

苏轼在黄州的时候，官府将他安排在一个叫临皋的地方居住。由于所谓的“黄州团练副使”是个假官职，他并没有太多的工资收入。但是一家老小都必须随他安置在黄州，使得苏轼的生活非常困窘。

好在一位名叫马正卿的老朋友从扬州前来探望，见到苏轼的境遇，随即向黄州太守徐君猷求情，希望能将黄州城东的一片荒地拨给苏轼开垦。徐君猷是马正卿的老同学，他答应了这番请求，允许苏轼在这块曾经的练兵场上自行耕作，苏轼的生活随即获得了转机。这片荒地实际上是个小山坡，与白居易在忠州刺史任上种花植树的东坡相似，于是苏轼就把这里也称为东坡，每日白天从临皋来东坡耕作，晚上又从东坡返回临皋睡觉。

这一天苏轼在东坡喝了些酒，回来得晚了，似乎已是三更时分，本该守门等候主人归来的家童也已沉沉睡去，东坡居士进不去自己的家门了。但不要紧，家边上就是长江，苏轼就拄着笻杖静静地听着这片江声。

此时的苏轼，已经来到黄州第三个年头了，初来时的焦虑彷徨甚至愤慨已经平复许多，经过不断的自我调整，他已经可以安然地面对

1. 营营：追求奔逐某种事物的样子。

这场人生挫折了。人的生命并不能完全受自我主宰，终究是自然中的一份子，那么汲汲追逐的功名到底有多少意义？功成名就也好，功败垂成也好，都将归于造物者之无尽，每一个人，不过都是那一轮明月的不同映象，说到底都是一样的。

这样想来，所谓的“风静縠纹平”就不仅仅是此刻的江面之景，更是苏轼内心的平静，初到黄州时候的波澜已渐渐消去，自己虽不再抱太多的重新启用的希望，但也并不会自我了断，追求缥缈的长生。就驾着自己生命的小舟，在天地沧海间随意浮沉，自在游戏人间吧。

最后一句的飘逸浪漫感染了一代又一代的读者，但对于黄州太守徐君猷来说，却非常紧张。苏轼毕竟是安置在黄州的钦犯，他若潜逃而去，自己也要受到严厉责罚。传说这首词写成之后的天明，大家纷纷说苏轼趁着夜色在江边挂冠，一边长啸一边乘小船逃走了，吓得徐君猷赶紧去临皋视察，却发现苏轼正在那里酣然长睡，鼻息雷鸣。

定风波

苏轼

三月七日，沙湖道中遇雨。雨具先去，同行皆狼狈，余独不觉。已而遂晴，故作此。

莫听穿林打叶声，何妨吟啸且徐行。竹杖芒鞋轻胜马，谁怕？一蓑烟雨任平生。[1]

料峭春风吹酒醒，微冷，山头斜照却相迎。回首向来萧瑟处，归去，也无风雨也无晴。

【赏析】

人生的挫折与苦难，就像苏轼在沙湖道上遇到的风雨，无端而来，又恰好没有遮蔽，只能默默承受黑暗的时刻。这往往会使人惊慌失措，随之而来的，就是漫长的无助与绝望。

但挫折与苦难真的难以抵御吗？或许并不见得如此。只要人依然能好好地活着，其实也就没有什么过不去的坎坷，只不过是一件蓑衣就可以抵御的风雨，从而没有遮蔽也并非走不过去，也就不值得惊慌失措吧。

所以不要悲伤，不要忧虑，挫折的苦痛与黑暗的迷茫终将会过去，期待中的光明会在不知不觉的时候悄悄来临。那个时候再回首刚刚经历的苦难岁月，哪怕生死一线，似乎也不见得有多痛苦，过去了也就过去了，甚至还会成为美好的回忆。

但是苏轼的高妙在于他不仅认为过往的苦难会消逝，曾经的快乐同样也不会挂怀。回首往事的时候，所有的荣辱得失、悲欢离合都只会化作一片淡定与从容。

---

1. 一蓑烟雨：小序中已经交代雨具不在身边，苏轼不可能穿着蓑衣在雨中前行，于是这里的“蓑”并非指蓑衣，而是量词，指一件蓑衣就可以抵御的风雨。

浣溪沙　　苏轼

游蕲水清泉寺。寺临兰溪，溪水西流。

山下兰芽短浸溪，松间沙路净无泥。萧萧暮雨子规啼。
谁道人生无再少，门前流水尚能西。休将白发唱黄鸡。

【赏析】

萧萧暮雨子规啼，这是一片萧瑟迟暮的景象。黄昏是一天的终场，子规的啼鸣宣告着春天的离去，而春雨又在加速这场告别。一般来说，词人就要开始感伤迟暮，慨叹生命了。

但苏轼并没有这样做，他借寺庙前西去的流水发挥，高喊出人生也可以重回年少的声音。人们不仅习惯伤春，还习惯咏叹白发，甚至会觉得门外高鸣的黄鸡正催促着自己的老去。白居易就曾在《醉歌》中这样唱道："谁道使君不解歌，听唱黄鸡与白日。黄鸡催晓丑时鸣，白日催年酉前没。腰间红绶系未稳，镜里朱颜看已失。"苏轼也对此唱出了反调，就算已是白发苍苍，也不要唱着徒叹衰老的黄鸡之曲，此刻依然可以有着对生活、对未来的饱满追求。

青春不仅在于年龄与容貌，心态也是重要的考量因素。如果心中永远保持着青春的蓬勃，那么就算万里归来，容颜甚至会变得更加年轻，自己仍是那自在如风的少年。

西江月　　苏轼

平山堂

三过平山堂下，半生弹指声中。十年不见老仙翁，壁上龙蛇飞动。

欲吊文章太守，仍歌杨柳春风。[1]休言万事转头空，未转头时皆梦。

【赏析】

宋神宗元丰七年（1084），苏轼获准离开黄州，改到离京城稍近些的汝州（今属河南）安置。尽管朝廷钦犯的身份尚未取消，但从湖北来到汝州，预示着事情将朝着好的方向转变。在黄州的五年却已经让苏轼参透了许多人生道理，特别是对于人生如梦，转头成空，有着频繁的慨叹与思考。此刻，在前往汝州的路上，苏轼再次经过扬州，又一次登上了座师欧阳修当年修建的平山堂，想起自己已是第三次经过这里，不由得感到人生便是在这样来来回回的奔波中消逝而去了。

人生多漂泊，但漂泊似乎也就是如此转圈，莫名间又回到原来的地方，白白消耗了宝贵的生命。眼前又见到欧阳修当年留下的笔迹，又听见扬州歌女唱着欧阳修那首《朝中措》，可是亲爱的座师已经故去十余年之久了，苏轼便借着欧阳修词中“手种堂前垂柳，别来几度春风”的句子凭吊座师与自我的生命。

然而此词最动人心魄的地方并不在此，苏轼没有囿于对欧阳修的追忆，而是借题发挥，将自己在黄州五年间彷徨惆怅、自求解脱的心路历程浓缩成“休言万事转头空，未转头时皆梦”的概括。这不再是欧阳修那种简单的追忆青春，而是黄州五年反复思考过的话题。苏轼

---

1. 杨柳春风：代指欧阳修《朝中措·平山阑槛倚晴空》一词，欧词见前选。

在词中将具体鲜活的人事瞬间抛入广袤灵寂的宇宙中，以一种空幻而冷漠的态度观照自己与人类的生命，并将全词就结束于此，从而产生唤醒多少痴愚的凝重与通透。

蝶恋花

春景

苏轼

花褪残红青杏小。燕子飞时，绿水人家绕。枝上柳绵吹又少，天涯何处无芳草。

墙里秋千墙外道。墙外行人，墙里佳人笑。笑渐不闻声渐悄，多情却被无情恼。

【赏析】

人生就像一场旅程，旅客只有自己，再多的旅伴也只能陪同一段路程，终究还是得独自行走在无垠的天地中，而最终会走去哪里，其实没人会知道。这段路上会遇见各种各样的人事，但印象深刻的总会是一片惆怅的风景，比如词中的这段旅程剪影。

行人伴着花谢燕飞走在暮春的原野上，前方隐约出现一处春水环绕的人家。他已经在天涯路上走了很久很久了，从柳絮初生到杨花满城，再到今日的残絮无多，时间在流逝，不变的是自己的行路。放眼望去，天涯路上满是芳草，它们不知何时变得如此茂盛，弥漫了双眼，遮住了天边，让人望不见远方的终点，更模糊了回首的家园。

那片人家越走越近，庄园的围墙将天涯芳草切割开来，构成了行路上偶见的变化。围墙里的人声也逐渐清晰，那是佳人荡秋千的笑声，如此愉快的女孩应该有着无比的幸福。可是她的幸福关行人什么事呢？围墙还将女孩与行人切割开来，幸福永远属于那一边的空间，而行人还要继续往前走，走过了偶然的相逢，还是要回到无边芳草的寂寞中去。

多情之人的烦恼莫过于此，他感受到生命在永恒天地间的渺小与孤独。但只要这样一想，就自然在自己与大多数人之间竖起了一道围墙。据说苏轼后来被贬到广东的时候，让爱妾朝云歌唱此词，朝云泪满衣襟，说自己不能唱这首词，因为“枝上柳绵吹又少，天涯何处无芳草”实在是太伤感了。善解人心的朝云都不能接受，但苏轼还是坚定地选择面对。很多时候，人总是自己选择了这场独行。

卜算子

李之仪

我住长江头，君住长江尾。日日思君不见君，共饮长江水。
此水几时休，此恨何时已。只愿君心似我心，定不负相思意。

【赏析】

思念总是徒劳，见不到的人终究是一场虚幻，就算说共饮一江水、共赏一轮月，都只能是聊以慰藉的自欺，说到底，伊人终日陪伴在自己身边才是唯一的期待与欢乐。

长江之水，悠悠东流，不知何时而起，又不知何时而终，恰似此刻的离恨，一往情深，不知何时才能消停。江水一直流到那人所在的地方，也许会将我的思念带去，但不知那人是否也如我一样苦苦相思，不然流水就算能够将情意送到，又能有什么用呢?

“心悦君兮君不知”（汉代刘向《说苑》录《越人歌》），是动情之人不敢表达的忧伤；而君心是否似我心，则是深情之人无处言说的忐忑。无论在怎样的年纪，都会无意间想起曾经的这场爱恋。

李之仪（1035—1117），字端叔，自号姑溪居士、姑溪老农。沧州无棣（今属山东）人。北宋文学家。

水调歌头 黄庭坚

瑶草一何碧，春入武陵溪。[1]溪上桃花无数，花上有黄鹂。我欲穿花寻路，直入白云深处，浩气展虹霓。只恐花深里，红露湿人衣。

坐玉石，欹玉枕。拂金徽。[2]谪仙何处，无人伴我白螺杯。[3]我为灵芝仙草，不为朱唇丹脸，长啸亦何为。醉舞下山去，明月逐人归。

【赏析】

人的心中总会有一片特殊的空间，在那里，自己是无可替代的主人。

这片空间是什么样子的？各有各的想象。但总归风景清幽，自然脱俗，没有尘世中不得不面对的蝇营狗苟，只有自然万物各随天性地唱着生命之歌，自己也可以在此尽情地舒展浩然之气，将全部身心投放在一片安宁中。

在这里，人可以自由地追逐心中的理想，但依然逃不过真实世界屡屡发生的壮志难酬。自己进入这片桃源深山，就是来采长生不老药的，但一直遇不见下凡的仙人，也就难以实现永生的梦想。不过在这片空间里，人不会放弃，更不会无可奈何地降低原本的要求，屈就于相对平凡的结局。既然本是来找灵芝仙草的，一时找不到，那就一直

黄庭坚（1045—1105），字鲁直，号山谷道人，晚号涪翁。洪州分宁（今江西九江修水）人。北宋文学家、书法家。

1. 武陵溪：陶渊明《桃花源记》记载了一个武陵渔夫误入桃花源的故事，其地在今湖南。然而两晋之时流传有另一个与桃花源有关的故事，讲东汉人刘晨、阮肇见天下大乱，不愿为官，遂入山采药，求长生不老。二人在山中误入桃源洞，偶遇仙女，后结为夫妇。刘晨、阮肇本为浙江剡溪人，二人采药的地方也是浙江天台山，与湖南武陵并不相涉。但由于两个故事中均有桃花源，陶渊明《桃花源记》又影响颇大，故后世逐渐相混，多见在武陵地区吟咏刘晨、阮肇故事。黄庭坚这首词也是如此，他当时在湖南武陵，但词中所提到的采药、美女等皆是刘晨、阮肇故事中的情节。

2. 金徽：琴上用金属镶嵌的音位标识，代指琴。

3. 谪仙：被贬下凡间的仙人。

寻觅下去，直到找到为止。偶遇的姑娘的确美丽温柔，善解人意，但此行的目的并不是追求艳遇，她的出现并不能改变求药未果的事实，就算与你结为夫妻，其实与先前的失败又能有什么区别？于是纵然不舍佳人，却也要长啸离去，心中的理想就如明月那般唯一。

这片特殊的空间当然有来自真实世界的各式投射，也能够为自己坚定一些真实世界的生命选择，读者可以自由地对应与想象。只是心中的桃花源终究是缥缈虚幻的，本就不能长生飞仙的肉体凡胎，在驰骋的想象后，还得面对冷酷的现实。好在，只要心中的桃源还在，就能捕捉到世间仍在的一缕阳光。

清平乐

黄庭坚

春归何处，寂寞无行路。[1]若有人知春去处，唤取归来同住。

春无踪迹谁知，除非问取黄鹂。百啭无人能解，因风飞过蔷薇。

【赏析】

春天去了，去得无影无踪，决绝得不给人间留下一点痕迹。但人还在苦苦痴恋，希望能找到春天的去向，将她从那里拉转回来，永远地陪在自己身边。

春天的踪迹并不是无人知晓，枝头的黄鹂就知道关于春天的一切。它听到了人们对春天的呼唤，也愿意满足人们的美好愿望，于是用它悦耳的啼鸣反复地交代着春的去向，可是却没有人能够听懂它在唱些什么。

无人能解只是因为人与黄鹂语言不通吗？或许并非如此。只要心意相通，只要真情贯注，人总会在啼鸣里察觉到一些信息。问题在于人真的希望春天回来吗？人真的会对春天无比痴情吗？失望的黄鹂鸟顺着风势飞过了一片蔷薇花丛，这是属于夏天的花朵，无意间透露出人间的绝情。原来春去并不意味着群芳全然凋零，自会涌现属于新一季节的花朵与美景，而人的目光很快就被新花吸引，也就不在意春的离去，也忘记方才还在为春归无迹苦恼不已。

此时的黄庭坚，正处于生命的最后时光，被贬到遥远的广西宜州。他或许觉得现在的自己便如同词中的春天，尽管朝中大臣为他的遭遇伤痛不已，非常期待他能重归故里，东山再起，但是这种情况只是暂时的，终归会有政坛新星取代他的位置。到那个时候，原本苦苦思念自己的同僚，就会被新人的光芒吸引，忘却了被贬的自己，忘却

---

1. 行路：行踪。

了曾经的留恋，不曾在意偶然间的提起，只沉浸在新的寻常工作与生活中，留下自己一人在遥远的岭南黯然神伤。

世间冷暖，莫过人走茶凉。春天如此，黄庭坚如此，世人亦将如此。

行香子

晁端礼

别恨绵绵，屈指三年。再相逢、情分依然。君初霜鬓，我已华颠。况其间有，多少恨，不堪言。

小庭幽槛，菊蕊阑斑。[1]近清宵、月已婵娟。莫思身外，且斗樽前。[2]愿花长好，人长健，月长圆。

【赏析】

老友重逢，却都发现对方不仅容颜变老，心情也低落了许多，竟然没有为这场相逢感到如狂的欣喜，反倒有种别是滋味的消沉。原来在短短的三年间，各自都增添了许多不堪言说的经历。此时此刻，恰与知心老友会面，终究是一件快乐的事情，终于有人倾听自己内心的愁闷，于是分别以来压在心底的种种挫折、委屈、辛酸、不易一股脑儿地涌来，心情怎能不惆怅低落呢?

好在世间的愁苦与冷漠并没有减弱老友之间的情分，我们还和当年一样心意相通，彼此珍视，这应当是人生最大的安慰了。想到这里，窗外清幽的风景也稍稍缤纷起来，一轮明月出现在夜空，原来恰好在中秋晴夜你我重逢！这可是苏轼感叹过的难以两全的美好。

再大的委屈也就暂时放下吧，人生的苦闷实在太多，怎么说也说不完，但是美好却是短暂而难遇的。既然你我有幸经历这花好、月圆、人团聚的时候，那就尽情享受欢乐吧，再衷心祝愿此刻恒久，年年相逢。

最后三句的祝愿非常直白，道出了每户平凡人家的共同心声。花好月圆人长寿，看似没有高远的理想，却是人间最永恒的幸福。人们都知遇见幸福的不易，但这样的祝愿，终归能带给人绵长悠远的温暖。

晁端礼（1046—1113），一作元礼，字次膺。济州任城（今山东济宁）人。北宋词人。

1. 阑斑：色彩错杂鲜明。

2. 莫思身外，且斗樽前：语本杜甫《绝句漫兴·其四》：“莫思身外无穷事，且尽生前有限杯。”

望海潮　　秦观

梅英疏淡，冰澌溶泄，东风暗换年华。[1]金谷俊游，铜驼巷陌，新晴细履平沙。[2]长记误随车。正絮翻蝶舞，芳思交加。柳下桃蹊，乱分春色到人家。

西园夜饮鸣笳。有华灯碍月，飞盖妨花。兰苑未空，行人渐老，重来是事堪嗟。烟暝酒旗斜。但倚楼极目，时见栖鸦。无奈归心，暗随流水到天涯。

【赏析】

宋哲宗元祐年间，高太后垂帘听政，这是苏轼、苏辙兄弟及其门生政治生涯的黄金时期，苏轼担任翰林侍读学士，苏辙更官居副宰相，而秦观、黄庭坚等苏门学士纷纷供职馆阁。仕途的顺畅也给苏门师友很多相聚的时光，他们在开封城的各种园林间频繁进行文期酒会，纵情地展示他们的文采风流。

但是好景不长，随着元祐八年（1093）高太后去世，哲宗亲政，局势发生了一百八十度的大转变。哲宗完全否定了高太后的政策，苏门中人全部被贬到南方的边远地区，秦观当然不能幸免。次年，哲宗改元绍圣，秦观也在这一年三月被遣离京。临行前，开封城内恰是一片早春景色，掩映着座座曾经与师友欢会的园林，又想起这段岁月其实刚刚过去，心情自然忧伤如流水了。

词的上阕就一任铺叙此刻的早春开封，梅花的凋谢，汴河的破冰是冬尽春来的物候，本应感到青春将至的欢愉，却被秦观视作年华老

秦观（1049—1100），字少游，一字太虚。高邮（今属江苏）人，学者称其淮海居士。北宋词人。

1. 澌：流水。

2. 金谷：西晋富豪石崇建有金谷园，当时名流才士多荟萃于此。铜驼：即铜驼街，东汉京城洛阳的著名街道，后用以代指京城道路。

去的征兆，无疑蕴含着政局变化的双关，属于他们苏门中人的年华一去不返了。所以尽管烂漫春色即将无处不在，但都是别人家的风景，偏偏就不属于自己，于是都城的繁华街道、富贵园林就笼罩着一片亡国之感的沧桑与衰飒。

下阕从写景转入抒情，这是慢词的经典结构。此刻毕竟不是亡国，大宋依然繁庶升平，只是朝中的大臣发生了更换。所以不管政局如何变化，不管当朝权贵换作了何人，开封的园林始终不缺热闹欢娱。苏门文人离去了，自有新贵填补空缺，华灯照常升起，飞盖依旧前来，与之前的景象并没有什么不同。所以园林不会忧伤，只有被从墙里抛到墙外的这位行人在落寞惆怅，感慨为何时间并未远去，天地却就全然改换，而自己居然也一下老了许多。

最后秦观诉说起了归心，可他能归到哪里去呢？是归京，还是归家？这两种选择已经都没有可能，早就随着东去的春水消逝在天涯。此刻秦观没有了退路，只能无可奈何地踏上贬谪南迁的不归之路。

八六子　　秦观

倚危亭。恨如芳草，萋萋刬尽还生。[1]念柳外青骢别后，水边红袂分时，怆然暗惊。[2]

无端天与娉婷。夜月一帘幽梦，春风十里柔情。怎奈向、欢娱渐随流水，素弦声断，翠绡香减，那堪片片飞花弄晚，蒙蒙残雨笼晴。正销凝，黄鹂又啼数声。[3]

【赏析】

秦观的词被后人总评为“专主情致”，这是针对秦观特别善于表达情绪的特征而发。词本就有情感狭深的特质，再加上秦观更为细腻的描绘，他的词作也就能够触及更为深邃的人情。这首词在这方面格外典型。

起首三句便卓尔不凡，各人心中的惆怅各有源自，但惆怅的感觉却是相同而难言。秦观将其比喻为春天的芳草，在原野上弥漫开来，无端地长得那么茂盛，又无端地有着很强的生命力。就算把它们全部铲去，却又能悠悠忽忽地繁密起来，好似愁恨看起来已经被强压下去，但就是永远地潜藏心底，不知道什么时候就会再次愁满心头。尽管这三句来自李煜的“离恨恰如春草，更行更远还生”，但秦观为之加入了死而复生的元素，力量也就更加沉重了。这样再接以下文的情事回忆，予以内心的震撼便大为不同。

尽管词中提到了分别的情事，但秦观只是一笔带过，没有将焦点转向叙事，依然在用景物设情。杜牧《赠别》诗中说道：“春风十里扬州路，卷上珠帘总不如。”秦观显然化用了这句诗，用相同的夜月

---

1. 刬（chǎn）：全部。
2. 袂（mèi）：衣袖。红袂即代指女性。
3. 销凝：因伤感而凝神。

春风追忆着当年与娉婷佳人的珠帘幽梦。怎奈幽梦早已飘散，柔情随水而逝，欢娱都成过往，只剩下自己心头铲不完、除不尽的愁恨，伴着飞雨飞花，像枝头的黄鹂那样，又渐渐地浓郁起来。

词情至此，不必强作解释秦观思念的是哪一位女孩。所谓情致深邃，就在于此情可以不拘泥于特定的人事，只要心中有情，这番芳草连天、春雨春风、夜月珠帘，就足以让人想起心头那早已飘逝风中的她。

满庭芳

秦观

山抹微云，天连衰草，画角声断谯门。暂停征棹，聊共引离尊。多少蓬莱旧事，空回首、烟霭纷纷。斜阳外，寒鸦万点，流水绕孤村。

销魂。当此际，香囊暗解，罗带轻分。谩赢得、青楼薄幸名存。此去何时见也，襟袖上、空惹啼痕。[1]伤情处，高城望断，灯火已黄昏。

【赏析】

这又是一首专主情致的词，与上一首不同的是，它咏唱的是秋日离别时的伤情。

就要离开了，本不想参加聚会，知道这是徒劳的挽留。但望见青山掩映白云，衰草弥漫天际，傍晚的角声悠悠响起，一下子迈不开前行的脚步，那就姑且再喝一杯吧。眼前的烟岚越来越重，恰似已经迷离的往日时光，尽管有些故事其实就发生在昨天。天边万点寒鸦正在归家，映照出孤身将行的游子无边的落寞，而流水环抱的村庄亦是家的象征，但孤村无人，一如无根漂泊的自我。

哪有比此刻还要销魂的呢？美丽的姑娘又给伤感添上了一笔浓墨，用那依然温柔的动作轻轻地把香囊罗带留给了自己。此刻的心情是矛盾的，获得芳心当然非常激动，但自己却并不甘心只获得青楼薄幸的声名。这并不是什么好的称谓，士大夫本应该正气浩然，时刻以家国天下为怀，流连青楼显然与理想中的士大夫人格相去太远，更多是对自己人生的否定。不过话说回来，眼前的青楼歌女与自己心意相通，她与绝大多数世人不一样，她能够欣赏自己的才华，能够认可自

1. 啼痕：泪痕。

己的生命价值，于是留得青楼薄幸的名声又有什么关系呢？在这里遇见了一位人生知己，这可是莫大的幸运，足以让自己无憾此生。

但不幸的是，自己还是要离开，远离红颜知己，又投到无人识君的茫茫人海中去。最大的伤心莫过于连寄托或慰藉都没有，终日在孤独的深渊中越陷越深。此刻，天色愈发昏暗，城中的万家灯火渐次亮起，这本是温馨的景象，一副天下太平、岁月静好的样子，但却全是别人家的风景，不属于即将离开的行人，陪伴他的，或许只有船上的一盏孤灯。

鹊桥仙　　秦观

纤云弄巧，飞星传恨，银汉迢迢暗度。[1]金风玉露一相逢，便胜却人间无数。

柔情似水，佳期如梦，忍顾鹊桥归路。两情若是久长时，又岂在朝朝暮暮。

【赏析】

牛郎织女的故事由来已久，在《诗经·小雅·大东》中就注意到牵牛与织女二星隔银河相对的星象。《古诗十九首》中的《迢迢牵牛星》更是将牵牛织女拟人化，抒发了男女恋人因隔河相望而产生的痛苦相思。其后代代诗人都在吟咏二星的爱情故事，多以牛郎织女聚少离多，不能相会为恨，并由神话覆盖人间，言说人世的思恋痛苦。

但是痛苦终究无法避免，分别也难以改变，就算长久地陷在怨天尤人的哀伤中，现在的境遇并不能发生好转，也无法挽回原本就会幻灭的虚情假意。那么不如将希望寄托在两人的真情上，只要情感真诚，那么分别的时间再长久，也不会减弱双方的爱意。天各一方的互相牵挂，要比朝暮相随的各怀情志纯洁得太多。这样的久别重逢，便将糅进复杂的欢乐、忧愁、感慨与幸福，可要比人间千遍万遍的寻常相会感人许多，不仅能令双方铭记，更可以进一步加深你我的感情。

纯洁而永恒的爱情是人间最美丽的向往，又是人间最虚幻缥缈的理想。如此将爱情的恒久寄托在两人的真情上，其实也是人情在面对时光与距离的时候感到的无力，只能将其寄托在看似乐观通达的忧伤之中。

---

1. 银汉：银河。

千秋岁　　秦观

水边沙外，城郭春寒退。花影乱，莺声碎。飘零疏酒盏，离别宽衣带。人不见，碧云暮合空相对。

忆昔西池会，鹓鹭同飞盖。[1]携手处，今谁在。日边清梦断，镜里朱颜改。春去也，飞红万点愁如海。

【赏析】

宋哲宗绍圣元年（1094），哲宗亲政，苏门群体遭遇了集体贬谪。秦观便在是年被贬杭州通判，但半道上就接到再贬处州（今浙江丽水）的命令。就这样，他来到了晚年贬谪生涯的第一处贬所。这时的他还有一些差遣要做，即监督收缴盐酒税，但这与一年前于京城馆阁中起草文书的生活相比，可要闲散无聊太多了。于是他有大把的时光触目周遭清幽的浙江山水。每逢此时，贬谪的悲痛就会从心底涌起，反复回忆着未过多久的京城园林间的诗酒风流，自然也就会思念起聚会中与自己谈诗论文的苏门师友，这首词随即而生。

秦观用传统的闺情手法建构此词，如果不清楚写作背景的话，词中人的形象与传统的春闺思妇或寂寞游子并没什么区别，这就是传统词论家津津乐道的秦观善于“将身世之感打并入艳情”。特别是上阕，词中人面对着春鸟春花，无心饮酒寻欢，又日渐消瘦，只是因为在苦苦思念远方的伊人，常见的男女情恋即已呼之欲出了。

不过秦观在下阕用“西池会”这一特定空间提示读者，词情并不是传统的男欢女爱，而是贬谪的自己在怀念同样零落天涯的各地师

1. 西池会：北宋京城开封城西有金明池，为游冶名胜，秦观元祐年间与苏门师友欢会于此。也有人认为是指驸马王诜在开封的园林西园。鹓鹭：古人形容官员上朝的队列，如同鹓鸟和鹭鸟排列那样整齐有序。此处即代指同在京城为官的苏门师友。飞盖：马车车盖，代指车。

友。不久之前的元祐年间，苏门师友共聚京城，那时的他们不仅政治上春风得意，还可以与知音共享文心诗情。可是美好的时光未过多久，他们当中的每一位身影都已经在佳宴盛地间远去了，只能在各自的贬所孤独地感慨年华的老去。于是词末清愁如海的最强音便是一曲苏门群体的挽歌，属于他们的春天彻底远去了，他们就如一片片落红，在生命最绚烂的时候，瞬间凋零。

秦观的这首词在处州影响不大，而他本人也并未在处州长期驻留。绍圣三年，秦观再遭贬谪，从浙江处州改谪到湖南郴州。但这还远未结束，只是悲惨生涯的序幕。一年之后，秦观再次南迁，被贬往横州（今广西横县）。在前往横州的路上，他经过湖南衡阳，恰与被贬至此地任太守的孔平仲相遇。老友重逢，天涯沦落的苍凉喷薄而出，于是他便把在处州写下的这首词作赠予孔平仲。孔平仲阅后亦感慨万千，随即和韵一首，使得这首词在衡阳地区广为流传。

分别之后，秦观继续踏上南迁之路，抵达横州后也没有结束，每到一地就接到继续南迁的命令，他要一直走到广东雷州才停下脚步。孔平仲也同样如此，与秦观分别后没多久就被贬到广东惠州去了。或许是秦观的心绪过于伤感，导致身处逆境，难以自拔，消耗了自己太多的心神。元符三年（1100），哲宗驾崩，徽宗即位，向太后临朝，被贬岭南各地的苏门群体纷纷北归，秦观也获准暂时回到横州。但是当他途经藤州（今广西藤县）的时候，不幸在光华亭下含笑去世，连当年与孔平仲相互唱和的衡阳都没有到达。不过苏轼、黄庭坚等苏门师友在北归途中经过衡阳，见到了秦观与孔平仲围绕《千秋岁》的唱和，想到群体飘零海角，友人更已逝去，无尽的人生感慨顿生，于是纷纷提笔追和这首写于三年前的词，成为苏门群体的一段佳话。但这并不能起秦观于九原了，依然只是一片如海的无奈悲愁。

踏莎行　　秦观

郴州旅舍[1]

雾失楼台，月迷津渡。桃源望断无寻处。可堪孤馆闭春寒，杜鹃声里斜阳暮。

驿寄梅花，鱼传尺素。砌成此恨无重数。郴江幸自绕郴山，为谁流下潇湘去。

【赏析】

这是秦观绍圣三年（1096）刚刚抵达郴州时的作品，到了此时，他的作品由年轻时的凄婉完全变成了充满贬谪悲愤的凄厉了。

尽管上一首词也是写于贬所，但那是初谪之时，浙江南部亦去京城未远，所以情绪虽有如海忧愁，但除了风景之外，周遭楼台还是明亮的，还有一些未来希望。但到了郴州时候，不仅更往南迁，希望也万般渺茫了起来，于是眼前的楼台津渡也一片迷离，看不清方向，寻不见踪迹。他想寻觅什么？这里与桃花源所在的武陵不远，应该是在寻找桃源吧。当然，桃花源是陶渊明想象出来的幻境，武陵当然没有，它实际上存在于每一个人的心里，是供自己安放心灵的空间。

但此刻雾笼月迷，什么也看不清楚，一如秦观不知今朝会面临什么，不知未来又将何去何从。京城早已抛弃了他，故乡也无法回去，心中的那片桃花盛开的地方，也是一片残败，影像模糊了。只能独自面对萧瑟的春寒，迎接春天的到来。可是花还未开，杜鹃就已经唱起花落的歌谣，红日似乎也还未升起，便已沉沉西下，看不到未来方向的日子里，一切是如此绝望。

在这种境遇下，或许从远方寄来的老友信件可以聊以慰藉，这是

---

1. 郴（chēn）州：今属湖南。

难得遇见的温暖。秦观非常有幸，接到了来自各地贬所发来的问候，只要知晓秦观再遭南迁的苏门师友，一定会为秦观送上最诚挚的安慰。可是词人的心思太过细腻，这些饱含深情的问候在他看来是每一位师友对于共同贬谪痛恨的血泪倾诉，于是一封信就是一重恨，此刻来自天涯各地的恨都会集在秦观面前，成为一座高墙，让他感到更加压抑，这当然是师友们始料未及的。

也正因为这样的压抑，最后一句才显得异常无理而有力。郴江本自环绕郴山后向北流去，注入湘江，但秦观却要问它是因为谁人的缘故让它向北流去，好像觉得郴江是被迫离开这片郴州故乡似的。这可能是在自我宣誓苏门的身份，我秦观是因为苏轼而被贬郴州的，我就是苏门学士，我和他同升共黜，而你郴江并没有我这样的荣幸。

不过到底谁是真的有幸？在秦观看来，郴江能够环绕郴山是有幸的，而终究与自己一样远离故乡却是不幸的。但郴江毕竟在向北流去，而自己却一路向南，不管是对于京城开封还是故乡高邮，郴江可是越走越近，自己却是渐行渐远。

浣溪沙

秦观

漠漠轻寒上小楼，晓阴无赖似穷秋。淡烟流水画屏幽。

自在飞花轻似梦，无边丝雨细如愁。宝帘闲挂小银钩。

【赏析】

人生的千万重伤感都可以归结到空虚。空虚的状态下，时间看似是凝固的，空间则是一片幽闭，但事实上时间还是在不停地流逝，当人察觉到的时候，就只能无奈地面对生命白白消耗的事实。

这种惆怅真的非常隐微，往往只是一闪而过的瞬间情绪，有赖词人的妙笔将其记录下来。比如空间吧，香炉的青烟袅袅升起，光线暗淡到屏风上的图案也模糊不清，银钩静静地挂着珠帘，完全一副凝固的状态，时间仿佛在此刻静止。然而词人在一片静止间加入了运动的流水，潺潺的水声时刻在提醒人们，时间始终在平静冷漠地逝去。

所以飞花似梦，细雨如愁，轻飘到似乎感受不出半分重量，但这潜藏在人心底的时间惆怅却总是最为沉重。

半死桐

贺铸

重过阊门万事非，同来何事不同归。[1]梧桐半死清霜后，头白鸳鸯失伴飞。

原上草，露初晞，旧栖新垄两依依。[2]空床卧听南窗雨，谁复挑灯夜补衣。

【赏析】

贺铸本是赵宋外戚之后，乃宋太祖贺皇后的族孙，又娶了宗室之女，似乎前途一片光明。但在宋朝，这些身份并不能成为很好的政治资本，反倒成为赵宋皇室防微杜渐的对象。贺铸以武官的身份出仕，这在宋朝，实际地位很低，世人皆看重文职，其实也只有文官系统的官员才能实现高远的政治理想。尽管后来他获得了李清臣、苏轼的推荐，得以改换文职，但还是逃不过沉沦下僚的命运。潦倒的人生使他心力交瘁，于是早早地选择致仕，退居苏州，过着杜门校书的清苦生活。

好在有一位相濡以沫的妻子一直陪伴在身边，也算是人生最大的慰藉。京城之中，有他们少年诗酒的清狂；苏州城内，也留下他们同甘共苦的身影。但天不遂人愿，妻子先他一步离开人间，那当然一切都变了模样，问出妻子为何与我同来却不能同归的无理之问也就不奇怪了。对于有情人贺铸来说，如今已到了秋桐凋零、青丝满头的岁月，所谓的理想已全部成空，妻子可能就意味着整个世界。

生命如此短暂脆弱，妻子就像草上的朝露一样很快消逝了，只留下自己在旧居新坟前徘徊流连，怀念过往相伴的欢娱。在贺铸心

贺铸（1052—1125），字方回，号庆湖遗老。祖籍山阴（今浙江绍兴），出身贵族，乃宋太祖贺皇后族孙，所娶亦宗室之女，自称是唐贺知章后裔，晚居苏州。北宋词人。

1. 阊门：苏州西北城门。

2. 晞：干燥。依依：流连徘徊的样子。

中，令他印象最深的妻子形象是什么呢？他选择了南窗之下挑灯补衣的场景。这是再寻常不过的生活场景了，但夫妻之间的深情，往往就是依赖日常重复的琐事体现出来。李商隐是如此，《夜雨寄北》中就通过剪烛西窗寄托对妻子的思念；苏轼亦是如此，《江城子》里对去世十年妻子的思念化入在轩窗梳妆的日常之事里。也只有这样，才能显现出对方已经成为自己生命的一部分，才是不枉于茫茫人海间夫妻一场。

芳心苦

贺铸

杨柳回塘，鸳鸯别浦。绿萍涨断莲舟路。断无蜂蝶慕幽香，红衣脱尽芳心苦。

返照迎潮，行云带雨。依依似与骚人语。当年不肯嫁春风，无端却被秋风误。

【赏析】

荷花在夏日开放，错过了姹紫嫣红的春天，独自面对盛夏的暑热。这显然是一种高洁的姿态，不喜争奇斗艳，宁愿孤芳自赏。但是荷花又没有梅花的幸运，尽管梅花也独自开放，但它开在春天到来之前，既向人们预示着春天的脚步，也因凌寒盛开获得众人的称赞，成为傲骨的象征。而荷花呢？一方面很少有人理解它为何选择在夏季独自开放，另一方面人们又总是注意到它被暑气退却之后的秋凉摧残，反倒会投来阵阵耻笑，谁让你抛却了众人的春天，那就自己忍受被秋风摧残的痛苦吧！

但是荷花真的会后悔吗？似乎并不见得如此。因为这是自己做出的选择，别人理解与否当然并不重要。或许内心不时地会泛出苦涩，但却并不会为当年的选择感到后悔，别人好心的劝慰就当它为浮云吧，他们并不知道自己苦痛的渊源与做出决定的无奈。

古代诗人习惯于用香草美人寄托君臣际遇，故而这首词普遍被认为寄托着贺铸才士不遇的感慨。北宋中后期，围绕王安石变法产生了新旧党争，贺铸似乎并没有明确站队，举荐他从武职改换文职的李清臣、苏轼二人，便分属新旧两党，这一定程度上也影响到了贺铸的仕途，使得无论何党上台执政，都没有明确理由大力提拔他。或许词中的春风指的就是新党，秋风则为旧党，贺铸在刚刚出仕的时候适逢王安石变法，而他并没有选择依附王安石。但数年之后，他在旧党上台的元祐年间同样不被重用，仍然独自咀嚼着内心的苦涩。

或许可以这样理解，但词情实际并不必一定拘束于此。欣赏荷花的人本来就鲜见，尽管周敦颐明确表示自己独爱莲，但像他这样的大儒在茫茫人海间也是凤毛麟角，可见荷花摇曳的身影，诉说的是无尽而永恒的孤独。

横塘路　　贺铸

凌波不过横塘路，但目送、芳尘去。[1]锦瑟华年谁与度？月桥花院，琐窗朱户，只有春知处。

飞云冉冉蘅皋暮，彩笔新题断肠句。若问闲情都几许？一川烟草，满城风絮，梅子黄时雨。

【赏析】

大运河从苏州城南缓缓流过，其间伫立着一座古驿叫横塘驿，风雨千年，至今犹存。这里南连太湖，北通长江，是历史悠久的交通要道，贺铸晚年隐居的小宅就在姑苏南门盘门外十里，故而他经常往来于横塘驿上。频繁的奔波自然会使他联想起同样碌碌却潦倒的一生，也就有了这首充满感慨的闲愁小词。

词的开篇提到了一位美丽的姑娘，她在横塘驿的对岸，没有与词人相会，只是倩影一闪，即消逝于远方。这并不是说词人在横塘驿有一段有缘无分的美丽邂逅，只是一种将青春与生命外化出来的表达。青春是人最永恒的依恋，不仅是最美好的年华，迸发最蓬勃的生命力，还总是承载着最为美好的记忆，尽管这些记忆里或多或少有些淡淡的忧愁。但是青春又逝去得太快了，还没来得及跟她打声招呼，便匆匆消逝了。转念想来，似乎并不知道自己的青春岁月是如何度过的，只模糊地觉得有很多美好的事物环绕着她，至于那些美好的事物在哪里，也只有已经逝去的青春才知道，不再年轻的人只能空自惆怅。

这种惆怅的感觉到底是什么？面对着横塘两岸的江南风景，贺铸在词的最后写下了传诵不已的名句。江岸边初生的青草，城中随风飞

---

1. 凌波：曹植《洛神赋》中以“凌波微步，罗袜生尘”一句描写洛水女神轻盈的仪态，后世即用“凌波”代指美丽的女性。横塘：横塘驿，京杭大运河苏州段重要驿站，在今苏州城南，贺铸隐居苏州时多往返于此。

舞的柳絮，黄梅时节无休无止的雨，每一种意象都充满浓郁的闲愁，都是时间在一片弥漫的事物中缓缓流逝的样子。尽管三者在诗词中相当常见，但贺铸把它们糅合在一起却是惊人的生花妙笔。这不是简单的罗列，而是依照时间顺序的递进铺排，即是从一川烟草的初春，到满城风絮的仲春，再到梅子黄时雨的春尽，这样的叠加使得文字本身也注入了时间流逝的感觉，表达着在不断的闲愁中恍然空度一场好春光的遗恨，如此便愁上加愁了。

其实人生未尝不是如此，每天都会遭逢琐碎而烦闷的事情，终日都要为生活奔波与操劳。曾经的理想或许并不会在日复一日、年复一年的疲于应对中消磨，但青春年华却不会停下来等待，只会在一个接着一个的烦闷下静静流逝，直到人真的老了，才猛然发现理想已经无从实现了。

减字浣溪沙　　贺铸

闲把琵琶旧谱寻，四弦声怨却沉吟。燕飞人静画堂深。

欹枕有时成雨梦，隔帘无处说春心。[1]一从灯夜到如今。[2]

【赏析】

一场莫名的相逢，惹动了无限的情思。朝思暮想的他只是元夕灯会上的奇妙邂逅，他叫什么名字，他住在哪里，他爱听怎样的曲子，女孩都不知道，但内心就是从元夕那天一直波澜起伏，以至惆怅到如今的春暮。

人生中的许多心动都是如此，毫无准备而来，却居然情根深种，难以释怀。不过它们往往并没有结果，也不可能有什么结果，因为回眸之后，便又重归人海，相逢已是有缘，再谈长相厮守真的太难。

但这样的怦然心动却是生命的律动，是人对于温馨、纯净、幸福与美好的追求。

1. 欹：歪斜，倾斜。欹枕即斜倚在枕头上。
2. 灯夜：元宵节的晚上。

六州歌头　　贺铸

少年侠气，交结五都雄。[1]肝胆洞，毛发耸。[2]立谈中，死生同，一诺千金重。推翘勇，矜豪纵。轻盖拥，联飞鞚，斗城东。[3]轰饮酒垆，春色浮寒瓮，吸海垂虹。[4]闲呼鹰嗾犬，白羽摘雕弓，狡穴俄空。[5]乐匆匆。

似黄粱梦，辞丹凤。[6]明月共，漾孤篷。官冗从，怀倥偬，落尘笼，簿书丛。[7]鹖弁如云众，供粗用，忽奇功。[8]笳鼓动，渔阳弄，思悲翁。不请长缨，系取天骄种，剑吼西风。[9]恨登山临水，手寄七弦桐，目送归鸿。[10]

【赏析】

贺铸年少的时候，在京城开封过了六七年的豪侠生活。据说当时的他侠气盖世，终日驰马走狗，喝起酒来有长鲸吸海之势。这首词的上阕就在回忆这段侠气纵横的少年岁月。想来也符合情理，贵族出身

---

1. 五都雄：东汉以洛阳、邯郸、临淄、宛、成都为五都，乃东汉五大城市，市井多游侠豪杰，故云五都雄。此处借指北宋大都市里的豪杰。
2. 肝胆洞：肝胆相照。毛发耸：头发竖起的样子，指血气十足。
3. 轻盖：轻柔的车盖，代指车。鞚（kòng）：带嚼子的马笼头，代指骏马。飞鞚即指奔驰的骏马。斗城：西汉长安城城南似南斗形状，城北似北斗形状，故民众称为斗城。此处借指北宋东京开封。
4. 吸海垂虹：比喻非常狂放的饮酒姿态。
5. 嗾（sǒu）：呼唤指示狗的声音。狡穴：野兔的巢穴。
6. 丹凤：唐大明宫正南门名丹凤门，此处借指北宋皇宫，言自己多次奉诏外任地方。
7. 冗从：低等官阶。倥（kǒng）偬（zǒng）：事物繁多忙碌。尘笼：污浊而使人疲惫的俗世。簿书丛：繁多的官府文书。
8. 鹖（hé）弁（biàn）：武将的官帽，此处即言自己的武官身份。云众：人数众多的样子，北宋武官无实权，但数量众多，俸禄优厚，多赐予宗室外戚子弟。粗用：供养家族生活的费用。忽奇功：战功难立。
9. 笳鼓：军乐器。渔阳：安禄山叛唐的起兵地，借指北宋边关。请长缨：请求派遣自己上战场。天骄种：匈奴称自己是天之骄子，此处代指契丹与西夏。
10. 七弦桐：琴有七弦，上等琴由桐木制成，此处即代指琴。

的少年总是会幻想汉武帝时代的羽林郎，先通过家族身份获得青年军官的身份，然后于和平时代在京城自在地裘马轻车，战争岁月又可以立功沙场博取更高的荣誉与地位。直到今天，人们对军人还或多或少地保留着一些这样的想象。

但贺铸毕竟不是生活在汉朝，不仅无法依靠外戚身份获得政治资本，而且也无法按照自己所想通过军功获得高位。实际上，就是在唐朝，这种游侠习气依然非常普遍，长安街头随处可见如此豪纵的侠客，李白便颇以此自许，甚至津津乐道于“十步杀一人，千里不留行”。同时，又有许多豪士投身边塞，期待以立功异域而获封侯。高适便是其间最显著的代表，他通过军功获得了唐代诗人最高的政治地位渤海县侯。于是在唐诗中，我们可以看到层出不穷的侠客与将军。

可是时代终究是变了，侠客与将军在宋代诗文中悄然退场，更别说主讲情致的词了。对于宋人来说，他们追求的是通过科举获取功名，向往的是博雅风流的人格，“宁为百夫长，胜作一书生”的话退出了历史舞台。尽管开封的街头并不是不存在游侠豪士，但他们的豪气只会招致否定与嘲笑，只会被认作地痞泼皮，无法期待他们能成就什么功业。于是贺铸再怎么豪壮的少年生活，都将成为一枕黄粱，没有文章声名的他，只能在繁杂的官府文书中无奈老去。

不过有过少年侠气的人往往不会向命运低头，只要一有风云际遇，胸中的热血就会再一次沸腾。或许此刻契丹或西夏又挑起战事，正需人才安定三边，不仅豪侠按捺不住激动的心情，连手中的长剑也在不住地长鸣，希望能够终获上战场的机会。可是他已经潦倒了大半辈子，并没有人能够想起这位曾经侠气纵横的少年。况且北宋对边关主将的首选似乎还是文臣，中央期待的是如韩琦、范仲淹那样的士大夫，而不是嗜酒任气的游侠。

属于贺铸的时代离去了，苍凉琴声下，是一个群体远去的背影。

摸鱼儿

晁补之

东皋寓居

买陂塘、旋栽杨柳，依稀淮岸江浦。东皋嘉雨新痕涨，沙觜鹭来鸥聚。[1]堪爱处，最好是、一川夜月光流渚。无人独舞。任翠幄张天，柔茵藉地，酒尽未能去。

青绫被，莫忆金闺故步。[2]儒冠曾把身误。弓刀千骑成何事，荒了邵平瓜圃。[3]君试觑，满青镜、星星鬓影今如许。[4]功名浪语。[5]便似得班超，封侯万里，归计恐迟暮。

【赏析】

宋哲宗亲政之后，苏轼、苏辙兄弟与他们的门生纷纷遭到贬谪，“苏门四学士”之一的晁补之也不例外，不过他比大多数师友远谪岭南的命运要好得多，只是被撤销官职，还能在家乡山东的“归去来园”中闲居，于是才会出现上阕冲淡平和的园林风景。

但再怎么闲适的风景也冲不走贬谪的苦闷，越是强烈的自我抗拒就越是充满了无尽渴望。翰林的生活终究是晁补之最为向往的人生状态，在那里可以展示自我的生命价值，实现最高远的人生理想，可如今，一切都已成为幻影。

士大夫的内心向来充满矛盾，一方面他们希望获得君王赏识做一

晁补之（1053—1110），字无咎，号归来子。济州巨野（今山东巨野）人。北宋文学家，“苏门四学士”之一。

1. 东皋：晁补之晚年退居的金乡（今属山东）园林。沙觜：即沙嘴，沙洲的尖端。

2. 青绫被：朝廷赐予在宫中值夜班的官员使用的被褥。金闺：汉朝宫殿有宫门名金马门，是学士草拟文稿之处。此处代指宋代翰林学士值夜场所。

3. 邵平瓜圃：邵平于秦朝受封东陵侯，秦亡后沦为庶民，于长安城东门外种瓜度日。此处指归隐田园的生活。

4. 星星鬓影：头发斑白的样子。觑（qū）：细细地看。

5. 浪语：空话，废话。

任大官，以此一展所学，治国平天下，另一方面他们又向往田园牧歌的自在生活，希望做一个独善其身的山中高士。可以说出仕是实现理想的，归隐则是安放内心的。在这两种人生道路面前，出仕总会是士大夫的首选，毕竟这是生命价值所在，是少年苦学的终极向往。但是当遭遇君王无情贬谪的时候，士大夫内心的矛盾会格外凸显，对于功名空寂的认识也就不断地变得深刻。

晁补之就在这首词的下阕展开了对功名的思考。自己切身的经历使他觉得，儒生文士的身份并不足以带来永恒的功名，天子门生的地位就会让自己注定遭遇不知何时而至的贬谪。但是与之相同，前代的功名途径军功也好不到哪里去，州郡太守如何？立功西域又如何？还不是在操劳忙碌中老了生涯？并不能使自己获得永生，连带着安放心灵的田园也荒废了。那人该何去何从呢？

慷慨磊落的情意背后，掩盖不住对功名的渴求。一个对政治没有热切向往的人，永远也说不出平淡的话。从政治旋涡中翻滚过后的那些厌弃官场、慨叹功名的声音，饱含的是传统士大夫共同的幻想、彷徨和苦闷。

望江南　　周邦彦

游妓散，独自绕回堤。芳草怀烟迷水曲，密云衔雨暗城西。九陌未沾泥。[1]

桃李下，春晚未成蹊。墙外见花寻路转，柳阴行马过莺啼。无处不凄凄。

【赏析】

伤心之人的眼里容不得沙子，一点点微妙的变化，就能触动无尽的伤痛。

曲终人散，喧嚣骤然寂静，本就是一片繁华落尽的寂寞，但伤心之人却发现了更深的危机。黑云正在压城，一场大暴雨即将到来，尽管现在京城内外的道路尚未湿润，但不可避免地将遭遇无情的冲刷。

街巷其实还好，悲惨的是人心最珍视的春天。此刻时节尚未春暮，满城还飘荡着氤氲的花香，柳色正好，黄莺也在欢快地啼鸣，一切似乎将会保持较长的时间。但只有发现城西密云的伤心之人才知道好景不长，这番美景即将被暴雨摧残，于是他驻马流连，想把美好时光尽量长地留在记忆中。但是就算在晴日，伤心之人也能发现花团锦簇间隐含着的残败之意，更何况即将面临更加冷酷的雨打风吹呢？伤心之人眼前已经是一片狼藉了。

无处不凄凄，既是周遭的风景，也是含泪的人心。

周邦彦（1056—1121？），字美成，号清真居士。钱塘（今浙江杭州）人。北宋词人。

1. 九陌：都城的街巷。

满庭芳　　周邦彦

夏日溧水无想山作

风老莺雏，雨肥梅子，午阴嘉树清圆。地卑山近，衣润费炉烟。人静乌鸢自乐，小桥外、新绿溅溅。[1]凭栏久，黄芦苦竹，疑泛九江船。

年年。如社燕，飘流瀚海，来寄修椽。[2]且莫思身外，长近尊前。憔悴江南倦客，不堪听、急管繁弦。歌筵畔，先安簟枕，容我醉时眠。

【赏析】

周邦彦是北宋词坛巨擘，但是擅长填制歌词并不能为其政治生涯提供任何的便利，反倒有可能为他招致负面的声名。况且周邦彦并非如大多数宋代士大夫那样，通过科举考试获得功名，而是先在太学读书，后于元丰年间进献歌颂太平的大赋《汴都赋》而获宋神宗赏识，由太学生直接升为太学正，一举进入仕途。这番献赋经历在讲求道德气节的北宋士大夫看来并不太光彩。因而随着旧党士大夫执政的元祐时期很快到来，周邦彦旋即无法久居太学，不得不离开京城，外任地方。

来到地方后，周邦彦非科举出身的身份极大地限制了他的升迁速度。很长一段时间内，他只能在州郡学校当一个教授，这只不过是正九品的芝麻官，而且是不受世人认可的学官。元祐八年（1093），距离献赋已经过去了将近十年，周邦彦终于结束了学官生涯，来到江宁府（今江苏南京）的溧水县当县令，官阶也提了一级，成为从八品。但是溧水这个县城地位很低，离京城较远，经济也不发达，平日里也没有太多的公务需要操劳，他依然过着默默无闻的下僚生活。

---

1. 乌鸢：乌鸦与老鹰。新绿：初春时新涨起的绿水。
2. 瀚海：即翰海，传说中的北方荒寒之地。修椽：很长的房梁。

正因为寂寞无事，才会有大把的时光关注周遭的山水，才能如此细腻地铺叙黄梅时节的风景与烦躁的心情。溧水这个地方地势低洼，气候过于湿润，官舍的四周长满了水草。此情此景，不由得让他想起白居易在《琵琶行》中对江州（今江西九江）的这句描述："住近溢江地低湿，黄芦苦竹绕宅生。"似乎自己也和白居易那样身处江州。但仔细想来，人家白居易是被贬江州，至少还有过辉煌的过往，但自己却从未发达过，漂泊流浪了十年，才获得这么一个官职。

过片数语便是用燕子比喻自己漂泊不定的生涯，以及总是寄人篱下的无奈。世事如此，还有什么改变的办法？不如沉醉于眼前的美酒，享受难得的清闲。可这依然是自欺欺人的麻醉，擅写歌词的周邦彦也无心听歌闻曲，只想静静地安然长眠。

全词也就收束在安眠，但读者自然知道夏日漫长的白昼会令他醒来时依然未至黑夜，等待着他的，是更加浓重的寂寞孤独。

苏幕遮

周邦彦

燎沉香，消溽暑。[1]鸟雀呼晴，侵晓窥檐语。叶上初阳干宿雨。水面清圆，一一风荷举。

故乡遥，何日去。家住吴门，久作长安旅。五月渔郎相忆否。小楫轻舟，梦入芙蓉浦。

【赏析】

触发乡愁的契机非常微妙，有时是皓月当空，有时是笛声一曲，有时是万家灯火，有时是似曾相识的风物。

北宋京城开封是不是也有湿热的暑气，是不是也能见到荷叶连天的景象？想来水网密布，人工池沼众多的开封应该会有类似江南的风景。但这些问题其实并不重要，只要一场阵雨，几朵芙蕖，就足以勾起一颗属于杭州的乡心。

当然，对于故乡的依恋并不仅仅在于那片风景，若风景中没有人事，想必就不那么鲜活，也就不会时常入梦。至于何人同入这片风景，打鱼的小哥或许并非全部，那片芙蓉摇曳的湖水深处，应该还有更为美好的往事。

1. 溽暑：盛夏。

少年游

周邦彦

并刀如水，吴盐胜雪，纤手破新橙。[1]锦幄初温，兽烟不断，相对坐调笙。[2]

低声问、向谁行宿，城上已三更。[3]马滑霜浓，不如休去，直是少人行 。[4]

【赏析】

这是一场歌楼酒馆中的欢会，虽然讲述的是轻薄浪子与青楼歌妓之间的故事，但与柳永相比，并没有露骨地描写男女仪态或情话，基本上是点到为止，却不影响曲折深微地表达人物心理的词体特色。这便是词之雅正的基本要求，故而此词备受历代选家的喜爱。

词的上阕描摹女子的容貌，但直接提及女性身体的只有纤手一处，其他均用借代的方式表达。但女子的美丽已经完整地呈现在读者面前，纤手破新橙的动作也能传递出女子对男子的绵绵情意。

室内的装饰非常华丽，而且很温暖，与下阕寒冷的室外景象遥相呼应，男女之间的情意得到进一步渲染。而且调试笙管不是由女子自己完成的，男子也参与了试音的工作，这番情节幽微地传递出香艳的意味。

下阕由场景切换到对话，尽管男子说的话在字面上并没有出现，但凭空劈来的女子提问，已然提示了男子告别的存在。女子当然在挽留男子，但并没有将焦点停留在自身，只是描述了屋外寒冷寂寞的状

1. 并刀：并州（今山西太原）出产的剪刀，以锋利著称。此处指代似被锋利剪刀剪出的丹凤状双眼。吴盐：吴地出产的盐，以洁白著称。此处代指白皙的皮肤。亦有人认为这里就是描写食盐，北宋人在吃橙子的时候，有蘸盐的习惯。

2. 兽烟：香炉多做成兽头状，兽烟即指香炉中升起的细烟。

3. 谁行（háng）：谁家，谁那里。

4. 直：即使。“直是少人行”句意为即使有人夜行，数量也很少。

态，一下子就衬托得屋内温暖无比，因为这里不仅有锦幄与香炉提升室温，还有温暖人心的自己。当然，词人的表达依旧节制，而且就将全词收束在女子说完挽留话语之时。女子期待的神情，男子最终的去留都有待读者自己想象，顿时使全词意味深长，余韵不尽。

或许这首词描写的青楼一夜太生动了，以至于很多人不满足于相信这就是一次普通的狎妓，于是就会有好事者为其编撰奇奇怪怪的本事。早在南宋的时候，就已经流传开这样的故事，据说周邦彦当时正在京师名妓李师师处欢会，突然宋徽宗不期而至，周邦彦无处可躲，只能藏于床下。宋徽宗经常微服前来与李师师幽会，此次也未察觉到什么异样，就和往常一样与李师师调笙谈情，还从宫中带来了一颗江南新进贡而来的橙子，让李师师剥给他吃。所有的一切都被床下的周邦彦闻见，他一时技痒，就用一首《少年游》把徽宗与李师师的此夕欢会记录了下来。待到天明，开封的大街小巷突然都在传唱这首词。

尽管这个故事是后人瞎编的，但故事的本身足以展现此词的魅力。

兰陵王 周邦彦

柳

柳阴直，烟里丝丝弄碧。隋堤上、曾见几番，拂水飘绵送行色。[1]登临，望故国。[2]谁识，京华倦客。长亭路，年去岁来，应折柔条过千尺。

闲寻旧踪迹。又酒趁哀弦，灯照离席。梨花榆火催寒食。愁一箭风快，半篙波暖，回头迢递便数驿。望人在天北。

凄恻，恨堆积。渐别浦萦回，津堠岑寂，斜阳冉冉春无极。[3]念月榭携手，露桥闻笛。沉思前事，似梦里，泪暗滴。

【赏析】

这是一首借开封的柳树表达送别之意的歌曲，写成当日，便霸占金曲排行的榜首，直到南宋初年，依然在榜单上雄踞不下。

既然词题是咏柳，开篇必然要与柳枝相关，于是一幅春日新柳弥漫的画面就展开了。但是下句的拂水飘绵是柳絮纷飞的仲春时节，可见词人并没有接着继续描摹眼前初春柳树，而是将思绪投向送别，用年复一年的柳树表现人间离别的永恒。接着词人又将时空转回到现在，而且把情绪从普泛情感落实到自己的乡愁，才算真正揭开全词要抒发的情感。尽管年年送人归乡，又在京城总是见到离去的行人，但自己却潦倒此地，无法归乡。两相对比，惆怅的情绪由此烘托而出。第一叠出现了两次时空跳跃，但词人没有按照正常的逻辑线索布局，转换的地方又不加以任何提示，这便是后人经常用来评论周邦彦词作的术语“潜气内转”。

---

1. 隋堤：隋炀帝开运河通济渠，两岸多种垂柳，故称隋堤。即北宋东京汴河堤岸。
2. 故国：故乡。
3. 津堠：渡口上供瞭望用的高楼。春无极：春色一望无边。

周邦彦在第二叠中继续施展“潜气内转”。前叠已经提到京华倦客，显然是交代自己已经厌倦在京城的淹留。但第二叠开篇却说闲寻旧踪迹，可见淹留并不是全然无奈，还有一片痴情的贯注，只是这唯一的淹留慰藉也已经飘逝不再了，所以才需要寻觅。可是寻觅又被一场离别打断，自己不得不又在酒宴歌席间伤悼自我。突然间，又开始设想行人离别后的状态，那是顺水行舟的舒畅，很快就能回到温暖的江南，当他回望北边的京城时，早已看不见依然落寞淹留的自己。

第三叠又从设想跳回了当下，此刻在堤上徘徊不已的自己已经愁恨满怀。正是黄昏，满城的春色也已经弥漫开来，思绪又回到了唯一的淹留寄寓。在月色下携手，一起走过沾满露水的小桥，随意地听着远处传来的笛声，当然是一幅浪漫的场景，只是已经成为难以挽回的往事，更加增添不得已淹留京城的感伤。

用这种手法填写的歌词，需要歌手具备很强的表演功力才能传递复杂缠绕的词情。实际上，这首词的配乐本身就非常复杂，据说全词末段的声情尤为激越，只有在宫廷里工作很多年的老笛师才能演奏得出。这样来看，这么复杂的文字结构也就理所当然了。

西河

周邦彦

金陵怀古

佳丽地，南朝盛事谁记？山围故国绕清江，髻鬟对起。[1]怒涛寂寞打孤城，风樯遥度天际。

断崖树，犹倒倚，莫愁艇子曾系。[2]空余旧迹郁苍苍，雾沉半垒。夜深月过女墙来，赏心东望淮水。[3]

酒旗戏鼓甚处市。想依稀、王谢邻里。燕子不知何世。入寻常、巷陌人家，相对如说兴亡，斜阳里。

【赏析】

这又是一首金陵怀古词，从词作的写法与结构来看，明显有与王安石《桂枝香》一较高下的意图。

第一叠从谢朓“江南佳丽地，金陵帝王州”发端，其后便围绕刘禹锡《石头城》“山围故国周遭在，潮打空城寂寞回”的句子铺叙繁华不再的河山现状。第二叠承续着刘禹锡的诗句与诗意，以莫愁湖与秦淮河的空旷萧寂进一步烘托情绪的哀愁。只不过淮水是刘禹锡诗中的淮水，莫愁湖却与古乐府中划着小艇的莫愁没有关系。古乐府的莫愁住在郢州石城（今湖北钟祥），周邦彦很可能因为南京的石头城而将石城莫愁从湖北误植到金陵。尽管南宋学者就已经指出周邦彦的错误，但是这首词的名声太大，使得此词一经流传，莫愁湖便成为南京的一处名胜。

第三叠从苍茫辽阔的河山转移到城内的烟火人家，还是在围绕刘

---

1. 髻鬟：喻指青山。

2. 莫愁：古乐府诗中一位善歌舞的女子，家住郢州石城（今属湖北）。周邦彦因南京有石头城而与石城相混，误认莫愁为金陵女子，故吟咏入词。然从此南京莫愁女之说逐渐流传开去。

3. 赏心：赏心亭，南京城南名胜，六朝时为著名送别场所。

禹锡的诗句展开铺陈，只是换成了“旧时王谢堂前燕，飞入寻常百姓家”这一句。最终，词人在煞尾处用双燕带出了感慨兴亡的主旨，使得全词在情感达到高潮的时候戛然而止，不由得让人感到阵阵的惊心动魄。

这首词与王安石《桂枝香》都大量化用唐朝诗人的金陵怀古诗句。但与王安石涉及不少六朝故事不同，周邦彦没有追忆任何史实，只是通过铺展眼前的江山城市画卷，让无情之景去触动读者心中关于兴亡感慨的有情。在词境的苍凉悲壮方面虽然远胜王安石，但也不可避免地缺失王安石那种对于历史与当下的深沉认识，于是他终究还是输在了那几分匠气之上。

临江仙

晁冲之

忆昔西池池上饮，年年多少欢娱。别来不寄一行书。寻常相见了，犹道不如初。

安稳锦屏今夜梦，月明好渡江湖。[1]相思休问定何如。情知春去后，管得落花无。

【赏析】

青春是生命最蓬勃的时段，可以尽情地抒发内心的激情，生命于此时会绽放得最为绚烂，欢娱的时刻也就非常多。而此时遇见的友谊也往往最为纯真，因为大家都过着无忧无虑的日子，为着一个共同而简单的理想奋斗，于是相互之间可以无话不谈，尽情地敞开自己的心扉，接踵而至的，便是更多的欢娱。

但青春毕竟是短暂的，相聚的欢娱会由于各种原因中断，朋友们四散天涯，过起自己的生活，青春与相聚旋即成为永久的结束。尽管时常还有思念，尽管往日时光还会入梦，但问候的书信会越来越少，心灵之间渐渐产生了隔阂，亲密无间的时光再也回不去了。如此，就算能够重逢，那又有什么用呢？青春已经逝去，眼前的人不再是那时的他，自己也难以保持当年的样子，怎么还能重温当初的欢娱呢？

人一旦分别，就不可避免地会发生变化，就像春天逝去的时候，一定会出现落花。既然如此，也就不必为变化与逝去发出叹息，坦然地面对衰老与情淡，祝福各自天涯的朋友在自己的生活中过得好一些，也就不枉共度那一场青春吧。

晁冲之（生卒年不详），字叔用，早年字用道。济州巨野（今山东巨野）人。北宋诗人。

1. 安稳：布置妥当。

忆君王 谢克家

依依宫柳拂宫墙，楼殿无人春昼长，燕子归来依旧忙。忆君王，月破黄昏人断肠。

【赏析】

诗词中怀古沧桑的情绪太多太多，但往往诗人自己并没有经历过亡国，特别是爱写金陵怀古的那些诗人，讲述的都是别人家的故事。可见李煜毕竟是少数中的少数，所以相关情绪才会那么真挚。

北宋末年，金兵的铁蹄击碎了徽宗承平繁华的美梦。开封沦陷，中原丢失，徽钦二帝都一并被掳到寒冷的北国。于是许多诗人获得了切身经历的丧土之痛，他们背井离乡，来到江南躲避战乱。在异乡的余生里，他们总在怀念往日时光，感慨亡国沧桑，使词多了不少新的主题，也新添了更加深挚的个性化情绪。

这首词便是较早的例子。空荡的宫殿里还有当年的柳树，摇曳的柳枝下燕子还在呢喃，但君王的身影却不见了，那么再多的欢乐也就失去了意义。君王是国家的象征，国破的事实就在缥缈远去的人影中闪动出来。

简单的物色，寥落的词笔，似曾相识的结构，传递着当下正在经历的深痛。

谢克家（1063—1134），字任伯。上蔡（今属河南）人。宋代诗人、书法家。

贺新郎

叶梦得

睡起流莺语。掩青苔、房栊向晚，乱红无数。吹尽残花无人见，唯有垂杨自舞。渐暖霭、初回轻暑。[1]宝扇重寻明月影，暗尘侵、尚有乘鸾女。惊旧恨，遽如许。[2]

江南梦断横江渚。浪黏天、葡萄涨绿，半空烟雨。[3]无限楼前沧波意，谁采蘋花寄取。但怅望、兰舟容与。[4]万里云帆何时到，送孤鸿、目断千山阻。谁为我，唱金缕。[5]

【赏析】

心中有情，便会时不时地被相似的情境触动，如若心底深处住着一个人，尽管很难再被他者打动，但遇见样貌仿佛的人之后，心里还是会产生些许波澜。

词的上阕便是在旧情缠绕下的闲闷。词中人从梦中醒来，或许刚刚经历了一场欢娱，却被黄莺啼碎了虚幻。此刻是暮春的黄昏，青苔滋长，落花飘散，暑气渐渐生起。于是词中人翻找起避暑的团扇，扇子已经放置多时，沾满尘灰，但扇面上绣着的女孩子仍然依稀可辨，猛然间触动了词中人的一段往事与藏在心头的那个人。

下阕将视线投射在广阔的江波上，暗示着词中人是在长江边的高楼上沉睡的。此刻词中人想把惆怅也消解在这片空间中，但不论是翻涨的江水，还是蓦地而起的阵雨，无不平添更深的哀愁。楼前的流水似有无限的情意，历代诗人词人都就此翻出了许多妙笔，可以是悠长

叶梦得（1077—1148），字少蕴。苏州吴县人。宋代政治家、学者、词人。

1. 渐暖霭：天气逐渐变暖。

2. 遽（jù）如许：如此强烈。遽，急迫。

3. 葡萄涨绿：江水新涨，泛起青葡萄般的颜色。

4. 容与：徘徊。

5. 金缕：《金缕曲》，古曲名。宋代亦用作《贺新郎》词调别名，甚为流行。

的别意，可以是深挚的别情，可以是时间永逝的无奈，更可以是熔铸万千惆怅的流动。但此处似乎没有李煜“恰似一江春水向东流”的博大深沉，无限情意应该就指别情而言，因为希望采一束分别时候的蘋花寄与思念的人。但山长水阔，路远人远，不仅深情难寄，亦凭眺不到。那就用这阕《金缕曲》寄托自己的忧思吧，可是身边竟无人为自己歌唱这首刚刚填好的新词。

这首词是叶梦得生平得意之作，在两宋之际颇为流行，传唱度非常高。据说这是他十八岁时的作品，那时叶梦得刚刚及第，担任润州丹徒（今属江苏镇江）尉。一次他与郡守共登长江务亭，对岸驶来一艘满载歌女的彩舟。舟中女子登亭拜见，云其为真州（今江苏仪征）官妓，因闻叶梦得才名，特此前来求词一首，以增自己在江淮一带的身价。叶梦得旋即命笔，填就此词。或许正是眼前的这位美丽的官妓让叶梦得想起了深藏心中的初恋，于是便有了这么一首纤丽而豪宕的情词。可是官妓竟匆匆离去了，居然也不为叶梦得唱一下这首自己求来的新词！

八声甘州　　叶梦得

寿阳楼八公山作

故都迷岸草，望长淮、依然绕孤城。[1]想乌衣年少，芝兰秀发，戈戟云横。[2]坐看骄兵南渡，沸浪骇奔鲸。转盼东流水，一顾功成。

千载八公山下，尚断崖草木，遥拥峥嵘。[3]漫云涛吞吐，无处问豪英。信劳生、空成今古，笑我来、何事怆遗情。东山老，可堪岁晚，独听桓筝。[4]

【赏析】

南宋高宗绍兴初年，叶梦得曾两次担任江东安抚大使，兼知建康府，负责筹措抗金粮饷与防备建设。这两次的任职时间都很短，很快受到弹劾而落职乡居。此刻他来到寿阳（今安徽寿县）视察前线，应当已经知道朝中恶劣的政治生态，故而心情非常沉闷。

寿阳是淝水之战的古战场，东晋的谢氏英豪在这里击退了前来侵犯的八十万前秦大军，拯救了摇摇欲坠的汉家政权，立下了不世功勋。此刻，宋王朝也面临着相同的危机，北方的金兵咄咄逼人，已经攻占了中原大地，正对江南虎视眈眈。苏州人叶梦得收复中原的愿望或许不是那么强烈，但是像王谢子弟那样保卫江南家乡，则是义不容

---

1. 故都：指东晋都城建康，今江苏南京。
2. 乌衣年少：东晋时王谢等名族聚居于南京秦淮河畔的乌衣巷，时人称其子弟为乌衣诸郎。谢氏家族的谢玄、谢石等人在年轻的时候于淝水战场击退前秦大军，立下不世功业，叶梦得所指即这些谢家子弟。芝兰：谢玄用芝兰为喻，赞许家族中的晚辈。
3. 八公山：在安徽淝水东北，传说曾有淮南八公在此炼丹。淝水之战时，谢玄、谢石设阵地于此。
4. 东山：谢安早年隐居之处，即代指谢安。桓筝：东晋大将军桓伊善吹笛弹筝，在淝水之战亦立下重大功勋，与淝水之战总指挥谢安一同被东晋孝武帝猜忌。某次孝武帝召桓伊、谢安宴饮，命桓伊吹笛，桓伊演奏完毕后又弹筝一曲，自歌《怨诗》，诗云："为君既不易，为臣良独难。忠信事不显，乃有见疑患。"谢安听之，泪湿襟袖。

辞的责任。所以叶梦得一反徽宗朝时悠闲自适的为官状态，在江东安抚大使任上努力进取，期待自己可以击退金兵南下的攻势，成就又一番江淮功勋。

此刻八公山的形势依然险峻，仍旧是抗击敌军的好战场，可是叶梦得似乎并不受流寓江南的皇帝赵构信任。尽管宋高宗在登基第二年就授予他尚书左丞（副宰相）的高位，而且还予以建康行宫留守的重任，但他却并没有实际的兵权，根本无法一展江防大志。其实，在这个时候，南宋的军权主要掌握在张俊、韩世忠、岳飞等大将手中，高宗自己也并未有效地掌控军队，何况叶梦得这一介文臣呢？尽管如此，叶梦得还必须应对文臣之间永恒的党争以及来自君王的猜忌，他其实很难有什么作为，于是他觉得自己如谢安、桓伊那样凄凉也就很自然了。不过谢安、桓伊毕竟已经立下了淝水功业，就算受到君王的猜忌，但人生已经足够满足。可他叶梦得却是处于一事无成的状态，显然要流下比那两位更多的泪水。

不过宋金双方很快就签订了和议，叶梦得也没有机会去筹措防务，击退敌寇了。他又回到建成于北宋的湖州华丽别墅中，过起著书吟咏，赏花玩石，乐享太平的风流生活了。

长相思

万俟咏

雨

一声声，一更更。窗外芭蕉窗里灯，此时无限情。

梦难成，恨难平。不道愁人不喜听，空阶滴到明。

【赏析】

孤灯听雨，是最幽微的落寞与惆怅。因雨不能出门，因雨无法欢会，只能独坐窗前，听雨点打在芭蕉叶上、青石阶前，感受着时间的凝固与流动，人生的种种影像浮现在眼前，牵扯出无限的思绪。

人生有梦，梦却难成。人生长恨，恨总难平。没有什么人喜欢独自听雨，因为随着雨声在眼前心头晃动的，总是难以消解的伤痛。但是雨却不管这些，它只是在那里一直下，处处都是它的声音，让人躲也躲不掉。

自然风物当然并不会愁，愁的只是人自己。忧愁不因其而生，不因其而逝，尽管会加重人的惆怅，但好在，它们也不懂人间的移情与推诿，还是会一直于此陪伴着你我。

万俟（mò qí）咏（生卒年不详），字雅言，自号词隐、大梁词隐。两宋之际词人。

木兰花慢

万俟咏

恨莺花渐老，但芳草、绿汀洲。纵岫壁千寻，榆钱万叠，难买春留。[1]梅花向来始别，又匆匆、结子满枝头。门外垂杨岸侧，画桥谁系兰舟。

悠悠。岁月如流。叹水覆、杳难收。凭画阑，往往抬头举眼，都是春愁。东风晚来更恶，怕飞红、拍絮入书楼。双燕归来问我，怎生不上帘钩。[2]

【赏析】

春已逝去，再怎么遗恨也是徒劳，只能无助地看着莺花老去，草满汀洲。人间的离别也是如此，有时候纵有万贯之富，也阻止不了斯人的离去。但转念想来，是否只有自己在单方面地惆怅？梅花虽然早就凋谢了，但现今已然长叶结果，换作了另一番模样，一如斯人远去之后，自会在那里结婚生子，过上新的幸福生活。如此，惆怅其实也就无处依凭了。

道理大家都懂，但情感总会控制不住地倾泻，不管过去了多少时间，当年的遗憾还是会时不时地涌在心头，特别是春色将阑，柳絮满城的时候。俗话说眼不见心不烦，不如就这样一直放下窗前的珠帘，遮住窗外无边的春色，自己的情思也就不会被惹动了。然而越是害怕，越是逃避，就越是躲不过去。词的结尾别出心裁地让两只燕子钻进了帘幕，还在那里问着屋内的人，你为何不用帘钩把珠帘挂起呢？

这当然是明知故问，不仅又一次反衬着人间的孤单，更道出了其实是自己不情愿割舍掉这场内心的痛苦。

---

1. 岫壁千寻：岫壁，山崖。千寻，古以八尺为一寻，千寻即形容极高或极长。
2. 怎生：怎么。

鹧鸪天

朱敦儒

西都作[1]

我是清都山水郎，天教分付与疏狂。[2]曾批给雨支风券，累上留云借月章。

诗万首，酒千觞。几曾着眼看侯王。玉楼金阙慵归去，且插梅花醉洛阳。

【赏析】

朱敦儒的精神世界与两宋士大夫积极进取的主流颇为不同，他平日里以清高自许，并不在意仕宦功名，也没有治国平天下的追求。在北宋末年的承平岁月里，家境富裕的他在洛阳过着纵酒逍遥、自在观花的生活。洛阳城耆旧荟萃，朱敦儒也与众多致仕名臣交往欢游，他们非常赏识朱敦儒的学识与品性，故而屡次向朝廷举荐。但朱敦儒总是拒绝大臣与朝廷的美意，说自己的个性类似山中麋鹿，只对闲旷的生活感到快乐，并不期求能获得什么官爵，还是选择回到洛阳过着清闲浪漫的生活。这首词便是他在又一次拒绝朝廷征召后的自我陈述。

敢于与世俗背道而行的人确实具备清疏个性，但朱敦儒的自述则更为狂放。他并不在意俗世的富贵，因为人间的侯王早已由血缘安排好，自己根本不可能厕身其间。但是在清都的山水中，他却可以自由地成为国王，按照自己的意志管理着风云雨月，更可以纵情地安排自己的内心，这便让自己获得了最宝贵的财富——自由。

尽情写诗，纵情喝酒，头插梅花，醉卧洛阳，这是类似六朝名士的疏狂与风流，同样也是向往自由的结果，是自由带给生命的蓬勃绽

朱敦儒（1081—1159），字希真。洛阳人。建炎南渡后居浙江嘉兴。两宋之际词人。

1. 西都：即洛阳，北宋时为西京，故名。

2. 清都：传说中天帝居住的地方。

放。每一个人心中其实都有一场自由不羁的梦，自由也是人心中最强烈的渴望。但因为种种原因，大多数人并不敢肆意挥洒，而是将她深深埋藏，因为总有这样那样的顾虑，早已将我们的自由束缚起来。于是大声地呼喊自由，无所顾虑地拥抱自由，不光需要勇气，也需要幸运，朱敦儒便是这么一位幸运之人。

朝中措

朱敦儒

先生筇杖是生涯。[1]挑月更担花。把住都无憎爱，放行总是烟霞。
飘然携去，旗亭问酒，萧寺寻茶。恰似黄鹂无定，不知飞到谁家。

【赏析】

人生于世，有些东西会最为珍视，它们承载着自己的光荣与梦想，展示着自己最核心的生命价值。它们的存在，使自己的一生充满意义，当回首往事的时候，会因为它们而不觉得时光虚度，不知在某一瞬间，它们已成为自我生命的象征物。

这些东西往往与财富无关，展示的是人超越物质的精神追求。也正是这样的精神寄托，才能帮助人走过一场又一场的艰难苦恨。苏轼便曾写过这样的句子："春来濯濯江边柳，秋后离离湖上花。不羡千金买歌舞，一篇珠玉是生涯。"历经宦海浮沉，尝遍坎坷艰辛的苏轼，最终将自己的生命投放在篇篇如珠玉般美好的诗文上。事实也正是如此，让苏轼得以传名后世的不是他的官职，也不是他的政治成就，而是他的作品，他的生命在这些作品中历经千年，依然鲜活如初。

朱敦儒显然深受苏轼诗句的影响，此刻的他已近人生暮年，早年在洛阳的自在逍遥早已云散，靖康之难先予以了他离乡南渡的苦痛，然后又使他不得不放弃原先疏狂自由的性格，在南宋政权出仕为官。然而他又阴差阳错地站进了奸相秦桧的团队，以至于在秦桧死后，他招致众多士大夫的耻笑与责骂，连重回疏狂闲放也不行了。于是他对人生还能有怎样的期待呢？不如将自己的生命就凝聚在这根筇杖上吧，这里有早年醉心的花月，还有最为珍视的自由。但是此刻毕竟与

1. 筇（qióng）杖：竹制手杖。

当年不一样了，那时看的是洛阳花，喝的是东京酒，现在却只能浅尝村酒，山寺求茶。朱敦儒终究为晚景的落拓凄凉感到忧伤，更何况自己还是一只无家可归的漂泊黄莺。

一片旷达悠闲的背后，总是蕴含着绵绵不尽的忧愤与苦涩。

西江月

朱敦儒

世事短如春梦，人情薄似秋云。不须计较苦劳心，万事原来有命。
幸遇三杯酒好，况逢一朵花新。片时欢笑且相亲，明日阴晴未定。

【赏析】

人总有趋炎附势的功利一面，富贵发达时，身边自然不缺溜须拍马之徒；失势潦倒后，那些朋友瞬间无影无踪，不知道又去攀附哪一位新的权贵了。相互之间的情感究竟能有多牢固，也许只能知道自己的程度，其他都得靠猜测与信任吧。尽管这是世间常情，但一个人得需要经历过怎样的坎坷，才能说出如此惨淡而决绝的话语？词人似乎已经不相信世间还存在着真情，身边已无令他可信之人，他已经失去了相信未来的勇气，从而将一切的悲愤与酸痛都归结于命运之神，他认命了。

认命之后，人还能以怎样的姿态存在于世？或许只有及时行乐一途了吧。三杯酒好，一朵花新，一组尖巧而浅淡的对句，似乎说明词人对幸福与快乐的要求已经不能再低，他应该已经从上阕的苦痛中走了出来，用心体察着每一寸细微处传递出的生命欢娱。然而末了又来了一句“阴晴未定”，就将所有的伪装撕破，若是真正淡然洒脱，又怎会在意未来的风雨？想到片时欢笑都值得珍惜，还是因为要规避捉摸不定的命运。

此刻的朱敦儒，早已没有了洛阳时期的自在风流，看似恬淡超然的背后，隐藏着的是繁华落去的颓唐。或许，晚年流落两广的他，始终后悔中年的这场出仕吧。

西江月　　朱敦儒

日日深杯酒满，朝朝小圃花开。自歌自舞自开怀。且喜无拘无碍。

青史几番春梦，黄泉多少奇才。不须计较与安排，领取而今见在。[1]

【赏析】

世事变化得太快，快到还未来得及记住她的容貌，便已匆匆消逝，换作了另一副姿态。心中早有筹备许久的方案，也不断模拟过多次，但真的临近实践，却会发现想象与准备的完全用不上，只能感叹一句计划总是赶不上变化。小时候也曾幻想过长大的样子，多少也做过一些英雄美梦，终于到了那个年纪，尽管或许过得也算幸福，但总是会与当初的幻想有着偏差。

美好的设想会是如此，恐惧的担心也是一样。过不去的坎已挂怀了好久，然而总不出现；散不掉的愁其实从未想过，却老是莫名而至。无论喜忧，人都不能沉浸在对未来的空想中，过好当下的每一天，或许是一种看似浅淡实际悠远的态度吧。

不必羡慕词人在上阕构建的花酒恣意之境，自由与拘束其实只是人一念之间的选择，只要随心而从，就能获得属于自己的深杯酒满，自在花开。

1. 见在：即现在。

相见欢

朱敦儒

金陵城上西楼，倚清秋。万里夕阳垂地、大江流。

中原乱，簪缨散，几时收。[1]试倩悲风吹泪、过扬州。

【赏析】

金兵的入侵，击碎了朱敦儒醉插梅花的洛阳春梦，他和众多富贵之人一样，仓皇南逃，来到了一片陌生的江南。

终于渡过了长江，来到了古城金陵，暂时安全了些。于是他选择暂时停下脚步，登上江边的城楼，再眺望一下对岸的故乡。此刻正是深秋，肃杀的天气预示着战争的危机仍将继续，江边的夕阳，恰如坠落的北宋，殷红色的不是江水，而是中原军民正在流淌着的鲜血。

故乡在哪里，已被硝烟遮挡得看不见了，似乎也已经再没法回去。像自己这样的富贵人家子弟，面对汹汹侵略者，并无胆量与之搏杀，只能抱头鼠窜，毫无尊严可言。

既然如此，也就只能一任无助而软弱的清泪流淌，再多看看几眼中原，很快就得走下城楼，继续悲风中的逃难。被抛在身后的，是温暖的家园，是迷离的梦想，是自在的青春。

1. 簪缨：簪，文官帽子上的束发簪子。缨，武将头盔上的流苏。簪缨合称，代指世代贵胄的家族。

苏武令　　李纲

塞上风高，渔阳秋早。惆怅翠华音杳。驿使空驰，征鸿归尽，不寄双龙消耗。[1]念白衣、金殿除恩，归黄阁、未成图报。[2]

谁信我、致主丹衷，伤时多故，未作救民方召。调鼎为霖，登坛作将，燕然即须平扫。[3]拥精兵十万，横行沙漠，奉迎天表。[4]

【赏析】

李纲在两宋之际是一位坚定的主战派，也很有文韬武略。在金兵南侵伊始，他就以兵部侍郎的身份担任开封城防司令，带领军民击退了金兵第一次进攻。但是宋钦宗似乎并不愿意将抵抗进行到底，他还幻想着与列祖列宗一样，通过和约赔款解决边境问题。于是大获全胜的李纲很快就被弹劾去职，宋廷开始向金人申请谈判。但是金人并没有和谈的打算，他们休整之后，便卷土重来，第二次攻打开封。这一次，没有李纲等大臣力挽狂澜，开封城破，中原沦丧，徽钦二帝被掳去北国。

在这样的时局下，草草登基的高宗赵构为收民心，马上任命李纲为相，请他主持军国大事。李纲到任后殚精竭虑，一面重整朝纲，一面组织抗金，希望迅速恢复中原，迎还二帝。但是高宗也对作战兴趣不大，他只想着完全放弃中原，逃到安全的江南去。深知高宗心思的大臣旋即鼓吹和议与南迁，这就与李纲苦心经营的作战计划格格不入。不仅是主和派大臣对李纲不满，一些主战派大臣也出于各种原因排挤他，很快，李纲再次受到弹劾，被罢免了相职。此时，距他就任

李纲（1083—1140），字伯纪，号梁溪先生。邵武（今属福建）人。两宋之际抗金名臣。

1. 双龙：即指被金兵掳去北方的宋徽宗与宋钦宗。

2. 黄阁：宋朝宰相的官署。

3. 调鼎：比喻官员治理民众。

4. 奉迎天表：接回徽钦二帝。

宰相，仅仅过了七十五天。

尽管如此，李纲并没有心灰意冷，也没有在山林间故作疏狂，收复中原、迎还二帝的渴望反倒更加强烈。他为何如此忠心？词中已经揭晓了答案。因为自己本来只是一介平民，所有的一切都是中举之后的君王赐予，所以抗金就是忠君，就是报恩，何况现在君王已经被俘虏到了北国，以忠臣良将期许的自己，更应该亲率大军，接回君王，重新整顿起大宋的江山。

李纲一味地强调忠君自是不必苛责的历史局限，但词中传递出的强烈悲愤则是千古壮志难酬的豪杰共同的伤心。李纲的愿望最终还是没有实现，但他至死不渝的奋斗精神却传递在代代豪杰之间，正是这种看似飞蛾扑火式的一往无前，撑起了我们这个民族的脊梁。

南歌子

李清照

天上星河转，人间帘幕垂。凉生枕簟泪痕滋。起解罗衣聊问、夜何其。

翠贴莲蓬小，金销藕叶稀。[1]旧时天气旧时衣。只有情怀不似、旧家时。

【赏析】

天上星河一直都在转动，变化无时无刻不在发生。一夜之间，星辰有起有落；四季交替，各有位居主导的星宿；如若将时间拉得更长一些，星辰的位置与格局也会发生改变。现代天文学已经发现，若干年后，那永居北方的北极星会让出位置，织女星将取而代之，不再与牵牛隔河相望。而北斗七星也会散去，令人心动的勺子终将不再闪烁于夜空。若真的到了那个时候，人间又会变成什么样子呢？还能有帘幕低垂的安宁与静好吗？

一般而言，宇宙星辰在诗词中往往是永恒的化身，用以反衬人生的有限，但是李清照却用寻常平淡的语句透露出没有什么是绝对永恒的。一切都在运动，一切都将变化，最让人迷茫的就是此刻究竟身处哪一个时空。这个问题问天也没有用，因为天同样是短暂的存在，他也不了解自己，不知道答案，只有深沉苍茫的感慨。

宇宙星辰尚且如此，有限的人生又将怎样呢？于是最细微的变化就会触动起无尽的惆怅。情怀不再是如何发现的？天气与衣服真的与旧时相比没有变化吗？当然不是。因为过片已经告诉了读者，衣服上的图案已经脱落，针脚已经褪色，没有任何旧家风物能完整保留，更何况虚幻缥缈的情怀呢？

李清照（1084—约1155），号易安居士。济南人。宋代女词人。

1. 翠贴：衣服上贴绿绣图案以装饰。金销：绣线上会裹以金箔，金销即指金箔脱落。

不必执着这里的旧家情怀到底是什么，李清照对于永恒的超越理解使得词情如同宇宙星辰般广博，装得下家国之恨，装得下身世之感，装得下丧夫之痛，更装得下在时间流转间每一寸隐微的变化。

渔家傲

李清照

天接云涛连晓雾，星河欲转千帆舞。[1]仿佛梦魂归帝所，闻天语，殷勤问我归何处。

我报路长嗟日暮，学诗谩有惊人句。[2]九万里风鹏正举，风休住，蓬舟吹取三山去。[3]

【赏析】

天人问答，文学中最富浪漫力量的想象。人在面对自然的时候，除了会感到无助与渺小，还会产生征服的欲望与勇气。这种勇气源于对现实的不满足，也是执着追求心中理想的外化。这种精神始自屈原，他用楚地诗篇大声询问苍天，并同时给自己铺设了一条上下求索的道路。屈原《天问》中的一百七十三个问题并没有得到回答，而他在《离骚》中构建的自我形象也没有正面回应天帝的问题，他只是在漫漫长路上前行，留给后人孤独凄凉但又坚定无悔的背影。

李清照接过了屈原的衣钵，也塑造了一个与天帝对话的形象，而且天帝问的就是当年向屈原发出的问题——你要去哪里？这当然是来自天地之主宰的蔑视，是在暗示人再怎么执着求索也无法抵达理想的彼岸。

与屈原不同，李清照在下阕正面回答了天帝的问题。显然她知道天帝问题的暗指，她此刻正在经历着理想难以实现的痛苦，这不仅在于前路漫漫，很难看到终点，更在于就算自己已经努力做到最好，但还会面临其他未知外力的干扰，使自己与理想还是相去甚远。比如此刻的自己已经能够自由挥洒出惊人诗句，但或许是因为性别，或许是

1. 云涛：海涛。
2. 谩有：空有。
3. 三山：指蓬莱、方丈、瀛洲，传说中神仙居住的海上三座仙山。

因为权势，她的才华并没有得到应有的肯定。

但是李清照是一位执拗的女子，她的生活经历足以表明，她从不愿意向命运低头。面对来自天帝的嘲讽，面对自己正在承受的无奈，她仍然高昂着身躯，还是坚定地回答出想要前往的地方，就是天帝认为她到不了的理想与成功。

历来论者都为这首近似苏辛的豪壮之词而惊异，但其实真的没什么值得奇怪的，李清照本就不是一位柔弱无力的女子，良好的教育，贵家的生活，其实早就为她的个性打上了恢宏而雄奇的底色。

如梦令　　李清照

常记溪亭日暮，沉醉不知归路。兴尽晚回舟，误入藕花深处。争渡，争渡，惊起一滩鸥鹭。

【赏析】

哪些青春故事总会被愉快回忆？应该有悠然自在的玩乐，纵横轻狂的闲谈，笑靥如花的眷侣，放纵不羁的闯荡……当然，还会有一些不知所措的小冒失。

这种时候往往发生在欢快时光之后，比如词中人这样，刚刚结束了一次醉酒泛舟，兴奋还未完全散去，尽管自己说兴尽了，但手脚却还沉浸在欢快的惯性中，一下子难以切换到冷静的归家状态，于是便在荷花荡中迷路了。这显然是年轻人不稳重的表现，而接下来更是属于年轻的反应，酒虽然已经醒了，但却始终不知所措，只是着急地喊着怎么办怎么办，把沙洲上的鸥鹭惊得四散飞起，也没想到要先冷静下来，仔细分析此刻的困局。

年轻就是如此，连莽撞冒失都那么可爱。记忆中的场景总是一片鲜艳的色彩，无论何时都充满浪漫气息。多年之后的再次回想，应当会露出一丝尴尬的微笑吧。

如梦令

李清照

昨夜雨疏风骤，浓睡不消残酒。试问卷帘人，却道海棠依旧。知否？知否？应是绿肥红瘦。

【赏析】

开在不同时段的春花在诗词中有着不一样的意蕴，比如凌寒开放的梅花预示春归大地，春夏之际的荼蘼则意味着春将离去。海棠则是春光正好时候的花朵，开放在春分前后，正是群芳斗艳之时。

所以卷帘的小丫头并不会想到海棠也会勾起浓郁的春思，何况昨晚的风雨并不算太恶，还是一幅好春光，哪里会有绿肥红瘦那么微妙的衰象呢？只能说你们大人的世界真可怕！

小姐对于花叶变化的幽微体认与昨晚的醉酒密切相关。此刻的她正处于最美好的年华，如海棠般娇艳，如海棠般得时，但心中还有难以言说的惆怅。这惆怅究竟是什么？可以是纯洁的相思，也可以是忧虑青春飞速地流逝，总之是长大后逐渐生起的烦恼。

凤凰台上忆吹箫　　李清照

香冷金猊，被翻红浪，起来慵自梳头。[1]任宝奁尘满，日上帘钩。生怕离怀别苦，多少事、欲说还休。新来瘦，非干病酒，不是悲秋。

休休。这回去也，千万遍阳关，也则难留。念武陵人远，烟锁秦楼。唯有楼前流水，应念我、终日凝眸。凝眸处，从今又添，一段新愁。

【赏析】

一般的词人写怨女思人，往往将哀怨的女子安置在艳阳春日的空间里，先不说她是为情而苦，只是面对着落花风雨感伤春逝，然后再悠悠地带出真正挂怀的远方游子。但李清照并没有这样做，在开篇以传统笔调描写了几句女子慵懒起床后，就直接点破女子的惆怅是因为离别与相思。或许犹觉力度不够，又在上阕的煞尾以“新来瘦”三字再次强调情缘，非醉酒，不悲秋，只因苦别离，人才瘦。这样的变化，其实是用朴拙的文字手段把情感表达得更为沉重。而且秋天本是与悲伤男子相匹配的季节，李清照却将这位哀伤的女子置于其间，无处不显示她在构思方面的尖新。

下阕继续施展看似朴拙的文字手段，稍稍灵活使用了曲词中的叠字、顶真等修辞，使得全词的风格更加清疏。文字的特征并未导致内容跟着枯淡起来，李清照非常恰当地在下阕用了刘晨阮肇与萧史弄玉的两个典故，为词作增加了典重感。而且“楼前流水”一句更有一些哲思与理趣。流水本是无情的，但在词中好像懂一些人间情感，因为它为这位终日凝眸的女子投来了一些挂念。但其后李清照笔锋又一

---

1. 金猊：金属制成的狻猊造型的香炉。

2. 宝奁（lián）：华贵的梳妆镜匣。

转，还是感叹起了流水的无情。女子的凝眸再次没有盼回思念的情人，却注意到门前流水对她的关注。可是流水的关注又有什么用呢？流水并不能让他瞬间回来，流水也不能真正理解自己内心的忧愁，但除了无用的流水外，又还有谁挂牵着落寞惆怅的自己呢？新愁也就自然而生了。

“从今又添，一段新愁”，恰似流水的句子，道出了似水的哀愁。这惆怅顺水而去，又顺水而来，日复一日地翻滚新添，就这样无穷无尽。

一剪梅

李清照

红藕香残玉簟秋。轻解罗裳，独上兰舟。云中谁寄锦书来，雁字回时，月满西楼。

花自飘零水自流。一种相思，两处闲愁。此情无计可消除，才下眉头，却上心头。

【赏析】

李清照总爱在她的词里描写泛舟，这应该是有些自我生活影像的投射，她的少女时代应该最为喜爱这项户外活动。但是也不必将易安词中每一位泛舟女子都当作她自己，有时也可以是一个虚拟的文学形象，不过这也为李清照提供了一个有别传统的新颖构思。

比如这首词里，面对着秋风渐起，荷花凋零，词中的女性往往要么独凭栏杆，要么沉沉睡去，但李清照偏偏要让她去泛舟，让她在泛舟的时候举头见到南飞的大雁，让她一直划到月上西楼的时候。这不啻一种暗示：人生便像是一场行舟，默默地行驶在生命的江河上，看着眼前景物来来去去、起起落落之后，便也到了行将衰老的时候。于是泛舟行为给词中的女性形象也添上了流逝之感，但却与大雁、月亮不同，人的运动并非年复一年的轮回。

于是过片那句也就顺理成章，飘零流去的并不只是花与水，还有舟上的人，年华就在日日泛舟的等待中老去了。好在对方与自己心意相通，也在远方思念着自己，这或许是愁苦中的一丝慰藉，于是紧锁的眉头稍稍舒展开来。但这番慰藉并不能持续多长时间，愁绪在心间是难以消却的，眉头刚刚舒展，新愁就又在心底涌动。

醉花阴

李清照

薄雾浓云愁永昼，瑞脑消金兽。[1]佳节又重阳，玉枕纱厨，半夜凉初透。

东篱把酒黄昏后，有暗香盈袖。莫道不消魂，帘卷西风，人似黄花瘦。

【赏析】

寂寞中的人往往百无聊赖，无所事事间会觉得时间过得很慢。如果心中有愁有牵挂，那么消磨时光的娱乐活动也无心去做，也就更加感到白昼的漫长，总是挨不到可以昏睡的夜晚，于是就嗔怪起来。这种情绪在词中非常常见，但往往出现在白昼越来越长的春日。李清照又将之放在秋日，未免有些无理。重阳节的时候白昼早已比黑夜短了，怎么还会责怪日头的漫长？但转念想来，如果在此时仍觉得白日漫长，那愁得有多重？看似无理的转换，其实带有深沉的理趣。

李清照并非不知道这一层，她在下文还是选择应景的夜色铺衬寂寞。但还是忍不住地做一些妙思的变换。重阳节是团聚的日子，这位独饮愁酒的词中人一定有什么故事。词情看似要往传统的相思发展了，但却被“东篱”二字拉了回来。“采菊东篱下，悠然见南山”，陶渊明的形象陡然出现，使得词中人感受到的寂寞超越了简单的男女相思，触及了生命在宇宙间的永恒孤独，那是内心热烈渴望的无人理解又希望有人理解的矛盾痛苦。

这样最后一句“人似黄花瘦”也就有了落脚点。秋日的菊花是孤独的，但它的凌寒开放却又是一种坚持。它或许希望得到人的理解，但鲜有理会，只有西风不断吹拂，吹瘦了它的容颜。但菊花仍然在那里傲

---

1. 瑞脑：龙脑香树制成的香料。

霜，就算枯萎，也不凋落枝头。一如人生尽管寂寞，但还是有一些应该坚持下去的东西，没有必要因为俗众的看法而改变本真的自己。

至少在元朝的时候，开始流传起这么一个故事：李清照把这首词寄给丈夫赵明诚，赵明诚看后很是欣赏，居然产生一较高下的念头。于是他把自己关在房子里，不吃不睡三天，一口气写了五十首作品，然后把李清照这首词混在其中拿给友人陆德夫品评。陆德夫看后说其中只有一句独佳，便是“莫道不消魂，帘卷西风，人似黄花瘦”。这个故事当然还是后人瞎编的，大学者赵明诚应该不会在乎自己填词水准的高低，但故事中却能看到这句词无论何世，都有动人心魄的力量。

永遇乐

李清照

落日熔金，暮云合璧，人在何处？染柳烟浓，吹梅笛怨，春意知几许。元宵佳节，融和天气，次第岂无风雨。[1]来相召、香车宝马，谢他酒朋诗侣。

中州盛日，闺门多暇，记得偏重三五。[2]铺翠冠儿，捻金雪柳，簇带争济楚。如今憔悴，风鬟霜鬓，怕见夜间出去。不如向、帘儿底下，听人笑语。

【赏析】

元宵节是宋人一年一度的狂欢。满城灯火象征着盛世的繁华，纵情欢娱的男女其实是在享受太平时日下难得的自由，于是玩要得格外疯狂。当繁华散场，往事不再，每年的这场夜间欢游也就会成为关于承平的记忆与象征。

南渡之后，中原沦丧，开封不再繁华，可是江南大地的夜空依然辉煌，特别是杭州，黯然熄灭的开封灯火在这里重新点亮。因为皇帝还是那个赵家，大宋还是那个大宋，尽管暂时驻跸到了杭州，但是元夕灯火依然要有，这可以告诉世人皇权的正统，更可以向中外展示半壁江山的太平依旧。

对于江南人氏来说，可以观赏到先前不曾有过的灯火，未免不是一件幸事。他们面对元夕，真的很难有所谓的梦华之感，这种心态也只有南渡北人才能深切体认。实际上，刚刚安定下来的南宋政权，并无力量组织起开封那样的豪奢灯会，从金国放还的宋高宗生母韦太后，在来到临安后就曾向高宗抱怨过宫中的灯烛远不如当年明亮。那

1. 次第：转眼。

2. 中州盛日：中州，中原。此句即云北宋太平繁华之时。三五：十五。即正月十五元宵节。

么在开封元夕狂欢过的南渡北人，又怎么会将临安的草草灯节放在眼里呢？

孟元老将这种心态凝聚为笔记《东京梦华录》，李清照则将之抒发于词，都有一种“曾经沧海难为水”的滋味。在这些南渡北人看来，此刻的欢娱不仅不复昔年之盛，而且也并不属于他们，就算勉强出游，也体认不到欢乐。他们的元夕已经和中原故土一样，被永远地尘封在了江北，看到相似的风景，只能勾起对故国与往事的感伤。那真的不如就坐在家中，听着别人享受他们的欢乐，沉浸在往日的时光中，那里有自己的欢乐，有自在的青春。

武陵春　　李清照

春晚

风住尘香花已尽，日晚倦梳头。物是人非事事休，欲语泪先流。

闻说双溪春尚好，也拟泛轻舟。[1]只恐双溪舴艋舟，载不动、许多愁。

【赏析】

李清照晚年流寓浙江金华，也就是词中提到的双溪所在之地。浙江山水虽然清丽，但与她的家乡济南终究差异太大，很难说能见到什么相同的风景，勾起物是人非的情绪。但李清照往往不会拘泥于具体的一事一物，而是用心观照更高境界的宇宙，展现伟大文学家的深沉与博大。无论是山东还是浙江，都会面临风住尘香花已尽的春归，放之四海，哪里都留不住人间的美好，这便是物是。

人非同样深沉复杂，并不仅仅指的是丈夫赵明诚的逝去，还有远离家乡后身边路人过客的改变。此刻的李清照已经是五十多岁的老阿姨，镜子里面的容貌尽管端庄秀丽，但与年轻时候的样子还是相去甚远，何况又经历了一场改嫁与离婚，这当然也是一种人非。

在这样的人事碰撞下，愁绪当然无比浓重了。李清照似乎还保持着一颗少女心，还想着像溪亭日暮时那样自在泛舟，物是人非的力量就在此时迸发出来，金华的独木舟载不动增添了半生愁绪的她。此刻人已成非，船也成非，异乡的小舟怎么会懂一颗漂泊于此的浪子之心？

1. 双溪：在今浙江金华，李清照晚年居住之所。

声声慢　　李清照

寻寻觅觅，冷冷清清，凄凄惨惨戚戚。乍暖还寒时候，最难将息。[1]三杯两盏淡酒，怎敌他晓来风急。[2]雁过也，正伤心，却是旧时相识。

满地黄花堆积。憔悴损，如今有谁堪摘。守着窗儿，独自怎生得黑。[3]梧桐更兼细雨，到黄昏、点点滴滴。这次第，怎一个愁字了得。[4]

【赏析】

这应该是李清照最负盛名的词作。起句连用十四叠字的雄奇就已吸引了历代评论家的关注，而全篇啮齿叮咛的声调，通俗浅近的文字，凄切迷离的词情，以“黑”字押韵的险崛，无不令读者神迷魂牵。可以看出，这是经过惨淡经营的构思，但技巧的雕琢并不影响作品的感人，这就不仅需要过人的才力，还得贯注浓郁的真情。

显然词人在将自己的种种身世哀愁都全部熔铸在词中，才会涂抹出这样的绝唱。亡国伤痛，背井离乡，丈夫离世，收藏零散，再嫁风波，孤独晚年……只要其中的一项就足以将人弄得憔悴不堪，何况一番接着一番的冲击？于是词人一直在寻觅，寻觅一个能够摆脱愁苦的方法。但她试了一次又一次，似乎很难成功。

但她不甘心，还是在苦苦寻觅，甚至不惜花费一整天的工夫。但她最终得到了什么呢？乍暖还寒，晓来风急，旧雁过眼，满地黄花，独守窗前，梧桐细雨……每一个场景都充满无尽忧愁，是每一次寻觅

---

1. 将息：调养休息。
2. 晓来：大部分的版本皆作“晚来”，但根据词意，当是描绘词中女性从早到晚的忧伤过程，故此处应当作“晓来”更好。
3. 怎生得黑：怎样才能熬到天黑。
4. 这次第：这样的光景。

失败后的冷清凄惨。或许改嫁张汝舟也是一种尝试吧，但却将她推进了另一道痛苦的深渊。到头来，还是只有自己在这里无助悲戚，感叹越寻越重的哀愁。

摊破浣溪沙　　李清照

病起萧萧两鬓华，卧看残月上窗纱。豆蔻连梢煎熟水，莫分茶。[1]
枕上诗书闲处好，门前风景雨来佳。终日向人多酝藉，木犀花。[2]

【赏析】

大病初愈，自是心情愉悦之时，就算原本已经稀疏的鬓角又因病添了不少白发，那也不是什么伤感的事情，因为生命正在渐渐恢复，当下的苦痛都是会散去的，又可以期待美好的未来。

在这样的心情下，容易勾起伤感的自然物象也不再恼人。残月上窗纱，这是接近黎明的时辰，但并不意味着失眠了一夜，而是自然醒来。既然醒了，正好煎汤煮药，不必故作姿态地斟杯分茶，就这样牛饮下去，或许好得更快，还能回味一下豆蔻年华时的洒脱，多好。

恢复还是需要时间的，但有诗书的陪伴，心情也就不会变差，更不会觉得无聊，就是碰见凄凉的秋雨，想来也没有那么惨淡，反倒别有一番风趣。人生还是要有希望的吧。风景始终是那样的风景，变换的只是看风景的心情。

1. 熟水：用草药煎制的香汤。分茶：用茶匙将茶壶中的茶分别注入杯中，供多人饮用。
2. 酝藉：含蓄而不外露的样子。木犀花：桂花。

采桑子　　吕本中

恨君不似江楼月，南北东西。南北东西，只有相随无别离。

恨君却似江楼月，暂满还亏。暂满还亏，待得团团是几时。[1]

【赏析】

人确实是一种很奇妙的动物，尤其是对心上之人的期待，似乎总是难以满足，甚至还会出现这样矛盾的心理：一开始，迫切希望对方跟月亮一样，因为月亮可以陪着自己到南北东西任何的地方；然而转念一想，还是不要和月亮那样吧，因为月亮总是在缺缺圆圆，那么你我就会分分合合，终究遇不着永远的团圆。

这样一来，对方究竟该如何是好呢？似乎怎么做都无法顺心。词中人似乎有些不讲道理，但是家里不是讲道理的地方，夫妻之间的真挚情感本身就无法用道理来理解。两地分居，总归是有生活上的无奈，这道理双方都懂，但情绪总是要发泄出来，看似无理的取闹也并不会招来埋怨，毕竟团圆是你我共同的心愿。

吕本中（1084—1145），字居仁，世称东莱先生。寿州（今安徽凤台）人。南宋理学家、诗人。

1. 团团：圆圆的样子。

南歌子

吕本中

驿路侵斜月，溪桥度晓霜。短篱残菊一枝黄。正是乱山深处、过重阳。

旅枕元无梦，寒更每自长。只言江左好风光。不道中原归思、转凄凉。

【赏析】

吕本中的家乡安徽寿州，虽然未在靖康之际沦陷，但却从安定的内地变成了边防前线，使得他也不得不离家南下，过上南渡北人的漂泊生活。

到了宋代，江南已经是中原文人非常向往的地方。这里有清丽的山水，繁庶的经济，博雅的文化，可以供他们一展文思，更可以成为一处悠然的退居之所。

现在吕本中终于来到了向往中的江南，但却高兴不起来，因为这不是他期待中的与江南见面的样子。理想的实现居然付出的是中原沦丧、背井离乡的代价，未免有些荒唐，命运总是这样让人捉摸不透，又哭笑不得。

不过并不是大多数人都能有吕本中的心态，江南人民自然还会夸耀自己的家乡，就是许多南渡北人，也无法体认吕本中的凄凉一转，只是一味沉醉在江南美好风光之间，忘记了故国的沉沦，褪去了中原的归思。在南宋孝宗淳熙年间，临安的一位士人在酒店墙壁上题了这么一首诗："山外青山楼外楼，西湖歌舞几时休。暖风熏得游人醉，直把杭州作汴州。"其实，早在五十年前的南渡之初，就已经埋下不思恢复的种子，不能不让人唏嘘感慨。

阮郎归　　向子諲

绍兴乙卯大雪行鄱阳道中[1]

江南江北雪漫漫，遥知易水寒。[2]同云深处望三关，断肠山又山。[3]

天可老，海能翻，消除此恨难。频闻遣使问平安，几时鸾辂还。[4]

【赏析】

向子諲是江西人，他在北宋的时候就在家乡芗林建了一座别墅，与大诗人黄庭坚的外甥徐俯邻近，也就拜徐俯为师，学习写诗，过着诗酒风流的自在生活。靖康之难爆发后，战火没有烧到他的庄园，很多像他这样的南方士人依然继续着升平年代的生活方式，并不顾虑外界的指责。

向子諲却与这些人完全不同，他本就与李纲关系密切，国难一起，便积极投身于恢复事业。尽管李纲很快罢相，他也受到牵连落职，但当朝廷突然重新起用他为潭州（今湖南长沙）知州时，依然马上赴任。当时的潭州，正是金人兵锋所指，而向子諲到任不久，金人便兵临城下。一介书生向子諲，身先士卒地率领潭州军民与金兵奋战八日，甚至还与金兵巷战肉搏，尽管最终未能守住潭州，但忠义之烈，诚可想见。

于是也就不奇怪惯于吟风弄月的他能够写出这首壮烈忠愤的词作，将心中的家国痛恨寄托在对于君王的牵挂上。在道学逐渐兴起的

向子諲（yīn）（1085—1152），字伯恭，号芗林居士。临江清江县（今江西樟树）人。南宋文学家。

1. 绍兴乙卯：宋高宗绍兴五年（1135）。

2. 易水：在今河北省境内，战国燕太子丹于此为荆轲送行，行刺秦王嬴政。此处借指宋徽宗、宋钦宗被掳之地。

3. 同云：彤云，下雪前密布的阴云。三关：淤口关、益津关、瓦桥关，皆在今河北，乃北宋与辽的国境。

4. 鸾辂（lù）：天子王侯所乘之车。

南宋，天地君亲师的敬畏体系已经建立，帝王在士大夫心中是与天地同等的存在。那么皇帝被外敌掳去了遥远的北国，对于向子諲来说，当然是人生最重的打击，天荒海枯最多与之相当，根本无法让其平复心中的巨恨。

秦楼月

向子諲

芳菲歇，故园目断伤心切。伤心切，无边烟水，无穷山色。

可堪更近乾龙节，眼中泪尽空啼血。[1]空啼血，子规声外，晓风残月。[2]

【赏析】

乾龙节是宋钦宗赵桓的生日，尽管存在将帝王的生日设为节日的传统，但钦宗登基的时候正值金兵围城，父亲徽宗赵佶仓皇让位南逃，正应带领军民奋勇抗敌，并不是设立庆祝大节的升平之时。

或许徽宗统治下的繁庶开封让北宋人过得太滋润了，他们总想着金兵的南侵是次偶然，还可以继续醉梦于温柔富贵乡中。于是当李纲、种师道击退金兵第一次围城之后，太宰徐处仁在钦宗生日当天，也就是靖康元年（1126）四月十三日，奏请将这一天设立为乾龙节，既为天子祝寿，亦可扬大宋国威。

但是同年九月，金兵便卷土重来。这一次北宋无法重现数月前的胜利，开封于闰十一月丙辰（1127年1月9日）沦陷，赵桓和他父亲一同成了俘虏，乾龙节还未举行过一次，便退出了历史舞台。

历史就是这样冷酷，以至于后人很难理解当时人们的一些作为，只能为之惋惜慨叹。但同样的一段历史，却又能帮助后人理解时人的情愫，比如向子諲为何在临近乾龙节的时候，写下如此血泪深恨的词句。

1. 乾龙节：宋钦宗赵桓的生日。
2. 子规：杜鹃鸟。

临江仙

陈与义

夜登小阁忆洛中旧游[1]

忆昔午桥桥上饮，坐中多是豪英。长沟流月去无声。杏花疏影里，吹笛到天明。

二十余年如一梦，此身虽在堪惊。闲登小阁看新晴。古今多少事，渔唱起三更。

【赏析】

劫后余生，有时会感到心有余悸，以这样的心态回忆当年，不会慷慨激昂，也不会撕心裂肺，只有这般平和深沉的样子。

二十年前，那是多么美好的时候。国家正值升平，洛阳一片繁华，青春年少的自己恰逢群英荟萃的宴会，真可谓良辰、美景、赏心、乐事齐聚一身。快乐的时候，人是很难理解当下的可贵与短暂，也就不知道珍惜。尽管月光静静地随水而去，但在座的每一位都没有注意月光的预示，没有料到如此美好很快就将遭受毁灭，只是在杏花疏影间悠悠吹笛，随着自己的兴致，欢娱到天明。这真是神仙般的逍遥浪漫，怪不得陈与义的好友朱敦儒会以此鄙薄仕宦生活。

二十年后，剧变的余波也已渐次平息，不再有漂泊时的凄惨泪水，不再有历经生死的彻骨伤痛，只是淡淡地说一句此身虽在，已然蕴含着当年豪英水逝云飞的事实，怎不让己心惊？登上小阁，雨后新晴，月亮又出现在夜空。此刻终于明白当年长沟流月的深意，但又有什么用呢？月光见证过太多回世事沧桑与人间悔恨，总是在静静地提醒后人不要重蹈覆辙，到头来仍然拯救不了天下苍生，有些痛，非得

陈与义（1090—1138），字去非，号简斋。河南洛阳人。两宋之际诗人，亦工于填词。

1. 洛中：洛阳。

自己经历后才能领悟。

渔船上的咏唱又在这三更时分悠悠传来，诉说着无数英雄成空的故事。但英雄早已成为过往，歌声中的主角，只能是听者自己。

贺新郎

张元干

送胡邦衡谪新州[1]

梦绕神州路。怅秋风、连营画角，故宫离黍。[2]底事昆仑倾砥柱，九地黄流乱注。[3]聚万落、千村狐兔。[4]天意从来高难问，况人情、老易悲如许。更南浦，送君去。[5]

凉生岸柳催残暑。耿斜河、疏星淡月，断云微度。万里江山知何处？回首对床夜语。雁不到、书成谁与？目尽青天怀今古，肯儿曹、恩怨相尔汝。举大白，听金缕。[6]

【赏析】

胡铨是南宋初年坚定的主战派。宋高宗绍兴八年（1138），南宋与金草订和议，胡铨就上书请斩秦桧，以阻和议。尽管这次和议最终没有实现，但胡铨还是被贬为福州签判。四年之后，宋金双方终于成功签订和议，胡铨也在这一年再次遭贬，被除名编管于新州（今广东新兴）。由于秦桧此刻已登上权力巅峰，所以亲友大多不敢前来为胡铨送行，以免受到牵连。但总有那么几个铮铮铁骨的硬汉，他们不屈服于权势，只遵从内心的正义，张元干便是其中之一。

张元干（1091—约1170），字仲宗，号芦川居士，晚年自称芦川老隐。长乐（今属福建）人。南宋词人。

1. 胡邦衡：胡铨（1102—1180），字邦衡，南宋主战派名臣。新州：今广东新兴县。

2. 离黍：离，排列成行的样子。离黍即指丛生的庄稼。《诗经·王风·黍离》一诗以此起兴，抒发忧伤。传统《诗经》学家认为，这首诗是东周大夫经过西周都城镐京时，看到过往宫殿已长满庄稼，不由兴起对西周覆灭的感伤。故而后世习用黍离或离黍表达亡国之思或沧桑之慨。

3. 底事：何事，为何。昆仑倾砥柱：传说昆仑山中有铜柱，撑住天地。倾砥柱即指天柱倾塌，喻指胡铨被贬。九地：九州。黄流乱注：黄流，黄河水。传说共工与颛顼争帝，失败后怒撞天柱不周山，导致黄河泛滥。喻指胡铨被贬后，朝廷小人将肆无忌惮。

4. 狐兔：喻指奸臣小人。

5. 南浦：水边送别之所。

6. 大白：酒杯。

这首送别词没有传统的儿女娇态，上来就点破自己与胡铨的深情厚谊是建立在恢复中原的共同理想上的。在一段中原沦丧的铺陈后，点出了此刻国家满是狐兔奔走。这狐兔不仅指的是霸占家园的侵略者，很可能还暗指当权的投降派，也就是秦桧，不平之气也就暗地引出了下文对于天意人情的追问。但追问是问不出答案的，就像他们怎么也不理解为何皇家放弃沦丧的中原，于是只能无奈地将思绪回到当下的送别。

下阕即围绕送别展开。前两韵描述送别当下的情境，是与双方心境相同的苍茫；接下来三韵设想别后情境，述两人云山万里，难通音信，抒发知音难觅的惆怅；末两韵又回到当下，言莫问前路，且尽离杯之意，多少感慨无奈，也都在杯中曲里了。

尽管这首词慷慨磊落，振奋人心，但在秦桧看来还是太刺眼了。他很快对那些敢于送别胡铨的人展开报复，据说一起送行的诗人王庭珪就被判充军，张元干也被押赴大理寺，革去仕宦功名。但词人应该早已料到这样的结局，所以并不害怕，也不后悔。

瑞鹧鸪 张元干

彭德器出示胡邦衡新句次韵

白衣苍狗变浮云，千古功名一聚尘。[1]好是悲歌将进酒，不妨同赋惜余春。[2]

风光全似中原日，臭味要须我辈人。[3]雨后飞花知底数，醉来赢取自由身。[4]

【赏析】

被贬新州的胡铨日子过得似乎不差，还能吟诗填词，词作传到了张元干那里，感慨也就涌上心头。尽管张元干开篇说着空寂淡泊的话，觉得再大的功名也不过转眼成空，不如痛饮美酒，及时享受春光，但激昂的内心不是几句故作姿态能掩盖的，他还是憋不住喊了出来。

“风光全似中原日”，又是一次“直把杭州作汴州”的感慨。现在和议已成，皇家也就没有必要再装模作样地禁止听歌唱曲，徽宗承平时代的京城名曲纷纷重闻于临安，各种玩乐与奢靡也重新出现在街巷。张元干也是承平年间的佳公子，对于这些当然相当熟悉，但此刻的他并没有如大众那样激动，反倒是感到更重的忧伤，因为很快人们就会在温柔富贵乡中忘记国难，那么中原也就更没有恢复的希望了。

于是才会有“臭味要须我辈人”的对句，这既是群体风骨的自赏，也是对时代的殷切希望，进步总是要有一些不合时宜又不信邪的人去推动的，很荣幸，我们曾是其中的一份子。只是现在，张元干、胡铨他们已经有些心灰意冷，只能徒自癫狂，将希望寄托在后辈了。可他们的后辈又在哪里呢？真的会出现吗？

---

1. 一聚尘：即化作尘土的意思。
2. 将进酒：古乐府名，劝酒时歌唱，以李白之作最为著名。惜余春：李白有《惜余春赋》。
3. 臭（xiù）味：气味。
4. 知底数：知多少。

小重山　　岳飞

昨夜寒蛩不住鸣。惊回千里梦，已三更。起来独自绕阶行。人悄悄，帘外月胧明。[1]

白首为功名。旧山松竹老，阻归程。欲将心事付瑶琴。知音少，弦断有谁听。

【赏析】

夜深人静的时候，往往就是想家的时候，特别是一个人漂泊在外，苦苦打拼，也无身边人倾诉衷肠，那更会如此。无论是虫鸣还是风声，只要有一点动静，就会惊起潜藏在心底的乡愁。

那为何不回家呢？真的只是为了高远的功名吗？可这功名又要奋斗到何时才是个头啊？居然已经从青丝变成了白首，奔波的脚步却还未停休。

就算回家了，又能如何呢？早已不再是父母手中的宝，终归要扛起家的责任，依然要面对着无尽的忙碌。那么或许还不如自己选择的外面吧，这里还有机会顺便实现儿时的梦想，稍稍满足一些微小的愿望，回去了，怕是再也实现不了了。所以尽管有时难免落泪，但也只能自己咽下去，正所谓知音难觅，很少有人能够倾听，也很少有人愿意倾听别人家的心曲。更何况，有些情况下，其实也无家可归了。

岳飞就已经回不去河南的家，而他心系梦牵的功名，更是收复沦陷的中原河山，这当然是常人难以想象的人生。但其实对于普通人来说，不管自己的理想是什么，只要不是超乎能力的空想，并为之奋斗一生，那都将与岳飞的所作所为一样可贵与崇高。

岳飞（1103—1142），字鹏举。相州汤阴（今属河南）人。南宋抗金名将。

1. 月胧明：胧，月光模糊的样子。月胧明即指微明的月光。

满江红　　岳飞

怒发冲冠，凭栏处、潇潇雨歇。抬望眼，仰天长啸，壮怀激烈。三十功名尘与土，八千里路云和月。莫等闲，白了少年头，空悲切。[1]

靖康耻，犹未雪。臣子恨，何时灭。驾长车踏破，贺兰山缺。壮志饥餐胡虏肉，笑谈渴饮匈奴血。待从头、收拾旧山河，朝天阙。[2]

【赏析】

这首词实在太有名了，只要接受过一定文化教育的现代中国人，就会知道这是岳飞的名作。就算文化背景不高，也可以通过戏曲舞台、影视剧等多种渠道了解到这首词。很大程度上，人们对于《满江红》这个词牌的熟知，就是缘于这首词。

数百年来，这首词的署名权并无异议，就是抗金英雄岳飞抒发自己收复河山、尽忠报国之志的词篇。但是从二十世纪三十年代开始，逐渐出现这首词是伪作的声音。第一位质疑者是著名大学者余嘉锡。他指出在岳飞孙子岳珂编撰的《鄂王家集》中并没有收录这首词，今传宋元人的各种书籍中也看不到这首词的踪迹，而是要到明代中叶才突然冒出，于是此词的真伪就非常可疑了。余嘉锡的观点很快得到著名词学大师夏承焘的响应。夏承焘根据词中的"贺兰山"在西北，与岳飞希望直捣的东北"黄龙府"地理不合，进一步判断这是明代人感慨于明英宗被蒙古军队俘虏的"土木之变"，而假托岳飞之口写下的抒愤之词。由于余嘉锡、夏承焘两先生学问渊博，故而人们逐渐接受了这个观点。不过反对者也大有人在，随着新材料新文献的不断增

1. 等闲：无端，平白地。

2. 朝天阙：天阙原指天帝居所，这里代指皇宫，朝天阙即云在北宋旧都开封朝见皇帝。

多，坚持《满江红》是岳飞所作的声音同样坚定。这个问题也勾起了许多网友的兴趣，在各大网络论坛上均可见到讨论这个话题的帖子，也进一步增加了这首词的流传度。

《满江红》的真伪问题自然留待专家学者进一步讨论，但是这个学术问题居然能激起人民群众的兴趣，其实反映着岳飞抗金故事与这首词抒发的情感在我们民族心理中有着崇高地位。千百年来，中华民族经历了太多外敌入侵，但不管条件多艰苦，局势多危急，中华文化都可以不绝如线地顽强存活下来，靠的就是人民不屈的抗争意志，以及对于国家统一、民族独立的强烈向往。这种精神就凝聚在某位英雄人物的身上保存下来，传递下去，感染一代又一代的中华儿女。

岳飞便是最为典型的此类英雄人物，不管这首词是不是岳飞写的，从其诞生的那一刻，就已经从头到尾打上了岳飞的印记，与岳飞密不可分。无论是作者还是歌手，都要将自己化作岳飞才能写下唱出，读者也必须先了解岳飞的故事才能更好地体认词情。正因为岳飞最终被冤杀，是一位失败的英雄，所以词中的壮志豪情才会显得更为悲壮，才会有种壮士一去不复返的决绝，才会更好地展示中华民族为争取独立自由虽九死而不悔的精神。

于是这首词的意义早已超越了岳飞本身，每当遇见外敌入侵的时候，它都会被嘹亮唱响。特别是在抗日战争的时候，各地军民都在高唱这阕壮词。奔赴前线的军队，颠沛流离的难民，坚守讲台的老师，热血沸腾的青年……每一位有志之士都将其当作最重要的精神寄托，它与岳飞精忠报国的故事一道，鼓舞着中华儿女在民族最危急的时候团结一心，筑起座座钢铁长城，成为那个艰苦卓绝的岁月里最耀眼的火苗。这样的精神值得代代相传下去，所以，就让这首词的作者问题停留在学术讨论层面，不要去分割它与岳飞之间的联系，这样才能更好地将爱国情怀传承下去。

好事近

韩元吉

汴京赐宴，闻教坊乐，有感。

凝碧旧池头，一听管弦凄切。[1]多少梨园声在，总不堪华发。[2]

杏花无处避春愁，也傍野烟发。唯有御沟声断，似知人呜咽。

【赏析】

宋金第一次和议签订之后，两国互相承认对方的主权地位，每逢新年或双方皇帝的生日，均派遣使者祝贺。韩元吉便是在宋孝宗乾道九年（1173），作为宋廷庆贺金世宗完颜雍生辰的大使，来到了北国。

临安到金朝中都大兴府（今北京）的路程非常遥远，南宋使节通常会被安排在金朝的南京先行休息，然后继续北上。此刻，韩元吉已经抵达南京，金人正在宫中设宴款待他，但他却感到无比惆怅。

原来金朝的南京正是北宋的故都开封，他身处的园林池沼是北宋的皇宫，这片本来属于自家皇帝的禁苑，却已然成为侵略者合法的陪都，韩元吉生在北宋年间，当然会产生浓重的亡国哀愁。

这种愁绪的表达有太多的先例，韩元吉选择了王维的方式，将国家的衰亡融化在乐工的曲声中。歌曲与时代的关联度很强，因为不用过太多时候，流行的旋律就会发生变化，所以只要曲声一响，相应的时代风貌与当年故事就会浮现在眼前。

时间的消逝总会冲淡仇恨，经历亡国哀痛的南渡北人会逐渐逝去，留在北方的梨园旧人也会随着容颜的老去而失去留恋过往的热

韩元吉（1118—1187），字无咎，号南涧。许昌（今属河南）人。南宋官员、词人。

1. 凝碧：即凝碧池，唐朝洛阳禁苑中池名。安史之乱时，安禄山从长安城中掳掠乐工歌伎数百人，于凝碧池畔设宴，令其奏乐，若有感伤痛哭者即处斩。乐人雷海清西向痛哭，遂被肢解。时王维被叛军囚禁，闻听此事，赋诗感慨，后成为寄托故国哀思的典实，泛指故国禁苑中的池沼。

2. 梨园：唐玄宗创立的宫廷音乐机构，荟萃当时音乐家，后代指音乐机构。

情。但旋律与歌词不会变化，依旧咏唱着鲜活的当年模样，勾起有情之人的阵阵回忆与潸潸泪水。

钗头凤

陆游

红酥手，黄縢酒，满城春色宫墙柳。[1]东风恶，欢情薄，一怀愁绪，几年离索。[2]错，错，错！

春如旧，人空瘦，泪痕红浥鲛绡透。[3]桃花落，闲池阁，山盟虽在，锦书难托。莫，莫，莫！[4]

【赏析】

陆游二十岁的时候，迎娶了第一任妻子唐氏，两人情投意合，度过了一段非常美好的时光。但是天不遂人愿，出于种种原因，二人很快被迫分开了。尽管如此，陆游一直思念着唐氏，经常回忆起二人共度的岁月。在绍兴城南，有一座名叫沈园的园林，这里应该是陆游和唐氏经常携手同游的地方，以至于陆游每到一处相似的空间，都会勾起对唐氏的无尽思念。

此刻的陆游，正在离故乡绍兴千里之外的南郑（今陕西汉中）。这里尽管是南宋与金的边防前线，但近似江南的气候带来了宜人的风景，使得艳游的风气也很浓郁。何况南郑还与凤州邻近，那里不仅广种秀柳，盛产美酒，大部分的歌女都拥有一双纤纤玉手，以至于这三样东西成为名闻天下的"凤州三出"。陆游应该正是在柳絮纷飞的时节，出席了一场宴会，一边品尝着凤州美酒，一边听着凤州歌女唱着动听的歌谣。

当下的欢乐又扯动了陆游一直潜藏在心中的忧愁，已经与唐氏分

陆游（1125—1210），字务观，号放翁。越州山阴（今浙江绍兴）人。南宋文学家、史学家、爱国诗人。

1. 红酥手：肤色红润的手。黄縢酒：宋时宫廷之酒以黄纸或黄绢封坛，此处代指美酒。

2. 离索：离群独居。

3. 鲛绡：轻纱织成的手帕。

4. 莫：罢了，算了。

别十余年了，而她也在不久之前离开了人间，所有的相思也就失去了寄托。汉中的风景依稀相似绍兴，桃花柳絮也与当年的沈园相仿佛，眼前动人的歌女也一如你的容颜，但都不是真的过去，也不可能是你。当年的结婚誓言如今犹在，但自己早就是不守信用的负心汉，如今连寄一封表达思念的信笺也无从寄去了。那还能怎么办呢？除了连呼错错错，也只能徒叹罢了罢了罢了。无可奈何间，还是那片割舍不去的深情。

陆游对唐氏的思念不仅持续到中年，就是年过八旬的时候依然不能忘怀。当他晚年退居故乡的时候，在沈园旧地题了这么两首绝句：“梦断香消四十年，沈园柳老不吹绵。此身行作稽山土，犹吊遗踪一泫然。”“城上斜阳画角哀，沈园非复旧池台。伤心桥下春波绿，曾是惊鸿照影来。”年轻时无法实现的真情，就是会像这样，一直缠绕在生命的每一个瞬间。

卜算子

陆游

咏梅

驿外断桥边，寂寞开无主。[1]已是黄昏独自愁，更著风和雨。[2]
无意苦争春，一任群芳妒。零落成泥碾作尘，只有香如故。

【赏析】

梅花是古代高洁品德的象征，它不惧风寒，在春未到时傲然开放，向世人传递着春来的消息。而真正到了群芳争艳的时候，它又早已隐去，并不在意谁会成为最美艳的春花，也不计较世人会不会记住自己的容颜。

德行如此，本不应该为自己的孤独寂寞感到惆怅，因为这是自己的选择，结局早已知晓。但词中的梅花却在自悼寂寞，还为黄昏时分遭受的风雨感到痛苦，因为居然出现了一些不曾料到的折磨。

词中的梅花其实就是陆游自己，既是对自己清高品德的认同，也有对朝中小人的愤慨。自己已经主动退出了政治舞台，回到家乡过着清闲落寞的生活，完全不再争取任何的名利。但他们却还是不愿放过自己，仍然在耍各种心机与阴谋，似乎要将自己完全铲除才罢休。

既然如此，也就不必戚戚于险恶的遭际了。词的末句突然间振起，回到了梅花应有的傲骨。零落成泥看来是躲不过去了，那就不必去躲，只要自己始终坚持本志，天地间终究会留下属于自己的清香。

1. 无主：无人关注。
2. 著（zhuó）：遭受。

诉衷情

陆游

当年万里觅封侯，匹马戍梁州。[1]关河梦断何处，尘暗旧貂裘。
胡未灭，鬓先秋，泪空流。此生谁料，心在天山，身老沧洲。[2]

【赏析】

陆游四十八岁的时候曾入枢密使兼四川宣抚使王炎的幕府，在西北边关南郑过了半年左右的戎马生活。尽管并没有参加什么战事，但这是一生主战，渴望恢复中原的陆游与军事离得最近的时候，从而会在晚年反复回忆这段岁月。

词的开篇两句是在回忆军中往事，气势雄壮，把自己描绘成苍茫天涯间意志坚定的孤独剑客。陆游总爱这样描写南郑往事，比如那首著名的《书愤》诗就如是说来："早岁那知世事艰，中原北望气如山。楼船夜雪瓜洲渡，铁马秋风大散关。"如此慷慨壮烈的边塞风景，不能不令人浮想联翩。

只是人生总是会碰上事与愿违的时候，陆游也不例外。很快他就东归江南，过起了长达二十余年的闲居生活，从天山脚下回到了隐居江湖。或许正是因为没有真的经历过战事，他常常觉得自己本领非凡，是不可多得的塞上长城，只不过没有获得一展才华的机会。仔细想来，这难免不是身为文人的不切实际的幻想，若真给他十万甲兵，也极有可能不知所措吧。但这样的心态却也不失真诚，才会出现这些沉郁可爱的诗词。

1. 梁州：即指南郑，陆游入四川宣抚使幕府时所在地。
2. 天山：祁连山，唐宋时常以此代指胡汉边境。沧洲：水边之地，泛指隐士居住的地方，这里代指陆游晚年退居之地镜湖。

朝中措

范成大

身闲身健是生涯，何况好年华。看了十分秋月，重阳更插黄花。
消磨景物，瓦盆社酿，石鼎山茶。[1]饱吃红莲香饭，侬家便是仙家。[2]

【赏析】

年纪大了，日子清闲了，身体还很健康，还有什么比这样的生活更愉快呢？所以不要觉得如今到了人生暮年就黯然伤感，这正是生命中最好的年华，还有许多美妙的姿态等待自己去欣赏，正如一年到了秋天，既有中秋佳月，还有重阳菊花。所以不要在意自己的满头白发，仍然可以大胆地头插菊花，因为自己的生命还有足够的激情等待绽放。

不过秋日激情终归不像春天那样绚烂，看过了红尘世事的人总归是平淡从容的，在寻常景色中就能体认到蕴含的佳趣。当然，不需要华丽器物，也不追求精美食材，村中薄酒，山间野茶，也就足够了。若是能再吃上一碗苏州本地产的香米饭，那便是神仙般的日子了。

词写得极为平淡醇厚。范成大本就是一位善于写田园诗的诗人，将田园趣味融进小词，想来对他也是一件极其容易的事情。不过与王维、孟浩然等唐代山水田园诗人不同，范成大总爱写一些田园间的老来趣味，这便与现代人更为亲近。现代人不是那么惧怕衰老，因为我们已经有足够的自信去欣赏各个年龄段的美丽。

范成大（1126—1193），字致能，一字幼元，晚号石湖居士。平江府吴县（今江苏苏州）人。南宋名臣、文学家、诗人。

1. 社酿：村社里酿的酒。山茶：山中生长的茶叶。

2. 红莲香饭：用红莲稻煮成的米饭。红莲稻，苏州种植的一种香稻品种。侬家：我家。

南柯子

范成大

怅望梅花驿，凝情杜若洲。香云低处有高楼。可惜高楼不近、木兰舟。

缄素双鱼远，题红片叶秋。欲凭江水寄离愁。江已东流那肯、更西流。

【赏析】

离愁别绪，是人间反复经历又难以割舍的情感，词人爱填，歌者易唱，听众愿闻，所以才会流传下数量那么多的作品。

不过这些作品往往只就离别的一方展开相思的描述，不是高楼怨女，就是天涯游子，很少有像范成大这样，如此明确地在词中同时涉及男女双方的情感状态。

这首词的上阕描绘了一位游子，正期盼着能有驿使为他捎来佳人赠予的家乡梅花，但很显然，他的希望一次次地落空。于是便走到沙洲之上，说是既然收不到佳人的梅花，那就自己采一些杜若寄给她吧。可是又怎么寄过去呢？佳人的高楼好像就在云层之下，但却是小船去不了的地方。

游子的惆怅与无奈，佳人也正在经历，她也想寄一封诉说相思的信给游子，却也遇到了路远难送的困局。那就将相思写在一片红叶上吧，让红叶顺着江水漂到他那儿去，据说有情之人是可以捡到的。可是江水偏偏也要和她作对，思念的人在西边，它却头也不回地向东流去。

能有这样的两地相思当然很煎熬惆怅，若是双方都能知道对方恰好也在思念自己，未尝不是人间最幸福的甜蜜。

念奴娇

过洞庭

张孝祥

洞庭青草，近中秋、更无一点风色。[1]玉鉴琼田三万顷，着我扁舟一叶。素月分辉，明河共影，表里俱澄澈。[2]悠然心会，妙处难与君说。

应念岭海经年，孤光自照，肝肺皆冰雪。[3]短发萧骚襟袖冷，稳泛沧浪空阔。[4]尽吸西江，细斟北斗，万象为宾客。[5]扣舷独啸，不知今夕何夕。

【赏析】

人在迷茫的时候，总爱仰望头上的灿烂星空，当那永恒的星月静静地注视着自己，心灵就会为之震撼而敬畏。如果还是在一片苍茫辽阔的空间，这种力量往往更加强大。

张孝祥此刻就在八百里洞庭湖的星夜下泛舟，时节已经将近中秋，月光已经逐渐圆满起来。因为没有风吹过，所以三万顷洞庭湖水静静地铺在那里，倒映着天上的月亮与银河，水天上下，都是一番皎洁幽谧的光芒。对于他来说，也就受到了双重的震撼。

至于这种震撼的感觉是什么，不同的人有不同的体认。张孝祥用"悠然心会"四字点出了星空下的神秘，这是人与星空的心会，是瞬间被击中的感觉，所以其中的佳趣当然难以向他人言说了。

张孝祥（1132—1170），字安国，号于湖居士。历阳乌江（今安徽和县）人。南宋词人、书法家。

1. 风色：即指风。
2. 表里：内外。此处指水天上下。
3. 经年：经过一年。
4. 萧骚：稀疏的样子。
5. 万象：天地万物。

不过张孝祥在下阕还是详细地交代出他的心会。来到洞庭湖之前，他本来在桂林当知府，并兼任广南西路经略安抚使。但因为朝中谏官的弹劾，他被撤职，被迫回乡，所以才途经此地，在月色星光下泛舟。他真的有罪吗？张孝祥当然不这么认为，而且很有自信地说肝肺如同纯洁的冰雪，无疑在说自己从内到外都与这表里俱澄澈的洞庭湖一样无愧。

其实，广西安抚使也已经是被排挤的结果。张孝祥是宋高宗钦点的状元，是高宗强行压住秦桧，不让他的孙子秦埙状元及第的结果。因此张孝祥深得高宗信任，同时又深受秦桧忌恨，从而很快被秦桧的党羽弹劾离京。他的命运也没有因秦桧的去世而改变，而又经历了一次轮回，从秦桧初死时的迅速升迁，又落到被排挤出京，外任桂林，再到如今落职回乡，心情当然是非常抑郁的了。所以下阕六朝狂客式的纵情饮酒，与天地同游同醉，都是无奈之后的癫狂。所有的悠然兴会，都是如此夹杂着人生故事。

尽管现代人很难看到满天星辰，大多数普通人也不会有张孝祥的大起大落，但对每一个生命个体来说，都有属于自己的刻骨铭心，那就随时存在着被周遭风景悠然兴会的时刻。但愿我们都能跟张孝祥这样，自信无愧地说出表里俱澄澈的话。

摸鱼儿

辛弃疾

淳熙己亥，自湖北漕移湖南，同官王正之置酒小山亭，为赋。[1]

更能消、几番风雨？匆匆春又归去。[2]惜春长怕花开早，何况落红无数。春且住。见说道、天涯芳草无归路。怨春不语。算只有殷勤，画檐蛛网，尽日惹飞絮。[3]

长门事，准拟佳期又误。蛾眉曾有人妒。[4]千金纵买相如赋，脉脉此情谁诉？[5]君莫舞。君不见、玉环飞燕皆尘土！[6]闲愁最苦。休去倚危栏，斜阳正在，烟柳断肠处。

【赏析】

辛弃疾的最大理想便是恢复中原，他也具备这方面的智谋与武略。但是他生活的南宋孝宗朝已离靖康之难过去了三十多年，民众的仇恨已逐渐消弭，南渡之初的良臣猛将也零落殆尽，偏安一隅的南宋在此时倒也经济繁荣了起来。于是尽管孝宗皇帝有志于恢复，但朝野臣民的恢复热情并不高涨，加之孝宗即位之初草草北伐的失败，使得恢复的希望始终遥遥无期。

除了主战派失势的时代氛围之外，辛弃疾还面临着更多的困难。他出生于金人统治下的济南，少年时代渡江南来，投奔南宋政权，这

辛弃疾（1140—1207），原字坦夫，改字幼安，号稼轩。济南历城（今属山东）人。南宋主战派名臣、词人，有“词中之龙”一称。

1. 湖北漕：湖北转运副使，主管将湖北地区的钱粮发运到京城。

2. 消：经受，承受。

3. 算只有殷勤：算，但是。这句是“算殷勤只有”的倒装，意思是殷勤做着留春工作的，只有画檐下的蜘蛛网。

4. 长门事：汉武帝皇后陈阿娇因嫉妒卫子夫而被废，幽居长门宫。

5. 相如赋：传说陈阿娇幽居长门宫时，曾以黄金百斤请司马相如为文道其幽怨，司马相如遂作《长门赋》。武帝见《长门赋》后颇为感慨，遂复宠幸陈阿娇。

6. 玉环：杨贵妃杨玉环。飞燕：赵飞燕，西汉成帝皇后。

段经历使得他被划归为“归正人”群体，一方面在江南没有政治基础，另一方面随时会受到江南士大夫的排挤。他渡江南来之初便进献了《美芹十论》《九议》等奏折，详细阐述了他的恢复计划，然而却与宋孝宗和时任宰相虞允文的方案不合，也就难以获得君王的信任。所以辛弃疾南来之后，并没有什么在边防前线任职的机会，就在内地诸路转来转去，不是剿匪，就是管理钱粮转运。比如淳熙六年（1179）的这次，就从湖北转运副使移任湖南转运副使，不啻为南渡十八年来辗转多迁的缩影。于是在同僚王正之的送行酒席上，他写下了这首婉转愁怨的名篇。

全词的开篇极富笔力，凭空而来一句还能经受几番风雨的追问，然后才揭示当下的春归时令，无疑是人到中年的深挚感慨。渡江南来的时候，自己正当二十三岁的壮龄，此刻却已四十不惑。尽管还有实现功名的机会，但时间已经不多了，最好的年华已经蹉跎，如果依然改变不了被朝臣排挤、薄宦流转的现状，那真的就一切成空了。

起首的惜春之后，便自然转入留春，然而改变不了落红无数的结局，也就引出了对春的呼唤与追问：“春天啊，停下你的脚步吧！人家不是说天涯芳草会阻断归路吗？那你的归路不也没有了吗？”不过天涯芳草阻断的是人的归路，春还是要离开的，所以春只能默默无语了。惜春、留春、问春都无用后，词情便转入了怨春，因为他发现还是有人能够留住一些春的踪迹，那便是画檐下的蛛网，它能够沾满象征春日的柳絮。可是蛛网真的理解春天吗？真的那么想挽留春天吗？它当然没有自己这样的真诚，但似乎世间的美好，就是不爱拥抱真诚的人心，而总被别有心机的人占有。

词写到这里，比兴寄托的意味已经非常浓郁了，画檐蛛网指的就是朝中排挤自己的大臣，而下阕直接以幽居长门宫的汉武帝陈皇后开篇更加明确了词中的寄托。以后妃的受宠与否隐喻大臣的政治遭际是中国诗歌悠久的传统，辛弃疾显然在用陈皇后喻指自己，而且境况比陈皇后更加恶劣。因为陈皇后毕竟可以千金买赋，重获汉武帝的宠幸，而自己就算有钱，也买不回皇帝的心，因为朝中大臣对自己的嫉妒实在太深了。既然如此，那也只能自我解脱。飞燕玉环，是受宠一时的妃子，但最终赵飞燕被废，杨玉环身死，都逃不过身败名裂、终归尘土的命运。这当然在说朝中排挤自己的得势大臣，也将同样失势下台，千古无名，自己也就不必伤感了。

尽管话这么说，但是此刻的潦倒与理想的无望还是改变不了的，内心还是充满了难以平复的怨愤。不过词不能写得太露，提到玉环飞燕已经极为顿挫了，结尾就得将情绪收回来，回到眼前的斜阳芳草，而伤怀叹老的情绪也就在一片暮春中铺开荡漾，留给自己与读者无尽的凄婉。

水龙吟 辛弃疾

登建康赏心亭

楚天千里清秋，水随天去秋无际。遥岑远目，献愁供恨，玉簪螺髻。落日楼头，断鸿声里，江南游子。把吴钩看了，栏干拍遍，无人会、登临意。

休说鲈鱼堪鲙，尽西风、季鹰归未。求田问舍，怕应羞见，刘郎才气。[1]可惜流年，忧愁风雨，树犹如此！[2]倩何人，唤取红巾翠袖，揾英雄泪！[3]

【赏析】

游子秋日登高，是词中常见的主题。秋风中的游子，看着远山与夕阳，往往生出思乡怀人的惆怅。辛弃疾也是游子，是从山东济南漂泊到江南的游子。不过传统的羁旅秋客因种种缘由无法归乡，但说到底只要横下心来，家就在那里等着他回。辛弃疾却不一样了，只要宋军没有收复山东，他就断不可能回到故乡。于是他的愁恨也就有所不同。

此刻，担任建康通判的辛弃疾登上了金陵名胜赏心亭，眼前的风景与所有的羁旅秋客看到的一样，苍茫辽阔，满是清愁。状似美人发髻的远山好像也与自己同感，不断地将它们的愁恨递送到眼前；离群的孤雁从正在落下的夕阳前飞过，发出的阵阵哀鸣无不是楼头游子的心声。但是自己的忧愁却与普通的游子伤感不一样。辛弃疾用看遍吴钩的动作将其暗示，他向往的是立功沙场，此刻并不在儿女情长，而

---

1. “求田问舍”三句：东汉末年名士许汜往陈登家做客，陈登让许汜睡下床，自己睡大床。许汜不悦，向刘备抱怨此事，然却遭到刘备指责。刘备言方今天下大乱，名士应当扶国济世，但许汜却只顾自己买田造房，名节不堪。若许汜来自己家做客，一定会自己睡在百尺高楼上，而让许汜睡在地上，以表斥责。

2. 树犹如此：《世说新语》中记载，桓温北伐，经过金城，见到年轻时在此种下的柳树已经非常粗壮，于是感慨道：“木犹如此，人何以堪。”随即折下柳枝，痛哭流涕。

3. 揾：擦拭。

是壮志难酬下的悲愤。但也就独自悲愤了，就算把栏杆拍遍，也没有人会理解自己的心情，朝中难觅与他一条战线的重臣，而楼下过客只会觉得又是一位羁旅秋客在感伤寂寞。

上阕情绪已起，下阕便顺情而抒，连用三个典故，将情绪层层递进。先讲张翰因秋风起而动乡愁，言自己的归乡之情也因秋风而更加浓郁。再说刘备斥责许汜在天下大乱时只顾自己安逸，言如今也是同样的国家危难之时，但自己却报国无门，只能做做求田问舍的事，于是看上去也跟许汜一样胸无天下，要被刘备责骂的。尽管这是自己不得已而为之，但违背内心意志，人始终是煎熬的。末了再用桓温的伤痛之语，感慨再这样蹉跎下去的话，那就将要年华老去，就算收复中原的机会终于到了，也已垂垂老矣，有心无力了。

最后还是要回到歌词香艳的本色，照应着上阕末尾无人理解的感慨。男儿有泪不轻弹，只是未到伤心处。或许也只有柔情的佳人才能拭去英雄悲壮的泪水，宽慰悲愤郁结的心。但无奈的是，能够理解欣赏落魄文人才华的佳人，也无法深入英雄的心灵，只留他一人在秋风中泪水涟涟。

鹧鸪天　　辛弃疾

送人

唱彻阳关泪未干，功名余事且加餐。[1]浮天水送无穷树，带雨云埋一半山。

今古恨，几千般，只应离合是悲欢？江头未是风波恶，别有人间行路难。[2]

【赏析】

送别宴会上的离歌已经反复唱了好几遍，但泪水仍在不尽地流淌。眼前的树木似乎被水流带向无穷的远方，青山也被乌云遮掩了一半，实在是太伤痛的离情，太压抑的风景。为什么会出现这样的情境？第二句的故作解嘲已经解释了一切，因为有一颗热切向往功名的心，而此别之后，很可能再也实现不了了。

理想也好，壮志也好，其实也是人的一种欲望，当欲望满足不了的时候，就会觉得世界被压扁了一样，身处其间，无法喘气。但人的欲望又哪里会那么容易满足呢？为欲望想尽手段，人间道路上的风波也就应运而生，甚至比自然界的险山急滩还要凶险。刘禹锡早已借《竹枝词》的民歌曲调唱出了这样的心情："瞿塘嘈嘈十二滩，人言道路古来难。长恨人心不如水，等闲平地起波澜。"但刘禹锡的歌中还是有险恶的江滩，辛弃疾则更翻一层，直接把江头的风波也抹去了，也就愈发地加深对人心凶险的畏惧。

可是，不论怎样地畏惧人间风波，辛弃疾始终放不下他的功名，忘记了曾经的失落。我们对待欲望的态度也莫过如此，明知会有南墙，但却总是无怨无悔地撞将上去。

---

1. 唱彻：唱完。
2. 未是：还不是。别有：更有。

菩萨蛮

辛弃疾

书江西造口壁[1]

郁孤台下清江水，中间多少行人泪。西北望长安，可怜无数山。
青山遮不住，毕竟东流去。江晚正愁余，山深闻鹧鸪。

【赏析】

南宋孝宗淳熙三年（1176），辛弃疾被授予江西提刑。这回他临危受命，领兵围剿盘踞江西许久的茶商军。终于获得带兵的机会，却并不是他日夜期待的北伐中原，心中的滋味实在复杂难言。在这段时间里，辛弃疾经常往来于造口，心中的愤慨便借清江之水滚滚而出。

造口这个地方对于南宋来说，有一段不堪回首的往事。高宗登基之时，尊奉哲宗孟皇后为元祐太后，后改称隆祐太后，以示自己的皇权具备合法来源。但很快金兵就打了过来，高宗与隆祐太后分两路逃亡，金兵也随即分兵两路追击。隆祐太后从南昌渡江，以乘舟夜行的方式深入江西腹地，抵达造口后舍船登陆，由农夫扛轿而行。但金兵的追击也很迅猛，前锋已经抵达距造口不远的万安县，好在胡铨于此地募集乡兵抗御金兵，太后才终得逃脱。

此刻，辛弃疾正站在这里，眼前的江水，远处的青山，不能不让他想到这一段不绝如线的存亡之秋，当年应该有许多惊吓的泪水吧。然而除了隆祐太后一行，南渡之初的众多北人，也都是带着故土沦丧的泪水行走在这里，回头望去，中原与京城早已被连绵的江西诸山遮挡得看不见了。行文至此，词情已然愤慨起来。

下阕将山水糅合在一起，言遮挡住北方的青山遮不住眼前的江水，水波还是从山中跃出，滚滚东去，苍茫的时间流逝感也就随之

1. 造口：即皂口镇，在今江西万安西南。

而生。再不振作北伐，大家都要老了，经历当年痛苦的人也就越来越少了，中原也就没有恢复的可能了。一阵阵鹧鸪的啼声似乎预示了这无奈的结局。在古人眼中，鹧鸪属于南方的鸟儿，它一直生活在南方，也总是要往南飞，从来不愿掉头北向。这不就正象征着南宋朝野已经没有太多的恢复热情，辛弃疾这一只流落南方的北国之鸟，在成群的鹧鸪间显得那么另类，一心想飞回北方，却无人相陪，怎么也回不去了？

茶商军很快就被辛弃疾平定了，但他当然不太在意这种功名。在他心中，只有那片被群山遮住的中原。

祝英台近　　辛弃疾

晚春

宝钗分，桃叶渡，烟柳暗南浦。[1]怕上层楼，十日九风雨。断肠片片飞红，都无人管，更谁劝啼莺声住。

鬓边觑。试把花卜归期，才簪又重数。[2]罗帐灯昏，哽咽梦中语。是他春带愁来，春归何处？却不解带将愁去。

【赏析】

这是一首非常传统的闺怨词，抒发的就是词中女子在暮春时节的寂寞相思。

开篇连用两个典故，借唐玄宗与杨贵妃、王献之与桃叶的故事揭示情人分别的现实。南浦自是分离的场所，烟柳则意味春深，言分别的时间已经过去许久。其后便转到人物内心的刻画。上层楼是为了眺望远方情人，怕上则是近日风雨弥漫，朦胧了远处的视线，风雨同时也摧残了春花，会给自己带来红颜老去的痛苦联想。然而并没有人同情春花的凋落和自我的老去，只有那黄莺，一个劲儿地唱着春归的歌谣，仿佛在嘲笑自己的脆弱。

下阕从人物心理转入场景描写。词中女子开始做一种古老的占卜，试图通过数一数头上花饰的花瓣来窥测情人回来的消息。但不管占卜的结果时好时坏，她却总不放心。是吉兆吧，怎么和冷清的现实不太一样？是噩兆吧，又不甘心接受失败的命运。于是屡屡卜完插回头上，又重新摘下，更仔细地数了起来。

或许是数了太多次，数得累了，灯也未灭，人就沉沉地和衣睡

1. 桃叶渡：在今江苏南京秦淮河畔，为东晋王献之送别爱妾桃叶的渡口。

2. 花卜：通过数花瓣数目的方式进行占卜。

去。睡梦中还是没有梦见与情人相会，反倒仍然独自面对远去的春天。于是带着泪水向春天控诉，是你将愁绪带到了我的心头，现在你就要走了，要把这愁绪也一并带走，为何偏偏把它留下，一直住在我的心里呢？这场无理质问，将全词的幽怨烘托到了极点。

这首词缠绵悱恻，并不输于擅写婉约愁绪的大家作品，与辛弃疾词作给人的传统印象不太相符，所以古人就曾感叹“才人伎俩，深不可测”。至于这首词是不是像《摸鱼儿》那样有所寄托，则就难以确认。既然如此，那也就不必强求什么故事或深意吧，就这样沉浸在歌词的忧郁氛围中，也已足够。

青玉案　　辛弃疾

元夕

东风夜放花千树。[1]更吹落、星如雨。[2]宝马雕车香满路。凤箫声动，玉壶光转，一夜鱼龙舞。[3]

蛾儿雪柳黄金缕。[4]笑语盈盈暗香去。众里寻他千百度。[5]蓦然回首，那人却在，灯火阑珊处。[6]

【赏析】

又是一个元宵节的晚上，成群的游女将再次出现于京城的街头，词中人也在蠢蠢欲动，希望能在今夕获得一场梦寐许久的艳遇。

灯火还是那么灿烂，数量繁多得就好像天上的星辰随风流落。到处都是赏灯的人群，他们驾着豪车，吹着凤箫，摆动着曼妙的身姿，享受着一年一度的狂欢。

期待中的女孩也结伴出现了，她们真的很美丽，洋溢着青春的笑容，绽放着生命的幽香。但当她们一个个从身边溜过之时，词中人却发现都与脑海中的样子并不相符，于是就去另一处熙攘璀璨的地方寻找了。

可是无论他怎么努力，就是找不到最美丽动人的那位。正当落寞无助，想要放弃的时候，猛地一回头，却发现她早已静静地在灯火暗淡的地方等待着自己。

人总是想追求刺激，想去探寻神秘的未知，追求着最美妙的伴

---

1. 花千树：喻指元夕花灯。
2. 星如雨：亦喻指元夕花灯。
3. 玉壶：月亮。
4. 蛾儿、雪柳、黄金缕：皆是女子所佩头饰，代指元夕赏灯的女子。
5. 千百度：千百遍。
6. 阑珊：暗淡、稀落。

侣，期待着最完满的人生。于是人总是在苦苦寻觅，又总是经历寻觅失败的伤痛，一定要到繁华落去、铅华尽洗的时候，才会突然明白，原来最亲爱的人始终就在身边，只是她们落落寡合，并不追求要在自己面前光彩夺目，却始终在身后默默坚守。实际上，人生也未尝不是如此，只要问心无愧，有所拼搏，自己的人生已然最为圆满。

辛弃疾的词还是给了人们希望，因为蓦然回首后，那人依然在笑靥盈盈地看着他。但更多的时候，那人早已不在，可能是因为失望，可能是想要成全，总之留下了一场擦肩而过的叹息。于是幡然醒悟便毫无意义，错过了就是错过了，只能空自神伤，追悔莫及。

清平乐 辛弃疾

村居

茅檐低小，溪上青青草。醉里吴音相媚好，白发谁家翁媪。

大儿锄豆溪东，中儿正织鸡笼。最喜小儿亡赖，溪头卧剥莲蓬。[1]

【赏析】

这是一幅夏日农家欢乐的图画，尽管房子低矮简陋，但四周的溪水与青草提示着这里的生活是安宁祥和，充满生机的。农家的主人是一对老夫妻，他们恩爱非常，就坐在屋前溪边，自在地用柔软的吴地方言说着悄悄话，品味着厮守一生的幸福。

他们的幸福还不止于此，养育的三个孩子此刻也陪伴在身边。最大的儿子已经肩负起家庭的责任，在辛勤地耕作；二儿子也已懂事，也想着分担家务，便编织起鸡笼来；只有最小的儿子依然天真烂漫，在溪头无拘无束地剥着莲蓬吃。

在这幅清新秀丽、朴素静谧的农家画面中，只有这一家五口吗？当然还有一位存在，那便是静静地看着他们的词人。词人此时喝醉了酒，听见了老夫妻的吴侬软语，方才注意到眼前的这一场天伦之乐。词人在描写这幅画面的时候看似不带什么个人情感，但“最喜小儿亡赖”一句的“喜”还是透露着个人倾向。他不喜欢锄豆溪东的大儿子，也不喜欢正织鸡笼的二儿子，却最爱调皮捣蛋的小顽童。

词人为什么有这样的偏好？或许从下阕的结构来源可以推知一些信息。民国著名学者俞平伯早已指出，辛弃疾化用了汉乐府《相逢行》的结构：“大妇织绮罗，中妇织流黄。小妇无所为，挟瑟上高

1. 亡赖：亡，通“无”。无赖即指天真顽皮的样子。

堂。”词中的三男显然是诗中三女的变形，而小儿子的无赖，也就是小妇的无所事事。于是词的情感也就突然显豁了，词人为什么醉酒？词人为什么偏爱小儿子？都是因为自己此刻正无所事事，但又不甘心无所事事，时刻还想着功名，想着北伐。所以他见不得别人家的忙碌，更见不得别人家在理想实现后的安度晚年，才会对同样无所作为的小儿子格外喜爱。

但就算如此，调皮的小儿子毕竟在剥莲蓬吃，实际上还是只有词人自己一人在不知所措，无所适从。这场偶然间的睁开醉眼之后，他将继续沉醉，独自咀嚼安宁和乐却无所事事的忧伤。

清平乐

辛弃疾

独宿博山王氏庵

绕床饥鼠，蝙蝠翻灯舞。屋上松风吹急雨，破纸窗间自语。

平生塞北江南，归来华发苍颜。布被秋宵梦觉，眼前万里江山。

【赏析】

宋孝宗淳熙八年（1181），四十二岁的辛弃疾被弹劾落职，结束了南渡以来二十年的浮宦辗转，来到江西上饶一片名叫带湖的湖边闲居。这一下就又将过去二十年的时光，待到他再次被起用的时候，已经是六十四岁的老人了。

在带湖闲居的时候，辛弃疾经常往返于江西、湖南、浙江三地，会屡屡经过江西广丰县西南的交通要道博山道，于是也就在这里留下了不少词篇。这首词便是某次夜宿博山道中所作，大概距离他落职闲居未过多久。

辛弃疾将他借宿的地方称作“庵”，显然是非常简陋狭小，甚至相当破败的房子。于是会有开篇老鼠绕床、蝙蝠飞入屋中的画面。此刻窗外正秋雨潇潇，凄凉的风物正映衬着屋内之人的忧愁，他正在喃喃自语着什么。

知晓他说的内容当然再容易不过，无非就是壮志难酬的悲愤。想来自己的理想就是收复河山，但蹉跎了二十余年只换得个落职闲居，一事无成之余年华还已老去，怎么想都觉得自己的人生是一场悲剧。

悲剧又能如何？似乎并不能让辛弃疾就此趴下。如此潦倒的他依然梦见了万里江山，可见青春的热血激情还在，为理想而努力奋斗的心依然跳动。失意的慨叹在所难免，但英雄往往不选择沉沦。

西江月

辛弃疾

夜行黄沙道中[1]

明月别枝惊鹊，清风半夜鸣蝉。[2]稻花香里说丰年，听取蛙声一片。

七八个星天外，两三点雨山前。旧时茅店社林边，路转溪头忽见。[3]

【赏析】

明月清风，鹊起蝉鸣，极其寻常的农家风景，在词人妙笔组合下，显得格外清新雅致。伴随着稻田里此起彼伏的蛙声，飘来了阵阵稻花香，想必到秋天，又将会有一场丰收，心情也就随之更加愉悦。

黄沙道是南宋时期的重要道路，沟通着上饶郡城与带湖所在的铅山县，当然也就是退居时期的辛弃疾最常走的道路。可他为什么要在大半夜里行走？其实不必在意背后的原因，毕竟不是半夜，又怎能欣赏到这条繁华官道在人群熙攘外的另一副模样？

词人在稻花与蛙声间继续前行，时隐时现的星辰已经预示了突然下起的淅沥小雨。夜半时分，哪里能有躲雨的地方呢？忽然一个路转，就看见土地庙旁边的树林里掩映着一座茅店，欣喜之余，更意外地发现，这是曾经住过的地方，早已是旧相识了。

人生的痛苦自是难免，但也还是得拥有柳暗花明的信心，因为不知道在什么时候，可能就会获得老朋友的援手。这就是为什么不经意间的重逢，往往令人感动，足以珍视不已。

1. 黄沙道：连接江西上饶与铅山的古道，辛弃疾中年退居于铅山，多往返于此。
2. 别枝：倾斜的树枝。
3. 社林：土地庙旁边的树林。

贺新郎

辛弃疾

别茂嘉十二弟。鹈鴂、杜鹃实两种，见离骚补注。

绿树听鹈鴂，更那堪、鹧鸪声住，杜鹃声切。[1]啼到春归无寻处，苦恨芳菲都歇。算未抵、人间离别。马上琵琶关塞黑，更长门、翠辇辞金阙。[2]看燕燕，送归妾。[3]

将军百战身名裂，向河梁、回头万里，故人长绝。[4]易水萧萧西风冷，满座衣冠似雪。[5]正壮士、悲歌未彻。[6]啼鸟还知如许恨，料不啼清泪长啼血。[7]谁共我，醉明月。

【赏析】

这是一首送别词，章法结构奇崛特异，在众多幽怨迷离的送别词中，独具一番沉郁苍凉之气。

词的开篇从忧伤写起，鹈鴂、鹧鸪、杜鹃是三种叫声悲苦的鸟，只需听见其中之一的啼鸣，人就会觉得伤感不已。更何况，现在是鹈鴂叫完鹧鸪叫，鹧鸪啼后杜鹃鸣，忧伤也就连绵不断，始终存在，人哪能承受得住呢？这三种鸟的叫声为何那么令人伤感呢？答案也很简单，就是因为它们的出现预示着春意已深，春芳即将逝去，于是它们的叫声就好像在呼唤春天归去，也就使人联想到自己的年华

---

1. 绿树听鹈鴂：《离骚》："恐鹈鴂之先鸣兮，使夫百草为之不芳。"
2. 马上琵琶：用昭君出塞典故，西晋石崇《王明君辞》猜测昭君出塞与乌孙公主出嫁类似，皆马上自弹琵琶诉说怨恨，后世遂将琵琶与王昭君系联一处。长门：用陈阿娇幽闭长门宫的典故。
3. 燕燕：《诗经·邶风·燕燕》一诗借燕子起兴诉说送别之恨，传统《诗经》学者认为卫桓公死后，其妇无子，故须遣返娘家，临行时，桓公养母庄姜夫人为其送别，并赋此诗。
4. 将军：指西汉李陵，因其最终投降匈奴，故之前作为汉朝将军的战功声名均告破灭。河梁：汉朝使节苏武被困匈奴十九年，终获放归的时候，老朋友李陵在河梁之上为他送别。
5. "易水"二句：荆轲刺秦王，燕太子丹送之易水之上，太子及宾客皆服白衣冠。
6. 悲歌：荆轲于送别之时自唱歌辞云："风萧萧兮易水寒，壮士一去兮不复还。"
7. 还知：如果知道。

也在不断地流逝。

年华流逝当然令人伤痛，但似乎与离别没什么关系，于是一句“算未抵、人间离别”的顿挫突然将词意转到送别上来，就算所有的伤春情绪叠加在一起，依然也比不过人间离别带来的深重苦痛。

提到了送别之后，辛弃疾的思绪又腾转跳跃到了无尽的历史时空中，一口气铺陈了四个经典的送别故事。昭君出塞，卫庄姜夫人辞归妾，李陵别苏武，易水送荆轲，都是极其悲愤的送别，这样的经历当然要比普通的伤春叹老要伤痛得多得多。从而词意又跳回开篇的三种啼鸟，认为它们如果知道这些人间离别的故事，那啼声一定会比此刻的伤春更加悲切。

词的题目中已经交代，这首词是送别弟弟茂嘉的，但是词意直到这里，还是与当下发生的这场送别毫无关系。但是不要紧，辛弃疾有着横扫八荒的笔力，他借着啼鸟啼血的话头突然间用最后六字迅速归结到本意：你走之后，还有谁能伴我醉酒赏月呢？在这一瞬，上文的所有伤春怨恨、离别悲愤全部涌来，此刻自己因离别而生的苦痛已经足够深重，当然也就不用再复述了。

至于辛弃疾为何要费那么大的力气写这么一首送别歌曲，那只能是借题发挥，将自我人生的悲愤熔铸在送别情绪之中。末尾的醉酒赏月也就意不在此，而是又平添一番知音离去、无人懂我的寂寞。

贺新郎

辛弃疾

邑中园亭，仆皆为赋此词。一日，独坐停云，水声山色，竞来相娱，意溪山欲援例者，遂作数语，庶几仿佛渊明思亲友之意云。[1]

甚矣吾衰矣。怅平生、交游零落，只今余几！白发空垂三千丈，一笑人间万事。问何物、能令公喜？我见青山多妩媚，料青山见我应如是。情与貌，略相似。

一尊搔首东窗里。想渊明《停云》诗就，此时风味。江左沉酣求名者，岂识浊醪妙理。回首叫、云飞风起。不恨古人吾不见，恨古人、不见吾狂耳。知我者，二三子。

【赏析】

人永远是孤独的，因为复杂难解的人心总会让别人望而却步。对于胸怀壮志的人来说，当然更是如此。于是人总是在呼唤知音，寻觅挚友，希望能够有人分享自己的哀愁与得意。但是到头来总会感叹，人生难得一知己，就算有，也难以保证长相厮守。

辛弃疾此刻就遇到了这样的困境：饱受猜忌排挤的他本就没什么知音，况且也已经在家赋闲很长时间了，曾经的那么几个知交也零散天涯，甚至永别人间，只剩下苍老的自己在独对山水，慨叹人间孤独。

但突然间，他又潇洒了起来：既然现在的我环绕着水声山色，与宇宙自然贴得那么近，那为何不将自我的喜怒忧乐就投射在眼前的青山上呢？“我见青山多妩媚，料青山见我应如是”，自己的内心接纳了青山之美，而青山也恰好能懂得我的心意，欣赏我的才华，这便是最为幸福的知音相会。既然如此，又何必为知音稀少而感到忧愁呢？海阔天空，自有舞台，身边的一草一木，都可以自在分享自己的情

---

1. 渊明思亲友之意：陶渊明有四言诗《停云》，抒写对亲友的思念之情。

志。李白也曾写过“相看两不厌，只有敬亭山”的句子，但与辛弃疾的潇洒风神比起来，还是要抑郁不平得多。

不过辛弃疾就真的没有抑郁吗？当然不是这样。下阕他回想起了《停云》诗的作者陶渊明，觉得在晋宋之际那个污浊混乱的年代，是不会有人理解陶公内心的，一如此刻的南宋，也没有多少人能够知晓自己疏狂姿态背后的忧愁。于是就会有最后“不恨古人吾不见，恨古人、不见吾狂耳”的话，显然是在说今人无法理解自己，但像陶渊明那样的古人却能知晓我的内心，只是我很遗憾见不到他们，也就只能面对当下的孤独。但话说回来，就算是古人，能做我知音的，也不过三两人而已。

据说辛弃疾自己对“我见青山”与“不恨古人”两处警句颇为自满。岳飞的孙子岳珂就曾记载辛弃疾每次宴请宾客，就要让歌女唱这首词，并自己反复吟咏这两句，还会问宾客觉得这两句写得怎么样。年少气盛的岳珂便说全词英气无限，只是这两处警句有雷同之嫌。辛弃疾听后大喜，对岳珂更加看重。

岳珂的话并不能全信，他总爱这样为自己造势。但故事中的辛弃疾总对宾客唱这首词，无疑是一种嘤嘤求友的努力，希望找寻到难觅的知音。并不知道辛弃疾最终找寻到了没有，但应该不会是岳珂吧。尽管这两句确有重复之感，但两相呼应，表达了一种看山比看人更顺眼的情绪。人到了这种地步，哪里还会有什么知音呢？也就只能长叹一声了吧。

粉蝶儿

辛弃疾

和晋臣赋落花[1]

昨日春如十三女儿学绣。一枝枝、不教花瘦。甚无情，便下得，雨僝风僽。[2]向园林、铺作地衣红绉。[3]

而今春似轻薄荡子难久。记前时、送春归后。把春波，都酿作，一江春酎。约清愁、杨柳岸边相候。[4]

【赏析】

落花是词中常见的吟咏对象，很多时候，词人会聚在一起，共同赋咏落花，以此来较量填词功力。辛弃疾这番与赵晋臣的唱和，或许也有这样的心态。

辛弃疾起笔便跳出了常规的思路，没有将描写的重点放在落花本身，却吟咏起春天来。他说昨日的春天像刚刚学绣花的十三岁女孩子，将每一朵春花都滋润得艳丽壮硕。但是不知怎的，春天突然间变得狠心起来，居然用狂风暴雨将她精心呵护的春花摧残得一片狼藉。

然而这并不是春天的最终样态，她还在变化，今日又变成了更加无情无义的轻薄浪子，摧残了春花之后，便毫无愧疚地离开，才不会管被她抛下的人将会多么寂寞惆怅。这番经历其实已经发生过一回，去年这个时候就已经体认过春天的薄情，今年同样的清愁，足以在落花之前、杨柳岸边预见得到。

当词意跳出落花的局限，就能铺开更加沉挚的情绪。用人来比喻春，或许也展现着对人心变化的叹息。十三四岁的时候，天真无邪，

1. 晋臣：赵不迂，字晋臣，官至敷文阁学士。
2. 下得：忍心。雨僝（zhàn）风僽（zhòu）：作恶的风雨。
3. 地衣红绉：满是皱纹的红色地毯。
4. 约：控制。

心地单纯，不会有任何的算计，也就会将心灵毫无保留地向众人敞开。但随着年岁增长，阅历变多，人也就世故起来，居然对于世间美好的同情之心也会逐渐消泯。这样发展下去，心狠的样子会连自己也不认识了，这未尝不令人感到深深的恐惧。

春天的变化还是可以忍受的，因为她来年又会变回来的。但人一旦变得世故无情，还能重新找回那一颗赤子之心吗？

丑奴儿

辛弃疾

书博山道中壁

少年不识愁滋味，爱上层楼。爱上层楼，为赋新词强说愁。

而今识尽愁滋味，欲说还休。欲说还休，却道天凉好个秋。

【赏析】

少年的时候，涉世未深，根本还没看清世界长什么样子，不知道未来会有怎样的风景。但就是因为未知，所以才爱幻想，爱期待，总在那里描绘着自己认为的世界图景，遐想着自己在未来的模样。对于愁的理解，同样也是如此，但凡经历一些细小的失落，就会想当然地觉得，这就是愁吧，还要浓墨重彩地郑重记下。

时过境迁，随着年岁的增长，真的身处于当初幻想的未来，却发现一切都和想象的大为不同。或许理想还在，壮志依旧，但已经无力实现了。真正的愁，也经历过了一些，但当然也就不爱言说了。因为言说之后，就意味着承认自己的失败，就要直面凄凉的现实，就得承认理想的落空其实是因为自己已经不想去实现它们了。正如此刻的辛弃疾，已在退居的生活中垂垂老矣，又遭逢如斯凄凉的秋天，但就是不愿承认这无情的事实，反而硬着头皮说这秋天多么凉快，真好！看似潇洒的背后，隐藏了多么深切的不甘。

此刻，再回过头去看年轻时候强说的新愁，或许会觉得太天真，或许也会笑话一下当年的自己，但真的不应该也不会嫌弃吧。这样的文字有什么不好？那承载的是充满诗意的岁月，记录的是自己青春生命的痕迹。对于人来说，青春总是一闪而逝，生活的奔波常常会使人忘记自己当初的模样，但这些文字却青春永驻，提醒着人们，自己也曾是个少年。

破阵子　　辛弃疾

为陈同甫赋壮词以寄[1]

醉里挑灯看剑，梦回吹角连营。八百里分麾下炙，五十弦翻塞外声。[2]沙场秋点兵。

马作的卢飞快，弓如霹雳弦惊。[3]了却君王天下事，赢得生前身后名。可怜白发生！

【赏析】

男儿慷慨平生事，时复挑灯把剑看，对于辛弃疾来说，当然更是如此。但这一举动在豪迈之余，也平添几番慨叹，因为他的长剑已经空自悬挂在墙壁上好久好久了。可是他依然不忘理想，还在反复地看着他的剑，不停地梦回角声不断、军营连绵的沙场。

在梦中，所有的未竟事业都可以完成，他终于可以带领百万雄军奔赴抗金前线了。开拔之前，他把大块烤牛肉分发给战士，带领他们唱响雄壮的军歌。军威已振，辛弃疾骑着高头大马，身先士卒地冲进敌军大阵，在他身后，衣甲鲜明的弓箭手整齐地射出千万支箭，敌军随即土崩瓦解。

心心念念的中原终于收复了，辛弃疾帮助君王平定了天下大事，又为自己赢得了生前富贵与身后美名。名声对于中国人来说实在太重要了，因为这是生命得以不朽的方式。但名声的获得又有多种途径，如辛弃疾这般没能获得功业，同样也可以凭借歌词千古流芳。但是作为一个以英雄自许的人，没有通过建功立业传名后世，依然会深深地

---

1. 陈同甫：即陈亮。
2. 八百里：西晋富豪王恺有神牛，名为八百里，后人即以此代指牛。炙：烤肉。五十弦：指瑟，军中乐器。这两句语序颠倒，按照语意，应为“麾下分八百里炙，塞外翻五十弦声”。翻：奏响。
3. 的卢：刘备坐骑，传说曾帮助刘备逃脱追捕，此处代指骏马。

感到生命的缺失与遗憾。还好，在这场梦里，他登上了人生巅峰。

再美妙的梦，也是要醒的。辛弃疾在词的结尾还是承认了虚幻，但却只用“可怜白发生”五个字，就足以将上文的九句壮语全部击碎。清代曾经有位女子写过这么一句诗：“美人自古如名将，不许人间见白头。”感叹着红颜薄命，将军九死一生。但在辛弃疾眼里，战死沙场或许要比徒增白发好一些，毕竟他亲身经历了期待的壮烈，而不是像现在这样，只凭所谓的壮词想象着那些场景。

鹧鸪天

辛弃疾

有客慨然谈功名，因追念少年时事，戏作。

壮岁旌旗拥万夫，锦襜突骑渡江初。[1]燕兵夜娖银胡簶，汉箭朝飞金仆姑。[2]

追往事，叹今吾，春风不染白髭须。却将万字平戎策，换得东家种树书。[3]

【赏析】

辛弃疾与同时代的主战派官员最大的区别，便是他少年时代亲身经历过沙场战斗，而不是仅凭一腔热血徒作收复河山的口号。这段经历其实颇具传奇色彩，他在晚年也时常回忆。

宋高宗绍兴三十一年（1161），二十二岁的辛弃疾便在家乡山东拉起了一支两千人的反金义军。为了有效壮大抗金力量，他率部投奔了山东最大的一支义军。这支军队是由耿京领导，人数多达二十万。在辛弃疾的建议下，耿京派部将南下，与宋高宗取得联系，争取获得南宋政权的支持，辛弃疾也跟随其中。但当他们胜利完成任务，返回山东的时候，却发现耿京已被叛徒张安国杀害，义军溃散。辛弃疾随即带领五十名壮士，杀进金军大营，出其不意地生擒张安国，并在当晚收拢了万余残部，趁着夜色向南撤退。一夜之间，辛弃疾率众人渡过了淮河，成功避开了金兵的追击，安全抵达南宋境内。这首词的上阕，便在回忆这段光辉岁月。

渡江南来后，辛弃疾利用自己的作战经验与谋略，积极向南宋朝廷建议北伐方案，连上《美芹十论》《九议》等战备计划，但却都没

---

1. 锦襜（chān）：战袍。
2. 燕兵：燕地士兵，代指金兵。娖（chuò）：整理。胡簶（lù）：箭袋。金仆姑：先秦箭名。
3. 平戎策：代指辛弃疾南渡之初献给朝廷的《美芹十论》《九议》等奏疏。

有付诸实践，而他自己也与北伐事业渐行渐远，在频繁的调动迁转间荒废了二十年的光阴。

此刻的辛弃疾，又在江西的带湖、瓢泉等地闲居了近二十年，早已须发苍白，不是当年英武雄健的少年模样。春风虽然能够年年重新染绿芳草，但却不能为自己染回曾经的黑发。至于那上万字的平戎大略，早就没有什么用处，他也不再苦心编订，连翻都懒得翻，案头的书册已经换成了向东家借来的教人种树的书籍。种种树、浇浇花的生活多好，何必要去追求虚无缥缈的功名呢？

辛弃疾似乎在用最后两句劝慰这位慨谈功名的朋友，要他想开一些。但这种话从他的口中说出来，其实只能带给人无尽的凄凉与更深的慨叹。

永遇乐

辛弃疾

京口北固亭怀古[1]

千古江山，英雄无觅，孙仲谋处。[2]舞榭歌台，风流总被，雨打风吹去。[3]斜阳草树，寻常巷陌，人道寄奴曾住。[4]想当年，金戈铁马，气吞万里如虎。[5]

元嘉草草，封狼居胥，赢得仓皇北顾。[6]四十三年，望中犹记，烽火扬州路。[7]可堪回首，佛狸祠下，一片神鸦社鼓。[8]凭谁问，廉颇老矣，尚能饭否。[9]

【赏析】

宋宁宗嘉泰三年（1203），权臣韩侂胄重启了北伐大计，希望通过收复中原，在他的功劳簿上再添浓墨重彩的一笔，使他成为南宋最伟大的宰相。于是作为主战派元老的辛弃疾被重新启用，授任浙东安抚使。这一年，辛弃疾已经六十四岁了，应该是最后一次实现理想的

1. 京口：今江苏镇江。
2. 孙仲谋：孙权，字仲谋。孙权早年曾在镇江驻军。
3. 风流：用以形容东晋王谢等贵族子弟。谢安派族中子弟谢玄、谢石于镇江组建北府兵，后成为击败前秦入侵的主力军队。
4. 寄奴：南朝宋开国皇帝刘裕，小名寄奴，本在镇江街头流浪，因参加北府兵而发迹。
5. 想当年：指刘裕北伐，此次北伐推进到淮河以北，灭南燕、后秦，一举收复河南山东诸地。
6. 元嘉草草：南朝宋文帝于元嘉年间草率北伐，结果大败，北魏军队乘胜直抵长江北岸的扬州。
7. 四十三年：指南宋孝宗隆兴年间的北伐，亦是草率出兵，招致大败，至今已过去了四十三年。
8. 佛（bì）狸祠：北魏太武帝拓跋焘小名佛狸，于宋军元嘉北伐失败之际，追击至扬州，并于扬州瓜步山建立行宫，后成为祭祀拓跋焘的佛狸祠，拓跋焘本人也成为扬州地区民众信仰的保护神。
9. 廉颇：战国时赵国名将。其晚年时赵王想重新用他，派人查看他的身体情况。廉颇一顿吃米一斗，肉十斤，披甲上马，张弓搭箭，以示犹能上战场。然使者受奸臣郭开贿赂，向赵王报告："廉颇将军虽老，尚善饭，然与臣坐，顷之三遗矢（通'屎'）矣。"赵王以为廉颇已老，遂不用。

机会。所以尽管韩侂胄动机不纯，辛弃疾也深知将要面临的政治斗争异常凶险，但他还是毅然决然地出山，希望人生不留悔恨。

1205年，宋宁宗改元开禧，北伐的准备更加紧锣密鼓地进行着，辛弃疾也被调往边防前线，担任镇江知府，驻守江防重镇京口。辛弃疾对于北伐当然非常迫切，但是他又非常清醒与谨慎。他在镇江任上多次派出间谍刺探金朝，获取了一些重要的机密情报，从中他得出结论，现在确实具备北伐的良好局势，但是不能急躁冒进，需要做好充分的准备，才能保证我方的胜利。但是辛弃疾的方案并不适合韩侂胄此时的心态，韩氏希望越快越好，趁他还掌握朝中大权的时候就完成这项功业，这样既能获得身后美名，更能保证此生权力的永驻。于是辛弃疾尽管还在镇江知府任上，但已然被韩侂胄疏远，韩氏只是希望借助辛弃疾的声望拉拢人心。这首词正体现着辛弃疾面对这种情势的苦闷与忧心。

镇江一直以来都是兵家重镇，因此也是英雄辈出的地方，而此地最光辉灿烂的时候莫过于六朝。东吴大帝孙权曾在这里屯兵，抗拒曹操的大军；东晋谢氏家族于此组建北府兵，击退前秦的入侵；刘宋的开国皇帝刘裕更生长于镇江街头，罕见地完成了一次成功的北伐，逐渐从市井流浪儿跃为一代国君。此刻，登上镇江名胜北固山，俯瞰镇江城的辛弃疾，便把思绪引到了那个风流的年代，在上阕逐一地将孙权、谢氏子弟、刘裕重新铺展在眼前的市井空间里。尽管词中也有江山楼台永恒不变，唯有英雄已成往昔的句子，但这场追忆其实并没有太多人生如梦、功业无用的感慨，更多的是对于这些英雄及其所成事业的艳羡，以及自己无法企及他们的感伤。

追忆英雄之后，辛弃疾在下阕转入了对于国事的感伤寄托，开始讲述失败的今昔故事。既然上阕提到了刘裕以及他的成功北伐，自然就会让人想到他那不争气的儿子宋文帝刘义隆。这是位好大喜功的君王，向往着能和父亲一样立功中原，于是草率地发动了三次北伐，结果在第三次遭遇了北魏太武帝拓跋焘的疯狂反击，不仅中原没有收复，江淮一带也丢失了，拓跋焘的兵锋一直打到长江对岸的扬州。

这个故事当然有着很深的现实关怀，无疑是对韩侂胄草率进军的批评。不仅如此，辛弃疾还回顾了亲身经历的本朝故事。那是四十三年前，他刚刚渡江南来，同样才即位的宋孝宗也草草地发动了一次北伐，结果同样遭遇了惨败。而惨败之后，不仅战机丧失，北伐的志气随即也消沉了四十三年。这四十三年间，中原沦陷的居民逐渐习惯了异族统治，甚至将当年的侵略者拓跋焘当作神明尊奉，四时祭祀不绝，这样的情况下，还能期待多少中原百姓支持北上的王师呢？这当然可以视作对韩侂胄的隔空喊话：这次北伐战机不仅可以成就你的功业，也是我实现理想的最后机会，更是最后一次收复中原的机会，如果不谨慎准备，依然草率进军，那么失败在所难免，而南宋也再不可能恢复中原了。

但是这番苦口婆心的忠义之言真的能起作用吗？辛弃疾也是怀疑的。因为此刻的他已然被排挤在政坛的边缘，并没有人真的觉得他老当益壮，精力未衰，连一句“老将军你还行吗”的话也不问，其实与因谗被疏远的廉颇相比，都远远不如，徒留满腔的忠愤与无奈。

韩侂胄当然没有听进辛弃疾的话，还是仓促出兵，甚至在北伐前夕以用人不当的罪名免去了辛弃疾的官职。最终的结局当然不出辛弃疾所料，宋军大败，再次屈辱地求和。宋廷甚至满足了金人无理的要求，将自己的宰相韩侂胄的首级献上，作为开启和谈的条件。韩侂胄的功业渴望颇具讽刺意味地成为泡影，辛弃疾一生的努力最终完全付诸东流，中原故土彻底与赵宋政权无关了，只留下这首沉雄豪迈的词篇，诉说着一位英雄晚年的凄凉与不甘。

汉宫春

辛弃疾

会稽秋风亭怀古

亭上秋风，记去年嫋嫋，曾到吾庐。山河举目虽异，风景非殊。[1]功成者去，觉团扇、便与人疏。[2]吹不断，斜阳依旧，茫茫禹迹都无。[3]

千古茂陵词在，甚风流章句，解拟相如。[4]只今木落江冷，眇眇愁余。故人书报："莫因循、忘却莼鲈。"[5]谁念我，新凉灯火，一编《太史公书》。[6]

【赏析】

辛弃疾晚年刚被重新起用的时候，担任的职务是浙东安抚使，绍兴则是安抚使驻节之地，这首词便是他初来绍兴的抒怀之作。

到了这个岁数，辛弃疾不再像中年时候那样尽情舒泄怨愤，而是用婉转的方式表达，使得词情略显平和。但平和只是表面，内心依然在抑制不住地澎湃。去年的秋风又吹拂过自己的面庞，可身处的空间已然不同，不再是伴我退居的小屋，而是似乎可以实现理想的浙东。然而此身已老，当年共同伤感中原沦丧的忠臣，并肩作战的良将也都已远去，希望似乎也很渺茫。这虽然是逃不过的自然规律，但辛弃疾连用团扇典故，暗暗透露出这些忠臣良将大多遭遇到了排挤与疏远。

---

1. 山河举目虽异，风景非殊：东晋初年，南渡而来的中原士大夫常在金陵城南新亭聚会欢宴。某次宴会上，周顗突然感叹道："风景不殊，正自有山河之异！"举座皆痛哭流涕。
2. 团扇：传说西汉成帝专宠赵飞燕姐妹，导致其他后妃饱受冷落。班婕妤遂作《团扇诗》，以秋日被收起的团扇，比喻自己被君王疏远。
3. 禹迹：传说大禹曾于绍兴会稽山大会天下诸侯。
4. 茂陵词：茂陵，汉武帝的陵墓。茂陵词即指汉武帝吟咏秋风的歌诗《秋风辞》。解拟相如：解拟，能比得上；相如，司马相如。
5. 因循：拖延，耽误。
6. 《太史公书》：即《史记》，原名《太史公书》。

于是现在哪里还有像葬于绍兴的大禹那样的英雄，拯救天下苍生于水火呢？而这种局面的产生，当然也就是南宋皇室的自作自受吧。

行词至此，下阕的转折也就非常自然，辛弃疾开始追忆起汉武帝，想到当年他也是面对同样的秋风，写下名篇《秋风辞》。这首诗优美动人，文学成就并不输于同时代大文豪司马相如的作品，但而今只剩下秋风萧瑟，没有新的帝王为之赋咏辞章，真是颇为遗憾。这番前后对比当然不是表面上的感慨南宋君王没有汉武帝的文采，而是讽刺他们没有汉武帝北击匈奴、南征百越的雄才大略，只会懦弱求和，致使自己蹉跎一生。

在这样的情势下，时人已经不大抱有什么恢复希望，包括辛弃疾的友人也是如此，他们不理解辛弃疾为何还要出山为官，从而反复来信劝他早日弃官退隐。辛弃疾当然不是不明白这个道理，但他就是放不下家国天下的抱负。当友人劝归的信寄到的时候，他正在翻阅《史记》。司马迁的这本书里记载了太多威震天下但晚景凄凉的失败英雄，未尝不是辛弃疾自我人生的写照。但他合上书本，慨叹一番之后，仍然背起行囊奔赴理想的战场，义无反顾地把生命抛向明知不可为而为之的悲壮。

水调歌头

陈亮

送章德茂大卿使虏[1]

不见南师久，谩说北群空。[2]当场只手，毕竟还我万夫雄。自笑堂堂汉使，得似洋洋河水，依旧只流东。[3]且复穹庐拜，会向藁街逢。[4]

尧之都，舜之壤，禹之封。于中应有，一个半个耻臣戎。[5]万里腥膻如许，千古英灵安在，磅礴几时通？胡运何须问，赫日自当中。

【赏析】

陈亮是辛弃疾的好朋友，就是那首《破阵子·醉里挑灯看剑》的赠予对象陈同甫，当然也是一位坚定的主战派。陈亮与辛弃疾总是抒发壮志难酬的悲愤不同，他爱在词作里慷慨陈词，纵情高唱恢复中原的壮志，而且始终保持着高昂的斗志与希望。

宋孝宗淳熙十二年（1185）十一月，好友辛弃疾已经赋闲在家，另一位好友章森则受命出使金国，向金主完颜雍祝贺来年开春时的寿辰。陈亮对此异常愤懑，于是写了这么一首壮词为章森送行。

词的开篇两句，乃站在金人立场上说话：很久不见宋军的侵犯了，想必南方已经没有良臣猛将了吧。然后便转到对章森的期待，希望他在金廷扬我国威，让他们知道我大宋人才辈出，并不是他们想象中的孱弱。“自笑堂堂汉使”三句又转回金人立场，想象对方会有的

陈亮（1143—1194），原名汝能，字同甫，号龙川，学者称为龙川先生。婺州永康（今属浙江）人。南宋思想家、文学家。

1. 章德茂：章森，字德茂，孝宗淳熙十二年（1185）十一月以大理少卿试户部尚书衔出使金国，代表南宋祝贺金世宗完颜雍的生辰万春节。

2. 北群空：典出韩愈《送温处士赴河阳军序》“伯乐一过冀北之野而马群遂空”。此处以没有良马借喻南宋没有良才。

3. 得似：哪里可以。

4. 藁（gǎo）街：西汉长安城南少数民族聚居处，汉将陈汤曾斩匈奴郅支单于，并悬其首于藁街，以示万里，明犯强汉者，虽远必诛。

5. 耻臣戎：为向异族称臣而感到耻辱。

还击：既然大使你这么厉害，为何像河水一直东去那样，年年前来我国朝拜贺寿呢？这确实是所有南宋义士的最大伤痛，于是再转回章森立场的时候便有些无奈，只能接以现在姑且再来你这里一回，很快你们将被我们征服，当和金主你再见的时候，那一定是在我国安置前来朝贡的附属国国主的宾馆里了。

想象完了章森的出使，下阕便转入自我情绪的抒发。陈亮以疏宕的笔调告诉章森，他要出使的中原是尧舜禹三代开辟的故地，是华夏永恒的故土。尽管如今已距南渡过去了半个多世纪，但是在那片土地上一定还有不愿臣服异族统治的铮铮铁骨，只要挥师北上，就一定能获得他们的支持与接应。只可惜如今南方意气消沉，一任北方笼罩在金人的统治之下，不知何时才能真正收复河山，真是愧对为华夏献身的千古英烈！然而陈亮并没有沉浸在壮志难酬的苦痛中，词篇的最后又陡然振起，坚定地相信金人的命运一定是走向灭亡，而华夏的光芒必然重新照耀在中原大地上！

尽管这首词在艺术上有些粗放，不够雍容婉转，但确实贯注着陈亮的真情。在南宋一片低落的士风下，出现这么一篇慷慨激昂的文字，应该也是值得珍视的。

唐多令

刘过

安远楼小集，侑觞歌板之姬黄其姓者，乞词于龙洲道人，为赋此《唐多令》。同柳阜之、刘去非、石民瞻、周嘉仲、陈孟参、孟容。时八月五日也。[1]

芦叶满汀洲，寒沙带浅流。二十年、重过南楼。柳下系舟犹未稳，能几日、又中秋。

黄鹤断矶头，故人今在不。旧江山、浑是新愁。[2]欲买桂花同载酒，终不似、少年游。

【赏析】

旧地重游，本就易生感慨，如若现今过得并不好，萧瑟的情绪会更加凝重，此刻的刘过便是如此。二十年前，同一座南楼下，是他狂放不羁的身影。那时的他，初次离家赴试，在武昌城中挥金如土，与许多美丽的歌女发生过浪漫的故事，觉得自己未来一片光明。然而二十年过去了，他四次应举都没有成功，依旧是一介布衣，但却已过知天命的年纪，如此重新来到年少轻狂的地方，眼中的风景当然也就一片萧瑟了。其实时节尚未到中秋，汀洲不会满是芦叶，沙石也不会全然寒意，荒乱冷淡的，只是他的内心。

于是下阕就一任抒情，皆从故地伸出。江山如旧，然而老朋友已经不在，使得本就愁绪满身的自己又平添了多少新愁。姑且在旧地重新回味往日的风流吧，像当年那样买花载酒，于潇洒间忘却所有的愁苦。但不想愁苦始终存在，没有少年时的精力，没有少年时的心情，没有少年时的朋友，更没有少年时的希望。逝去的时光终究回不去

刘过（1154—1206），字改之，号龙洲道人。吉州太和（今江西泰和）人。南宋文学家。

1. 安远楼：南宋武昌名楼，故址在今武昌黄鹄山上，又称南楼。

2. 浑是：全是。

了，人还是得面对当下的失败。

时光就是这么无情，人事也同样如此冷酷，若遭遇两者的交替摧残，那颗少年心真的还在吗？

点绛唇 姜夔

丁未冬过吴松作[1]

燕雁无心，太湖西畔随云去。[2]数峰清苦，商略黄昏雨。[3]

第四桥边，拟共天随住。[4]今何许？凭阑怀古，残柳参差舞。

【赏析】

姜夔的身份非常特别，他不是辛弃疾那样的沙场英雄，也不是如同苏轼的科举文臣，他既不会武功，也考不中科举，但却有极高的艺术才华，无论诗词书画，还是音乐棋艺，他的造诣都非常深。于是尽管没有官职，但他却深受士大夫高官喜爱，经常成为他们的座上宾，共同讨论切磋艺术方面的问题，由此，他也可以获得一些生活资助。于是姜夔的一生便游走于不同士大夫的府邸，过着漂泊不定的生活。像姜夔这样的人在南宋其实数量不少，他们中有很多人就主动去士大夫家中干谒，并不期待传统的科举入仕，而完全将投赠诗书词画等艺术品作为谋生的手段。因与高居庙堂的士大夫相对，后世一般把这个群体称为江湖文人。

姜夔在江湖文人群体中也显得十分特别，他颇以清高的风骨自期，不愿意过着摇尾乞食的干谒生活，而是要与士大夫平等交往。于是能和他们一样获得科举出身而有个官做，便是姜夔内心深处的渴望。只是现实过于残酷，他始终没有获得进士出身，而他的士大夫朋友也难以在这方面给予帮助，所以他一直过着清苦的江湖漂泊生活，

姜夔（1155—1209），字尧章，号白石道人。饶州鄱阳（今江西鄱阳）人。南宋文学家、音乐家。

1. 丁未：宋孝宗淳熙十四年（1187）。

2. 燕（yān）雁无心：燕雁，北地大雁。无心，没有心机。

3. 商略：酝酿。

4. 第四桥：苏州吴江城外吴淞江上有甘泉桥，又名第四桥。天随：晚唐诗人陆龟蒙，自号天随子，居于吴江。

也就留下了一些书写旅途寂寞的词。

这首词姜夔记录了一次经过太湖第四桥的心情。湖边的山水一如他此刻的心情，满是烟雾迷离的清苦。第四桥边是唐代诗人陆龟蒙的故居，姜夔颇以陆龟蒙自比，如果不能仕宦，那么和陆龟蒙一样做一个湖山诗人也是不错的。但这个愿望也难以实现，因为他身无长物，根本无法像陆龟蒙那样买地建屋。心愿不能实现，却总是莫名在第四桥下经过，那他还能怎么办呢？只能将情绪洒在摇曳的秋柳上，感伤自己的无用。

鹧鸪天

姜夔

元夕有所梦

肥水东流无尽期，当初不合种相思。[1]梦中未比丹青见，暗里忽惊山鸟啼。

春未绿，鬓先丝。人间别久不成悲。谁教岁岁红莲夜，两处沉吟各自知。[2]

【赏析】

情人的分别，是人间最痛苦的事情之一。若是两情相悦，双方都得承受无比煎熬的寂寞相思。若只有一方痛苦相思，那便要承受更大的悲痛。

因为想见又见不到，于是能在梦中见到也是一种安慰。但是梦中的场景往往缥缈虚幻，梦中人的面孔也相对模糊，还不如画像看得真切，思念者还嫌弃起梦境来了。嫌弃归嫌弃，他当然还是愿意在梦境里待更长的时间，于是当山鸟啼破了他的幽梦时，还是要对其责怪不已的。人便是如此矛盾的动物，处于深情状态中的时候，更加如此。

然而情深并未影响他的思力，在长年漂泊、两鬓灰白之时，他突然悟到时间的无情，既可以衰老容颜，还能够冲淡情感。刚刚分别的时候，大家当然都痛苦得撕心裂肺。但是日子总得要过，也就强忍伤痛进入新的生活。当一切重新回到稳定的每日轮回，人也就逐渐接受分别的事实，甚至心中会有无法再见的预期，情感也就慢慢地变淡了。只有某些特定的时刻，才会突然激发已经藏于心底深处的思恋。

一如此刻，正值元夕佳节，是家人团聚之日，也是情人约会之时。每逢此夜，看着别人家的欢娱与温馨，不知是谁就会悄悄地爬进

---

1. 肥水：流经安徽合肥城外的河水。相思：相思子，即红豆。

2. 红莲夜：红莲喻花灯，红莲夜即指元夕。

我的心底，闯入我的梦乡，让我重温相思的苦痛。想来，自己也应该在这天晚上进入那个人的梦境吧。但除了她自己，又有谁知道呢？或许她早已把我忘记，正在苦苦思念另一个人吧。

都说姜夔这首词追忆着早年在合肥的一段情事，这段与两姐妹之间发生的苦情，在二十年后依然让他念念不忘。或许并不一定要将词情如此地坐实，因为词人只用空灵清劲的语言，说了一段过往的故事，而这故事，可以发生在任何一位饱含深情之人的身上。

杏花天影　　姜夔

丙午之冬，发沔口。[1] 丁未正月二日，道金陵。北望淮楚，风日清淑，小舟挂席，容与波上。[2]

绿丝低拂鸳鸯浦。想桃叶、当时唤渡。又将愁眼与春风，待去；倚兰桡、更少驻。

金陵路，莺吟燕舞。算潮水、知人最苦。满汀芳草不成归，日暮。更移舟、向甚处？

【赏析】

姜夔十四岁的时候不幸丧父，不得不依靠姐姐生活，于是早年便在湖南湖北流寓，足迹甚至到达过江淮之间。二十八岁的时候，有幸结识了父亲的老友萧德藻。这位当时名气极大的诗人非常赏识姜夔，特地把侄女许配给了他。在宋孝宗淳熙十三年（1186）的时候，也就是词序中提到的丙午年，萧德藻被授予浙江湖州知州，姜夔随即决定举家跟随，来到了他生命后半段最重要的活动空间江南。

现在，姜夔的小船摇到了金陵，正式进入了江南地区。小序说得很明确，他眼前的风景是清淑和丽的，但客船却在这美好的空间里徘徊不前，因为舟中人的心底产生了不知所起之情。

全词开篇以金陵名胜桃叶渡起兴。不必深究有什么特定情事，毕竟桃叶渡在词中过于常见，这里只是用典故带出不知所起的幽怨情绪，而下文突然转向小舟的徘徊无定，也足以说明男女情事只是点到而止的笔墨。

金陵在南宋是行都，城市已经再次繁盛起来，于是姜夔在过片就用六朝往事描绘着此日盛景。但下接的“算潮水、知人最苦”一句又

1. 沔口：汉水入江之口，即今湖北汉口。
2. 清淑：清明秀美。挂席：将船帆悬挂起来。容与：随波起伏的样子。

陡然将词人从风景中抽出，成为旁观风景的他者。如此一来，词情的苦恨就在男女情事之外增添了多种解释可能，身世况味、游子思乡等情绪也逐渐地生起。而结尾的前路迷茫的叹息又再次不将情感落实在某一特定的地方，只留下浓郁的忧伤气息。

人生正如行旅，总会碰到像此词抒发出的这种情感。在它兴起的时候，只不过是一缕情丝，但在其流泻的时候却捕捉不到它的痕迹。就是自己也不能确定究竟产生了哪一种情绪，但却明明感到，某种情绪就在那里。

扬州慢

姜夔

淳熙丙申至日，予过维扬。[1]夜雪初霁，荠麦弥望。入其城，则四顾萧条，寒水自碧。暮色渐起，戍角悲吟。[2]予怀怆然，感慨今昔，因自度此曲。[3]千岩老人以为有黍离之悲也。[4]

淮左名都，竹西佳处，解鞍少驻初程。[5]过春风十里，尽荠麦青青。[6]自胡马窥江去后，废池乔木，犹厌言兵。[7]渐黄昏，清角吹寒，都在空城。

杜郎俊赏，算而今、重到须惊。[8]纵豆蔻词工，青楼梦好，难赋深情。[9]二十四桥仍在，波心荡、冷月无声。[10]念桥边红药，年年知为谁生。

【赏析】

扬州是隋唐时代著名的大都市，不仅经济发达，更是江南名流荟萃的地方，这里有层出不穷的才子佳人，流传下许多风流的故事。晚唐的时候，扬州城里最耀眼的风流才子便是大诗人杜牧，他不仅在扬州的青楼巷陌间度过了一番自在逍遥的日子，还留下了许多动人诗

---

1. 淳熙丙申：宋孝宗淳熙三年（1176）。至日：冬至。
2. 戍角：军队中的号角。
3. 度：谱曲。
4. 千岩老人：萧德藻，字东夫，自号千岩老人，南宋诗人，曾教姜夔为诗，并将侄女嫁与姜夔。
5. 淮左：淮河以东地区。竹西：杜牧《题扬州禅智寺》诗有句云："谁知竹西路，歌吹是扬州。"后遂以竹西代称扬州。
6. 春风十里：杜牧《赠别》诗有句云："春风十里扬州路，卷上珠帘总不如。"
7. 胡马窥江：指金兵南侵，洗劫扬州。
8. 杜郎：即杜牧。杜牧年轻时曾于扬州任淮南节度使牛僧孺的掌书记，其时经常出入青楼。
9. 豆蔻词工：杜牧《赠别》诗有句云："娉娉袅袅十三余，豆蔻梢头二月初。"青楼梦好：杜牧《遣怀》诗有句云："十年一觉扬州梦，赢得青楼薄幸名。"
10. 二十四桥：扬州城内古桥，桥下广种红芍药，故亦称红药桥。杜牧《寄扬州韩绰判官》诗有句云："二十四桥明月夜，玉人何处教吹箫。"

篇，将自己与扬州城的浪漫永远地留在了人们的记忆中，也让扬州成为每一个以才华自许的男青年格外向往的地方。

姜夔当然也才华横溢，但是他在淳熙三年（1176）来到扬州的时候，见到的却是与杜牧笔下不同的风景。宋室南渡之初，金人的兵锋多次攻陷过扬州，仅仅有明确历史记载的就有建炎三年（1129）、绍兴三十年（1160）、绍兴三十一年（1161）、隆兴二年（1164）四次，其间还遭遇过金海陵王完颜亮的大肆破坏，扬州城当然完全不再是那个富贵风流的名都，而变成了只留有断壁残垣的边境小城。

不仅如此，身处扬州的姜夔也与当年的杜牧心态完全两样。杜牧来到扬州的时候，刚刚考中进士，同时也考取制科，正处于“两枝仙桂一时芳”的春风得意。而他在扬州，更是担任淮南节度使牛僧孺的掌书记，具备少年才子之外的无量前程。然而二十来岁的姜夔来到扬州的时候，却是一无所有，没有中举，没有官职，没有知音，更没有未来的希望，他来这里，只是为了寻求一些生计。于是，这首词中的国仇家恨还带着身世浮沉的况味，所以才会如此凄怆。

全词大量使用对比的修辞。起首三句，铺陈扬州往日壮丽，紧接着，就着力描写现如今的种种萧瑟荒凉，乱离之象与不堪回首均跃然纸上。下阕转入对于杜牧的设想，如若杜牧英魂旧地重游，一定也会为眼前的荒凉感到震惊。尽管姜夔化用了许多杜牧的诗句，但并不一定是因为他要以杜牧自比，而是通过重新展现杜牧文字中的扬州风流，再次与今日的荒寒萧瑟形成对照。如此，才能凸显兵荒马乱之后的山河破碎与人事飘零，才能让萧德藻体认到浓郁的黍离之悲。

淡黄柳

姜夔

客居合肥南城赤阑桥之西，巷陌凄凉，与江左异，[1]唯柳色夹道，依依可怜。因度此阕，以纾客怀。

空城晓角，吹入垂杨陌。马上单衣寒恻恻。看尽鹅黄嫩绿，都是江南旧相识。

正岑寂，明朝又寒食。强携酒，小桥宅。怕梨花落尽成秋色。燕燕飞来，问春何在，唯有池塘自碧。

【赏析】

姜夔的词往往会有一段优美的小序，将词作的写作时间、地点以及所要抒发的情绪先行告知，然后便只在词中塑造冷峻凄清的意境，内心情绪则力求不露痕迹地表现。这首词便是这样的典型。

根据词序中的交代，姜夔当时居住在合肥。南宋的时候，江淮之间的合肥正是与金人作战的前线。与姜夔后半生的主要活动空间江南大为不同，这里当然不会有京畿的那种繁庶，只有凄凉冷清的巷陌。于是词的第一句也就有了落脚点，角声是极富边关色彩的元素。

人世的沧桑总是会被无情草木衬托出来，此刻也是如此，姜夔发现合肥柳树并不在意是否身处战乱，依然年年抽条长叶，一片繁茂，与江南细柳同样令人迷醉。当人在异乡发现与故乡相似的风景时，自然会勾起一阵浓郁的客愁，而姜夔尽管并不生在江南，但综其一生，还属江南时光较为潇洒惬意，可以向士大夫尽情展示自己的才华，从而将其认作精神上的故乡，因见柳树而思念，也并不是什么奇怪的事。

既然见到了与江南差近的柳树，又适逢清明寒食的季节，那不如按照江南习俗，去郊外冶游寻春，期待一场浪漫的邂逅。但真的这样

1. 江左：即江南。

做了，才会发现这里毕竟不是江南，而是萧瑟的空城，飘零之悲一下子又浓郁地升了起来。

不过话说回来，尽管合肥的春日如此凄清，但毕竟还是春色，总没有秋日那么寂寥。但仔细想想，就是这样的春天似乎也不长久。柳条早已由黄变绿，更到了随风摆动的季节，这意味着春日已深，来日无多了。当梨花落尽的时候，就将变为一片秋色，这看似无理的词句其实暗示着人心已入秋日，流寓边关空城的自己将行至迟暮的年纪。

飘零与迟暮，构成了序文中的客怀。这不仅是姜夔这样的江湖清客的哀怨，也是南宋初年时刻担忧战乱的人们共同的忧愁。

暗香

姜夔

辛亥之冬，予载雪诣石湖。[1]止既月，授简索句，且征新声。[2]作此两曲，石湖把玩不已，使工妓隶习之，音节谐婉，乃名之曰《暗香》《疏影》。[3]

旧时月色，算几番照我，梅边吹笛。唤起玉人，不管清寒与攀摘。[4]何逊而今渐老，都忘却、春风词笔。[5]但怪得、竹外疏花，香冷入瑶席。[6]

江国，正寂寂。[7]叹寄与路遥，夜雪初积。[8]翠尊易泣，红萼无言耿相忆。[9]长记曾携手处，千树压、西湖寒碧。[10]又片片、吹尽也，几时见得。

【赏析】

咏物词非常难写，特别是已经被前人反复吟咏过的事物，如果不能翻出新意，便会落入俗套，也就没有什么艺术感染力。姜夔的这首《暗香》提示了一种经典手法，就是讲一个与这件事物有关的情事，由于事件的唯一性，会让词中的事物超凡脱俗。

这两首词名为《暗香》《疏影》，显然得名于“疏影横斜水清

---

1. 辛亥：宋光宗绍熙二年（1191）。
2. 止既月：刚好住满一个月。征新声：要求谱写新曲。
3. 工妓：乐工与歌妓。隶习：学习。
4. 不管：不顾。与攀摘：与我攀摘。
5. 何逊：南朝梁诗人。何逊任扬州法曹时，廨舍有梅花，遂吟咏之，成《咏早梅》诗，即下文“春风词笔”所指。此处姜夔以何逊喻己。
6. 怪得：惊讶。
7. 江国：江边的城市。
8. 寄与：南朝诗人陆凯《赠范晔》诗云：“折梅逢驿使，寄与陇头人。江南无所有，聊赠一枝春。”
9. 耿：不能忘怀的样子。
10. 千树压：西湖中的千万株梅树的倒影。

浅，暗香浮动月黄昏”这句诗。这是北宋诗人林逋《山园小梅》一诗的名句，姜夔的两首词也就在吟咏梅花。但是他一开篇就借月光与梅花将思绪引入了无限的回忆。梅边吹笛是过往的欢娱，他用精妙的笛声唤来一位佳人与他共赏雪月之梅，真是一段风流浪漫的故事。而“几番照我”一句又早早地告诉大家，这样的夜晚其实是曾经的日常，在当时，并不觉得有什么稀奇。

“何逊而今渐老”一句，用何逊的典故将时空转回当下，而今不仅人散天涯，自己也年华老去，才力消退，再也演奏不出当年月下梅边的清曲，只是暗自惊怪，窗外的梅花怎么又开了？其实吧，玉人不再的时候，哪里还有兴致去填词吹笛呢？那些文字与旋律，就是给她看给她听的，也只有她才能知晓个中深趣哪。

过片依然停留在当下时空，抒发路遥难寄相思的情感。旧时的梅花依然绽放得那样美丽，尽管无言沉默，但也在追忆那远去的佳人。于是“长记曾携手处”一句又将思绪拉回过去，拉回到那片倒映着千树梅花的西湖。但“又片片”一句再次悠悠地将思绪拉回现在，佳人与过往都如同此刻被片片吹落的梅花瓣，再也见不到了。

尽管并没有描摹梅花，但全词就是笼罩在一片梅花的清冷幽香之中。

疏影　　　　姜夔

苔枝缀玉，有翠禽小小，枝上同宿。[1]客里相逢，篱角黄昏，无言自倚修竹。昭君不惯胡沙远，但暗忆、江南江北。想佩环、月夜归来，化作此花幽独。

犹记深宫旧事，那人正睡里，飞近蛾绿。[2]莫似春风，不管盈盈，早与安排金屋。[3]还教一片随波去，又却怨、玉龙哀曲。[4]等恁时 、重觅幽香，已入小窗横幅。[5]

【赏析】

这首词与上词连缀而下，却讲了另一番故事。《暗香》的最后说到梅花被片片吹落，《疏影》开篇即从一瓣梅花落英讲起，让它在时空隧道中往返穿梭，展开了一段奇妙之旅，极似不断切换的电影镜头。

这片花瓣的旅程从一株枝头出发，那里有一只会幻化为绿衣女子的青鸟，正在沉沉睡去。花瓣与它轻轻告别，飞到了一片篱笆旁，有一位佳人倚靠着修长的绿竹，不知道在守望着什么人。落日的余晖打在她的脸上，将她映衬得更为孤独。

离开了这位佳人后，花瓣莫名地飞到了茫茫大漠，见到了憔悴思乡的王昭君，此刻的她身处荒寒，尽管无比思念江南的温暖，但却不得不接受永远回不去的现实。只能期待逝去后的芳魂能够飞回故乡，哪怕化作小溪边的一树独自开放的梅花，也已足够了。

---

1. 苔枝：长有青苔的梅枝。翠禽：旧题柳宗元所撰《龙城录》载隋人赵师雄游罗浮山，夜与携一绿衣童子的素妆女子欢娱，后惊醒，发现自己睡于大梅树下，树上有青鸟鸣叫。
2. 那人正睡里：南朝宋武帝女寿阳公主人日卧于含章殿屋檐下，梅花落其额上，成五瓣之形，宫女争相效仿，号为“寿阳妆”。
3. 金屋：汉武帝刘彻幼时曾对姑母言若能娶其女阿娇为妻，当用黄金打造一间屋子供其居住。
4. 玉龙哀曲：玉龙，笛子。哀曲，笛曲有《梅花落》，乐声极为哀怨。
5. 恁时：那时。已入小窗横幅：指梅花已经入画，悬挂于窗间。

用王昭君来比拟梅花，虽不是姜夔原创，但怎么想都有些牵强，很可能是因为姜夔将家国之恨融入了词中，想到了沦丧的中原，与客死北国的徽钦二帝。当然，这样的情绪就算真的有，那也是点到为止。

花瓣在下阕继续旅行，似乎真的接着昭君寄寓的家国感伤，它开始在宫殿中游走。先到含章殿下欣赏寿阳公主娇媚的睡姿，又去汉武帝为陈阿娇打造的金屋，然后便和其他落梅一起掉入了御沟水流中，伴着哀怨的笛曲《梅花落》，顺水漂向了遥远的地方。最终，它飞到了一幅精美的图画上，结束了这场旅行，至于伙伴们都去哪儿了，谁也不知道。

《暗香》《疏影》是姜夔最负盛名的词篇，若说《暗香》借讲一个故事寄托自我孤独憔悴的身世，那么《疏影》更多是利用这段旅程，展现了此际破碎的山河。

双双燕

史达祖

咏燕

过春社了，度帘幕中间，去年尘冷。[1]差池欲住，试入旧巢相并。[2]还相雕梁藻井，又软语、商量不定。[3]飘然快拂花梢，翠尾分开红影。

芳径，芹泥雨润。爱贴地争飞，竞夸轻俊。红楼归晚，看足柳昏花暝。应自栖香正稳，便忘了、天涯芳信。愁损翠黛双蛾，日日画阑独凭。[4]

【赏析】

这是一首非常工整规矩的咏物词，没有像姜夔的《暗香》《疏影》那样玩一些花样，而是句句不离吟咏的对象双燕。学填咏物词，以这一首作为摹写的典范，当不会有什么差错。

古人在春分、秋分两个节气要进行社祭，分别称为春社与秋社。而燕子恰好春社时来，秋社时去，故而词的开篇自然巧妙地点出了双燕归来，却又不出现相关字眼，这需要极大的才力。

燕子既然飞回，自然要去旧巢看一眼，“差池”“相并”等词也在不露痕迹地透露着燕子的成双出入。旧巢倒是找到了，但它们却被华丽的藻井吸引，又想在此构筑新巢，于是便讨论了起来。但讨论了半晌也讨论不出个结果，不如先在春花间飞翔一会儿，于是便有“翠尾分开红影”的动景。

史达祖（1163—1220？），字邦卿，号梅溪。汴（今河南开封）人。南宋词人。

1. 度：穿过。

2. 差（cī）池：燕子飞行时尾部羽毛长短不齐的样子。

3. 相（xiàng）：仔细看。藻井：传统建筑的天花板以图案为饰，文采似藻，并以方木相交，状如井栏，故云藻井。即代指天花板。

4. 翠黛：女子用于画眉的螺子黛。

下阕接着双燕探春的话头继续铺陈。它们在春之柔媚间尽情玩耍，看遍了每一处美丽的风景，享受了每一秒伴侣在旁的欢乐，一直玩到夜幕降临，才回过神来，在何处筑巢的问题还没有解决哩。不过不要紧，今天就先在花枝上凑合一晚，反正春光还长，自有时间考虑这个问题。

然而双燕不仅忘了筑巢，还把更重要的事情彻底忘记了。它们来到这里不只为了寻欢作乐，而是受一位游子的嘱托，捎一封饱含思念的信给他的恋人，告诉她自己也希望能早日归家，永远陪在她的身边。

很遗憾，双燕过于沉浸在自己的世界里，把身外的事情都忘了。女孩倒是看见了它们，但却不知道它们带来了自己梦寐以求的书信，只会在一片人不如燕的慨叹中更生惆怅了。

玉楼春 刘克庄

戏林推

年年跃马长安市，客舍似家家似寄。青钱换酒日无何，红烛呼卢宵不寐。[1]

易挑锦妇机中字，难得玉人心下事。男儿西北有神州，莫滴水西桥畔泪。[2]

【赏析】

南宋到了刘克庄的时代，国家的意气已经消沉不堪，臣民不再有强烈的恢复愿望，就连进取心也变淡了不少，只愿在纸醉金迷的半壁江山间过着逍遥快活的日子。在这样的士风之下，南宋的国势越来越衰颓，而北方的蒙古政权正在冉冉兴起，新的更大的危机已经孕育，但也只有少之又少的有识之士才能感到一些隐忧。

刘克庄或许就是少数人之一，他这首词的赠予对象则是大多数人中的一个。这位林姓朋友做了一个推官，这只不过是帮助官员审理案件的秘书之职，在宋朝算不得正式官员，但他却过着富家公子式的浪荡生活。这首词的上阕就是在描绘他在临安城里的日常，他挥金如土，纵情饮酒，在秦楼楚馆里通宵赌博，好像把这里当成自己的家，而真正的家却变得像旅店似的。

刘克庄在下阕便转入了规劝，告诫他青楼女子的心其实非常难测，她们很难付出真情。传统词章里，往往会塑造钦慕穷才子的风尘女子，刘克庄在这里显然从反面说话，认为有钱的土豪并不能得到她们的芳心。事实也当然如此，世间女子大多并不拜金，而真正拜金的

刘克庄（1187—1269），初名灼，字潜夫，号后村。福建莆田人。南宋文学家。

1. 呼卢：古时一种博戏。

2. 水西桥：汉代长安城青楼聚集的地方，代指烟花巷陌。

姑娘也就不会把真情寄托在任何一个人身上，一切还得依靠自己的才华与强烈的上进心。比如说在那个时候，国事如此不堪，好男儿就应该立功边关，扶救天下，而不是在水西桥边卿卿我我，为根本不爱他的风尘女子伤感流泪。

这首词不仅道出了人间情爱的真谛，还足以让每一个时代的懦夫读之立志。刘克庄虽不是辛弃疾那样的英雄人物，但心中仍充满凌云壮气。

唐多令

吴文英

惜别

何处合成愁？离人心上秋。纵芭蕉不雨也飕飕。都道晚凉天气好，有明月、怕登楼。

年事梦中休，花空烟水流。燕辞归、客尚淹留。垂柳不萦裙带住，漫长是、系行舟。

【赏析】

这首词玩了一个拆字游戏，“愁”本来就是“心”上加“秋”，于是词人便借题发挥，讲了一个秋日离愁的故事。

上阕纯任抒情，词中人因秋日芭蕉触动异乡寂寞的情绪。尽管天凉好个秋，但也不愿登楼欣赏，只因明亮月色会再次勾起千里相思。

下阕则转至具体故事。词中人因岁暮仍不得归家而倍感惆怅，美好的年华也渐渐随水消逝了。更可恨的是，春花也好，燕子也好，身边各种各样的事物都抛下自己回家去了。最后，词中人又借秋柳抒情，道出了这不是简单的字谜游戏，也不是寻常的伤春悲秋。他在异乡邂逅了一场浪漫的爱情，那位温柔的佳人能够抚平一些客子伤痛。但如今，她也抛下自己，永远离去了，那么词中人在孤独的他乡还能有什么慰藉呢？只能将责备迁移至无辜的柳树，质问道，你为何只绑住了我的小船，而不把佳人也一并拴住呢？心上之愁于此更为激烈。

芭蕉、明月、落花、流水、飞燕、秋柳……各种各样的秋景一并涌来，似乎各是一种秋愁，也就将愁涂抹得非常浓郁。但实际上，这些景物蕴藏的愁绪都是人心所感，投射的无非是那一场清疏的故事。

吴文英（约1200—约1260），字君特，号梦窗，晚年又号觉翁。四明（今浙江宁波）人。原出翁姓，后出嗣吴氏。南宋词人。

浣溪沙

吴文英

门隔花深梦旧游，夕阳无语燕归愁，玉纤香动小帘钩。
落絮无声春堕泪，行云有影月含羞，东风临夜冷于秋。

【赏析】

相思太深就会入梦，梦中可以回到苦苦思念的旧地，不仅不用羡慕燕子的归家，还能够见到朝思暮想的她，幸福当然莫过于此。

但是梦中就真的完美无缺吗？下阕的内容揭示了依然会遭遇离别，还是要承受现实空间中的伤感。“落絮”照应着上片的“花深”，都是暮春时节的景象，提示着空间并没有发生改变。此刻正下着潇潇春雨，使得落絮无法像寻常时节那样自在飞扬。其实这落絮就是分别时的情人，而春雨则是离别的眼泪，二人正在“执手相看泪眼”又“无语凝噎”。天上的月亮似乎也懂人间的情感，不忍心看见如此伤心的情境，所以拉了一朵云彩挡住了自己。

这场扑朔迷离的梦中离别或许只是梦醒的浪漫表达，但凄清的氛围却足以修饰所有的人间离别。东风当然不会比西风还要寒冷，冷的只是离人的心，这段真情总会在一片含蓄中绵绵不尽。

风入松 吴文英

听风听雨过清明，愁草瘗花铭。[1]楼前绿暗分携路，一丝柳、一寸柔情。料峭春寒中酒，交加晓梦啼莺。[2]

西园日日扫林亭，依旧赏新晴。黄蜂频扑秋千索，有当时、纤手香凝。惆怅双鸳不到，幽阶一夜苔生。[3]

【赏析】

这阕词是故地怀人之作。上阕不做任何提示地回忆过去：那是一个清明时节，满目风雨落花的伤感，楼前小路已经绿叶成荫。“一丝柳、一寸柔情”是用经典的送别意象提示这是当年与佳人分别的时空，但又与传统不同，这回走的是佳人，被遗留在这里，终日醉酒昏梦的，是男子自己。

换头一句用连续的时间变化将时空从那时切换到当下，极具时光流逝的动感。此刻又是清明前后，但与那时的风雨连天不同，正是雨后初晴。而西园也并没有因为佳人的离开而荒废，因为自己天天都派人打扫。突然间，被一个很寻常的场景触动了深情，那便是黄蜂在悬挂秋千的绳索边不停盘旋。蜜蜂是采蜜的，本应飞旋在春花周围，为何会对这冷冰冰的绳索感兴趣？词人并没有深究其间的道理，只是想当然地说因为当年佳人的香气还缭绕在秋千绳索上，于是便让蜜蜂误认为此处有花。佳人的美丽由此侧面烘托而出，而此滑稽的答案更显得男子痴情一片。

于是结尾就自然地点破上文隐而不露的相思，惆怅着分别之后难以望见她的身影，西园中怎么也寻不着她的踪迹。但最后又给了一个

---

1. 瘗（yì）：掩埋，埋葬。
2. 中酒：酒醉。
3. 双鸳：用成对的鸳鸯代指女子所穿的绣花鞋，即云美人的踪迹。

无理的答案：她并没有离开太久，而是昨晚的春雨太过滋润，使得台阶上一夜就生出了许多青苔，掩盖了她昨日才留下的脚印。佳人当然已经离去了很久，也只有这样，供人进出的台阶上才会长满青苔，但若不做这样的幻想，也就无处安放自己的痴情。

霜叶飞

吴文英

重九

断烟离绪。关心事，斜阳红隐霜树。半壶秋水荐黄花，香噀西风雨。[1]纵玉勒、轻飞迅羽。凄凉谁吊荒台古。记醉蹋南屏，彩扇咽、寒蝉倦梦，不知蛮素。[2]

聊对旧节传杯，尘笺蠹管，断阕经岁慵赋。[3]小蟾斜影转东篱，夜冷残蛩语。[4]早白发、缘愁万缕。惊飙从卷乌纱去。[5]漫细将、茱萸看，但约明年，翠微高处。[6]

【赏析】

吴文英的词作密丽难解，深挚的情绪往往隐藏在浓艳的辞藻与繁复的典故之下，这首词便可稍见端倪。

开篇的“断烟离绪”便是精心打磨的词句。情绪本应是连绵的，不该如云烟那样时断时续，但二者结合在一起又显得非常自然，因为情绪是缥缈朦胧的，而背后的往事才恰似云烟，只剩下片片零乱破碎的记忆了。

词情由此句总起之后，便突然转入当下场景的铺陈。夕阳与枫林此刻交相辉映，使得天边更加殷红，这是令自己最为伤心的。然而词人却不做为何伤心的解释，莫名地接以自己接了半壶秋水，将采来的菊花插在里面，无论秋风秋雨多么凄凉，依然能够散发着幽淡的清

---

1. 荐：插。噀（xùn）：含在口中后喷出。
2. 南屏：杭州西湖南屏山。蛮素：白居易有歌女名樊素、小蛮，后世遂以蛮素代指歌舞妓。
3. 蠹（dù）管：生虫的竹笛管。断阕：没有写完的词。
4. 小蟾：未满之月。
5. 惊飙：一阵大风。乌纱：吴文英一生未仕，故此处乌纱并非指代官帽，而是宴请宾客之时所戴之帽。
6. 翠微：青山。

香。然而词人再次不解释插花是为了什么，又突然转到一阵感慨，在这样的风景中，哪还有心情策马飞驰？哪还有心情凭吊往日的遗迹？

答案终于在上阕的末尾解开，“记醉蹋南屏”一句是在回忆与佳人醉游南屏山的往事。但这五字之后又切回当下：现如今佳人已经不在很久了，自己的耳边听不见婉转的歌声，也已很久没有梦见她，似乎连她的模样也记不大清楚了。

如此上文的种种也就都有了落脚。南屏山是西湖名胜，尤以黄昏时分最为迷人。因此他之所以对夕阳红树如此挂怀，当然就是因为这让他想起了当年与佳人共度的南屏秋晚，也就会勾起迷离怅惘。至于后面的插花、纵马、吊古等事，都是往事再现，今日自无心情重做，而这些事情的错综安置，亦呼应了首句，美好的记忆如云烟般断续破碎。

下阕才真正开始讲说今日情状：他确实在重阳佳节饮酒，但不过是机械地重复固定的节日习俗。自从佳人离去，所有的心情都已淡漠，笛曲不吹，新词不赋，当年没写完的半首残词，也没有心情再续了。此处或许暗指他们的分别也是在重阳，而且猝不及防，因为前一刻还在甜蜜地填词唱曲，但还未来得及写完，一场分别便降临了。

“小蟾斜影转东篱”一句言月亮转过中天，即夜色已深，从开篇的夕阳黄昏一脉承下，透露着从傍晚一直悲伤念远到半夜，然而也迅速地将情绪从往事拔出，不让情感过于凝滞。一阵夜风将他的帽子吹落，露出了根根白发，这本是令人伤感的事情，但已经经历过人生的最为伤痛，这一点又算什么呢？就满足西风这场吹帽的愿望吧。

末了他的手中莫名多了一束茱萸，本是重阳节佩戴的佳物，但他在把玩良久之后还是放弃了佩戴，只许下了一个明年的约定：明年今日，一定要再次登上南屏山，愉快地把茱萸插在头上。他为何许下如此的誓言？只能是期待明年佳人能够回来，重新回到当年的幸福生活。但谁都知道，这是无法实现的虚幻，也就如云烟一样缥缈无依，说说而已。

传统词论家往往赞许梦窗词善潜气内转、空际转身，密丽的辞藻自有草蛇灰线、天梯石栈相勾连。这说的就是吴文英善于用暗线挽合看似毫无关系的典故或意象，每一处凭空而来的句子其实都有来源与指归。当然，这会使读者无法很快地读懂词作，也就是很多人批评的晦涩。不过这样的词就是给读者反复咀嚼与玩味的，这可以进一步加强词情的深度，而且还可以体会到别样的赏玩乐趣。

八声甘州 吴文英

陪庾幕诸公游灵岩

渺空烟四远，是何年、青天坠长星。[1]幻苍崖云树，名娃金屋，残霸宫城。箭径酸风射眼，腻水染花腥。时靸双鸳响，廊叶秋声。[2]

宫里吴王沉醉，倩五湖倦客，独钓醒醒。问苍波无语，华发奈山青。水涵空、阑干高处，送乱鸦、斜日落渔汀。连呼酒，上琴台去，秋与云平。

【赏析】

吴文英与姜夔一样，是一位江湖清客，过着漂泊无定的幕僚生活。他似乎比姜夔还要不幸，祖上是商人的他，没有资格参加科举考试，心中的经纶抱负更加无处施展，也就在姜夔的清苦之外，多了一些悲愤。从这首词的题目中可以了解，吴文英此刻是在苏州管理粮食调配的提举常平司里做幕僚，正与其他同事一起陪同常平使游览姑苏名胜灵岩山。春秋时期，吴王夫差就在灵岩山修建了华丽的馆娃宫以供西施居住，到了南宋的时候，当然残破不堪，吴文英就借此番吊古，舒泄了不甘幕僚人生的悲愤。

开篇一阵云烟，勾连起了今昔。一阵云烟吹过，变换到勾践灭吴的时空，灵岩山上正是树木壮丽，楼阁华美，美丽的西施正在河边梳洗，馆娃宫中时常回响着她穿着拖鞋的脚步声。但很快，这些美好都将烟消云散。又一阵云烟吹过，回到了今日时空：当年的一切都已消逝，只剩下一片断壁残垣，与秋风吹落树叶的哀声。

---

1. 长星：彗星。古人认为彗星的降临象征着国家衰微，如果彗星不仅出现，还陨落人间，则是亡国之兆。吴文英此处即用彗星陨落代指越王勾践灭吴之事。也有人认为这里就是指灵岩山是巨石天降而成。

2. 时靸（sǎ）双鸳响：靸，拖鞋。双鸳即代指女性的鞋子。靸双鸳即穿着拖鞋的意思。古人多以木屐为拖鞋，故走路时会有声响。

过片的云烟起落得更快，才看见沉睡宫中的吴王，就变换成灭吴之后独钓太湖的范蠡，突然间又切换回当下。此刻的自己也与范蠡一样面对着太湖，但他一方面立下了伟大功业，一方面又急流勇退，带着美丽的西施过上了闲淡的隐居生活，可谓仕隐双全的人生赢家。可是自己却一事无成，只能面对着青山徒叹自己逐渐生出的白发。

功业既然无望，如范蠡一样泛舟太湖烟波不也可以？此刻的太湖上正有点点渔舟。但他们都与吴文英无关，他不得不为了生计做一个难言尊严的清客幕僚，根本无法左右自己的命运。至此，情感已陷入低谷，但吴文英在末句突然振起，大声呼喊要痛饮美酒，再向高处攀登，因为秋景本就美在高处。

但这还是一种无奈的呐喊，并不能改变自己的命运。人总归要活下去，这或许是一种避免沉沦的方式，只不过不能细究罢了。

柳梢青

刘辰翁

春感

铁马蒙毡，银花洒泪，春入愁城。[1]笛里番腔，街头戏鼓，不是歌声。[2]

那堪独坐青灯。想故国、高台月明。辇下风光，山中岁月，海上心情。[3]

【赏析】

公元1276年，南宋都城临安被蒙古军队攻陷，宋人在一百五十年后又经历了一次亡国之痛，而这一次，没有第二片江南可以偏安了，国是彻底地亡了。于是元宵节再一次被宋朝遗老反复吟咏，比如这阕词，题目说的是春感，但却妥妥地讲着亡国后的元夕。

国家虽然亡了，但百姓的生活还在继续，元宵节的晚上依然张灯结彩，新王朝似乎也乐于见到这样的情形，因为这可以展示天下依旧太平，甚至过得比前朝还要好。但在遗民看来，却满是刺眼的新朝风景。衣装已经换了模样，巷陌间居然出现了蒙古毡子，街头咏唱助兴的小曲儿也变成了北方的杂剧，不再是江南丝竹的歌声。这些生活细节的差异展示着生活方式的剧变，象征着一个时代彻底结束了。

时代的变化对于大多数人来说，都是无感的，每日似乎和从前一样生活，根本察觉不到生活方式默默地发生了颠覆。于是察觉差异的遗民当然非常孤独，很少人能够与他分享此刻的心情，唯有枯坐独想。他们会想些什么？当然还是君王，以及象征君王、象征天下的皇

刘辰翁（1232—1297），字会孟，号须溪。吉州庐陵（今江西吉安）人。南宋遗民词人。

1. 银花：元宵节的璀璨灯火。

2. 戏鼓：借指流行于北方的蒙古流行歌曲。

3. 辇下：京城。海上心情：如苏武牧羊北海一般的忠贞之心。

宫，只不过月明依旧，高台犹在，却已换了人间。

末尾的鼎足对写得非常精妙。故都的风光依然祥和太平，察觉变幻的自己已然度日如年，唯有一片赤诚之心永恒不灭，将永远地坚守下去。其实，不只是遗民，每一位察觉到危机的人，都是如此孤独、忧伤与坚强。

永遇乐

刘辰翁

余自乙亥上元诵李易安《永遇乐》，为之涕下。[1]今三年矣，每闻此词，辄不自堪。遂依其声，又托之易安自喻。虽辞情不及，而悲苦过之。

璧月初晴，黛云远澹，春事谁主。禁苑娇寒，湖堤倦暖，前度遽如许。香尘暗陌，华灯明昼，长是懒携手去。谁知道，断烟禁夜，满城似愁风雨。

宣和旧日，临安南渡，芳景犹自如故。[2]缃帙流离，风鬟三五，能赋词最苦。江南无路，鄜州今夜，此苦又谁知否。空相对，残釭无寐，满村社鼓。

【赏析】

人生的悲剧莫过于遭逢承平到乱离的时代突变。如果这段乱离恰是历史的重演，则又平添几分忧伤。更可悲的是，这段历史又距今不远，还没有抚平当初的创伤，便又再痛一次。

刘辰翁当然不会在宋恭帝德祐元年（1275）才读到李清照的那首名篇《永遇乐》，但确实在那一年，才能真切懂得易安词中的心情。因为自己此情此景，实在与李清照的叙说太接近了。

李清照说，杭州城里的百姓不知道中原沦丧的苦痛，依然在元宵节里自在赏灯。刘辰翁发现，如今的情况就是这样。西湖还是那样秀美，湖边的宫殿依然伫立，城中的百姓还是在元宵之夜愉快地携手赏灯。或许刘辰翁能够理解江南人不懂南渡北人的痛苦，但他却无法理解为何经历了亡国灾难的临安百姓，也不是那么伤感，还在过着幸福

1. 李易安《永遇乐》：即李清照《永遇乐·落日镕金》。

2. 宣和：北宋徽宗最后一个年号。其时北宋东京开封一片繁华之象，然未过多久，金兵南侵，北宋覆灭。

自在的小日子。

于是他才会觉得更加痛苦，因为无人分享自己的亡国痛楚，只能找百年前的李清照寻求共鸣了。而当一个人只能从古人那里找到慰藉的时候，他是得有多么绝望。

贺新郎

刘辰翁

闻杜鹃

少日都门路。听长亭、青山落日，不如归去。十八年间来往断，白首人间今古。又惊绝、五更一句。道是流离蜀天子，甚当初、一似吴儿语。臣再拜，泪如雨。

画堂客馆真无数。记画桥、黄竹歌声，桃花前度。风雨断魂苏季子，春梦家山何处。谁不愿、封侯万户。寂寞江南轮四角，问长安、道上无人住。啼尽血，向谁诉。

【赏析】

在中国神话故事中，有一个关于杜鹃的凄迷故事。很久以前，位于今日四川地区的蜀国有一位英明的君王，据说他是从天而降，名字叫作杜宇。这位君王教导百姓耕作，使蜀国获得了稳定的粮食，从而深受百姓爱戴，被尊称为望帝。但是贤明的望帝也有一件解决不了的烦心事，那便是连年不停的水患。有一天，望帝邂逅了一位荆州人鳖灵，他们一见如故。望帝觉得鳖灵杰出不凡，遂封他做宰相，请他治理水患。鳖灵果然不负众望，带领民众打通巫山，将蜀国泛滥的洪水引入长江，让百姓从此过上了安居乐业的生活。望帝对此非常感激，于是将帝位禅让给了鳖灵，自己跑到西山归隐修炼。没过几年，望帝化成一只杜鹃，每到春来之时，便飞到蜀地，提醒他的百姓农忙的时节到了。

当这个故事从四川传到中原之后，人们可能觉得过于圆满，与杜鹃凄苦的啼声不太相配，于是便增添了这么一些情节。说鳖灵本性非常浪荡，在望帝面前别有用心地收敛了起来，而即位之后，便不再掩饰，开始随着性子穷奢极欲，把国库挥霍一空，然后就对百姓横征暴敛。隐居西山的望帝听说后痛苦不堪，郁郁而终，死后的精魂化作杜鹃，依旧发出悲苦的啼鸣，啼到伤心的时候，甚至会啼出血来。从此，杜鹃就与忧伤、愁苦甚至冤屈产生了联系。

于是刘辰翁听见陌上杜鹃的啼声便如此哀伤也就非常自然了。他显然根据故事，将杜鹃视作南宋君王的化身，正在哀鸣自己王朝覆灭的伤痛。从而刘辰翁听出了少年承平时代不知晓的故国哀伤，也听出了自己关于故国重回的希望只是一场空想。此刻的刘辰翁，便是故事中的蜀国百姓，并不情愿做新君王统治的臣民，哪怕自己再怎么迷恋做官，也不可能背弃内心，屈服于逼死自己深爱之先君的新帝。

其实，杜鹃本不会啼血，那阵阵哀鸣其实是代忧伤之人发出的凄凉之声，而所谓的啼血，流的也是故国人民自己心头的鲜血。

玉京秋　　周密

长安独客，又见西风，素月丹枫，凄然其为秋也，因调夹钟羽一解。[1]

烟水阔。高林弄残照，晚蜩凄切。碧砧度韵，银床飘叶。[2]衣湿桐阴露冷，采凉花、时赋秋雪。[3]叹轻别，一襟幽事，砌蛩能说。

客思吟商还怯。[4]怨歌长、琼壶暗缺。[5]翠扇恩疏，红衣香褪，翻成消歇。玉骨西风，恨最恨、闲却新凉时节。楚箫咽，谁倚西楼淡月。

【赏析】

都说秋时易感，而对于游子来说，异乡的清秋更加落寞惆怅。词人此刻正在京城临安，尚未经历亡国，本该是一片歌舞笙箫的繁华街巷，但在他的眼里，却是一片萧疏，这当然是他内心秋意的外显。

其实这首词中也没有直接表露心情的句子，而是将典型的悲秋意象一一铺排开去。夕阳下的秋林、寒蝉、捣衣砧声、落叶、寒露、芦花、萤火虫、商声、怨歌、秋月、被收起的团扇、西风……每一种都是会勾起无限凄凉的事物。尽管出于真情抒发的需要，它们被集中在一起，但要像这首词这样不显得怎么堆砌，就全靠词人的功力了。

我们普通人当然没有周密的思致，却也能体认到其中一两处事物的秋意。这便是我们心中寂寞的时候，最容易被吸引到的自然风景。

周密（1232—约1298），字公谨，号草窗，又号霄斋、蘋洲、萧斋，晚号弁阳老人、四水潜夫、华不注山人。南宋遗民词人、文学家。

1. 长安：代指南宋京城临安。

2. 银床：井栏。

3. 凉花：秋天的花。据下文秋雪的形容，这里应该是芦花。

4. 吟商：中国古代五声音阶为宫、商、角、徵、羽，商声与秋天相对应，故吟商即演奏象征秋天音乐之义。

5. 琼壶：代指月亮。

一萼红　　周密

登蓬莱阁有感

步深幽。正云黄天淡，雪意未全休。鉴曲寒沙，茂林烟草，俯仰千古悠悠。[1]岁华晚、漂零渐远，谁念我、同载五湖舟。[2]磴古松斜，崖阴苔老，一片清愁。

回首天涯归梦，几魂飞西浦，泪洒东州。故国山川，故园心眼，还似王粲登楼。[3]最怜他、秦鬟妆镜，好江山、何事此时游。为唤狂吟老监，共赋销忧。[4]

【赏析】

蓬莱阁是浙江绍兴的一处名胜，好览山川的周密其实登临过好多次，不过这回重临，自己已是南宋遗老。于是这首词作没有了承平时代的密丽，变得一片萧疏，但保留了周密惯用的手法，疏朗地铺排开了一系列能够切实反映自己心情的人事，无一不暗指亡国，但却藏而不露，还是有节制地表现忧愁，这便是南宋后期词人追求的清雅。

当然，泛舟五湖的范蠡，登楼感伤中原的王粲，鉴湖清狂的贺知章，都已经成为一片过往，在此刻的江南冬雪中，并不能一一重回人间，为周密消解故国忧愁。所以在周密眼中，这一片江山，再也不复曾经的美好了。可是江山才不会管人间的亡国，只要风景不被破坏，它的秀美就不会减少，人们还是会登临感慨自然的壮丽，只是这里会多了一位供后人感伤寄托的古人。

---

1. 鉴曲：绍兴鉴湖。茂林：绍兴兰亭。
2. 五湖舟：春秋时代范蠡辅助越国打败吴国之后，功成身退，泛舟五湖。
3. 王粲登楼：东汉末年文学家王粲因战乱流寓荆州，一日登楼，顿生家国感慨、身世之悼，遂写《登楼赋》以抒怀。
4. 狂吟老监：指唐代诗人贺知章，曾任秘书监。晚年退居鉴湖，自号四明狂客。

酹江月

和

文天祥

乾坤能大，算蛟龙、元不是池中物。风雨牢愁无着处，那更寒虫四壁。横槊题诗，登楼作赋，万事空中雪。江流如此，方来还有英杰。

堪笑一叶漂零，重来淮水，正凉风新发。镜里朱颜都变尽，只有丹心难灭。去去龙沙，江山回首，一线青如发。[1]故人应念，杜鹃枝上残月。

【赏析】

在南宋王朝最后的那两三年里，文天祥一直在不屈地抗争。身为一介书生的他敢于在元军大帐中痛斥对方主将伯颜；在被押解北上的途中，还能在江淮之间伺机脱逃；就算宋朝皇帝一路败退到广东崖山的海岸边，他仍然在江西一带招兵买马，组建恢复宋室的义军，转战广西、广东诸地，也就有了词中那段横槊题诗的戎马生涯。

遗憾的是，他的努力终究徒劳，最终不幸遭遇叛徒出卖，在五岭坡（今属广东海丰）被元军俘虏，随后便押送入京。和他一起北上的，还有同乡好友邓剡。不过当他们走到金陵的时候，邓剡因为病重而被留在江南就医，文天祥则继续前行。临行前，邓剡写了一首《酹江月》送别他，他也就还赠了这么一首。

尽管小皇帝赵昺已被陆秀夫背着跳进了大海，尽管像他们这样的豪杰之士纷纷被捕，但文天祥仍然抱以雄壮的意念，用“蛟龙、元不是池中物”的古话表达着对于南宋军民终将复国的信心。其后他触及

文天祥（1236—1283），初名云孙，字宋瑞，一字履善，号文山。吉州庐陵（今江西吉安）人。宋末政治家、文学家、爱国诗人、抗元名臣。

1. 龙沙：塞外荒寒之地，此处代指元朝都城。

了风雨飘摇的现实，回忆了前两年奔波作战的生活，虽然他自己的努力已经付诸东流，但依旧相信新的豪杰会接续他的事业，取得最终的成功。

下阕主要抒发自我内心的情绪，格调依然慷慨。特别是“镜里朱颜都变尽，只有丹心难灭”一句最为悲壮。文天祥被押赴大都之后的所作所为完全诺守了他的这段宣言，面对元人的百般劝降，他坚决不从，其凛凛大义，让元朝君臣相顾动色，称为丈夫。最终他慷慨就义，也算是实现了全词末尾化作啼血杜鹃再回江南的愿望。

这首词很显然在和韵苏轼的名篇《念奴娇·赤壁怀古》，文天祥此刻也面临着苏轼壮志难酬、功业不成的命运。但与苏轼苍凉无奈不同，文天祥始终保持着虎虎生气。也正是依靠代代英雄对于这股气节的传承，我们这个民族才能渡过各种各样的难关，在今日依然焕发蓬勃的活力。

齐天乐

蝉

王沂孙

一襟余恨宫魂断，年年翠阴庭树。乍咽凉柯，还移暗叶，重把离愁深诉。西窗过雨，怪瑶珮流空，玉筝调柱。镜暗妆残，为谁娇鬓尚如许。

铜仙铅泪似洗，叹携盘去远，难贮零露。[1]病翼惊秋，枯形阅世，消得斜阳几度。余音更苦，甚独抱清高，顿成凄楚。谩想薰风，柳丝千万缕。

【赏析】

宋亡之后，大多数的遗民并不能跟文天祥一样慷慨壮烈，以身殉国。他们在残山剩水间活了下来，但内心却有无尽的悲苦。他们拒不出仕新朝，生活往往过得比较潦倒。内心柔弱的他们又不敢直白地用词章表露心迹、控诉政权，只好借用吟咏花花草草寄寓悲愤。于是词作也就一片幽怨迷离，摧抑低沉，有时也会难免晦涩。

未过多久，江南一带发生了一件令遗民痛心疾首的惨案。一位名叫杨琏真伽的蒙古和尚带了一拨人来到绍兴，公开挖掘南宋诸帝的陵墓，盗取随葬珍宝，将南宋帝妃身上的衣冠首饰全部掠走后，即把遗体抛弃在荒野。这对于遗民来说，无疑是精神上的严重摧残。好在有一位义士唐珏，趁夜色收拢了诸帝后的遗体，将其重新埋葬，并在其上种植冬青树以为标志。传说事成之后，江南的一些遗民邀请唐珏召开一次词社，共同填写一些纪念这场惨案的咏物词，并结集出版，

王沂孙（生卒年不详），字圣与，号碧山，又号玉笥山人。会稽（今浙江绍兴）人。南宋遗民词人。

1. “铜仙”三句：李贺有《金铜仙人辞汉歌》，敷演魏明帝将长安城汉武帝时代的铜铸捧露盘仙人拆运至洛阳一事。后即以捧露盘仙人辞去寄寓亡国之恨。

取名《乐府补题》。这本词集一直流传到了今天，里面一共收录了三十七首词。尽管没有明确的字句表明这些词与盗墓事件有关，但确实都是咏物词，吟咏了龙涎香、白莲、莼、蟹、蝉五种事物，王沂孙便是其间最杰出的一位。

不管《乐府补题》词社的举行与杨琏真伽盗发宋陵有没有直接联系，王沂孙这首咏蝉词寄托亡国之恨是没有疑问的，因为开篇便已经交代，这是一只生活在宫中的蝉，正在秋风中哀度余日不多的最后时光。

这只蝉当然是他们这一群遗民的写照。国家已经灭亡，自身也老病交加，在晚年发出凄苦的声音，却很少有人理解。秋蝉在做着夏日柳荫浓郁的梦，它想重回自己生命最灿烂的季节。遗民同样也想回到承平的年代，那时不仅有繁华的家国，秀美的湖山，还有最美好的青春岁月。

贺新郎

蒋捷

兵后寓吴

深阁帘垂绣。记家人、软语灯边，笑涡红透。[1]万叠城头哀怨角，吹落霜花满袖。影厮伴、东奔西走。望断乡关知何处，羡寒鸦、到著黄昏后。一点点，归杨柳。

相看只有山如旧。叹浮云、本是无心，也成苍狗。明日枯荷包冷饭，又过前头小阜。趁未发、且尝村酒。醉探枵囊毛锥在，问邻翁、要写牛经否。[2]翁不应，但摇手。

【赏析】

什么是期待中的幸福？不幸之人的答案往往是他此时最缺失的东西。对于乱离之中的遗民来说，当然是安宁的家庭生活。所以在苏州吴江一带漂泊避乱的蒋捷，看到了别人家垂下的锦绣帘幕，不由自主地回忆起与家人对坐笑谈的场景。其实这番平凡景象也是人间最珍贵的幸福了，也是和平岁月的众生向往。王安石便在写给妹妹的一首诗里这样深情回忆："草草杯盘供笑语，昏昏灯火话平生。"在家人身边，任何外界的浮名富贵都不存在，只有最深的信任与最美的温情。

当然，这场幸福对于蒋捷来说，都只能是想想了，他依然在奔走，为躲避兵乱，也为谋个生计。在这样的乱离年代，读书人的命运往往最为凄凉，因为他们的所学无法直接用来兑换果腹的食物。没有力气，没有手艺，没有功夫，只有一肚子的穷酸知识。好不容易找到一个功利的活儿，想去给农家抄写一下必备的养牛书籍，但却依然被无情地拒绝了。我家已经有一套了，再要一本重复的，能有何用呢？

蒋捷（约1245—约1305），字胜欲，号竹山。阳羡（今江苏宜兴）人。南宋遗民词人。

1. 笑涡：酒窝。

2. 枵（xiāo）囊：空空的行囊。毛锥：毛笔。

蒋捷在晚年换了好多份工作，一会儿在大户人家做个教书先生，一会儿在县城里摆摊算卦，一会儿又在宜兴家中无所事事，都是这般无助凄凉。据说他最终在家乡的一座小庙里出家为僧，这或许也是一种解脱吧。

女冠子

蒋捷

元夕

蕙花香也。雪晴池馆如画。春风飞到，宝钗楼上，一片笙箫，琉璃光射。而今灯漫挂。[1]不是暗尘明月，那时元夜。况年来、心懒意怯，羞与蛾儿争耍。

江城人悄初更打。问繁华谁解，再向天公借。剔残红灺。但梦里隐隐，钿车罗帕。吴笺银粉砑。待把旧家风景，写成闲话。笑绿鬟邻女，倚窗犹唱，夕阳西下。[2]

【赏析】

蒋捷记叙的亡国之后的元夕景象，与刘辰翁大为不同，他没有见到依然璀璨繁盛的灯火，而是稀稀落落的几盏应景小灯。这可能是因为刘辰翁居住的杭州，在宋亡之后仍然是重要都市，而蒋捷则主要流寓在苏州下辖的几座县城，当然比不过东南都会的繁庶。

不过蒋捷记忆中的元夕同样艳丽壮观。这首词的开篇由又在盛开的蕙花引出的大片文字，就是用来与今日潦草灯会相对比的回忆。这当然是对于南宋财力的夸耀，一处普通的江边小城，就能够举办如此盛大的灯会，真是值得骄傲呀！

同样地，蒋捷也有与李清照、刘辰翁相近的感受，那便是情怀不再。就算灯火依然，游女依旧，也没有心情与她们调笑了。这样的心情与上文盛衰变迁相结合，词情也就悲苦不已了。

但蒋捷自有解脱的办法，便是如一百多年前那位写了《东京梦华录》的孟元老一样，将曾经见证的，现在依然时时如梦的旧日繁华与故事记录下来，留给后人一个光辉伟大的记忆。其实，很多南宋遗民

1. 漫挂：稀稀落落地挂着。

2. 夕阳西下：北宋范周有词《宝鼎现》，首句即为“夕阳西下”，为当时名曲。

都选择了这种方式，周密就在宋亡后写了大量记录南宋故事的笔记，在记述中寄托着自己的故国哀思。

最后，蒋捷留下了一些希望，人们还是不愿忘记过去的南宋。你听，邻家的小姑娘还在咿咿呀呀地唱着南宋初年的元宵金曲《宝鼎现》呢！那我的回忆文字应该有人会看，也愿意相信吧。当然，我们并不知道，蒋捷最后发出的微笑，是否带着几滴眼泪。

梅花引 蒋捷

荆溪阻雪

白鸥问我泊孤舟。是身留，是心留？心若留时、何事锁眉头。风拍小帘灯晕舞，对闲影，冷清清，忆旧游。

旧游旧游今在不？花外楼，柳下舟。梦也梦也，梦不到、寒水空流。漠漠黄云、湿透木绵裘。都道无人愁似我，今夜雪，有梅花，似我愁。

【赏析】

荆溪是流经蒋捷家乡宜兴的小溪，此刻他正结束一段漫长的浙江漂泊，回到了故乡。尽管现在因大雪被困在了荆溪之上，但离家也很近了，可他却产生了一些近乡情怯的愁绪。回家了，本应是身心都得到安放，但蒋捷在开篇却追问自己，漂泊许久后的归家，心有没有一起带回来？答案是没有，因为他紧锁着眉头。这看似非常奇怪，但转念一想，也很自然。因为离家的时间实在是太长了，长到回来的时候当年的老朋友都不在了，而自己也垂垂老矣，没有当年的精力花前醉酒，柳下泛舟了，就是再怎么用力做梦，也回不去往日时光了。

心安是人们共同的追求，白居易就说“我生本无乡，心安是归处”，是对遭贬后被迫离乡的自我宽慰。苏轼在被贬广东的时候听闻一歌女说“此心安处，便是吾乡”后，大为感动，随即填下一首《定风波》赠之。蒋捷却从反面立说，言故乡不能让自己心安，这或许只能是他的青春时代过得太逍遥自在了，才会产生这么大的冲击。其实少年更是一种心态，只要少年心不改，不管何时归来，都将是当年离开的样子。在这一点上，苏轼就更为通透，那首《定风波》的下阕便这样写道：“万里归来颜愈少，微笑，笑时犹带岭梅香。试问岭南应不好？却道：此心安处是吾乡。”

一剪梅

舟过吴江

蒋捷

一片春愁待酒浇。江上舟摇，楼上帘招。秋娘度与泰娘桥。风又飘飘，雨又萧萧。

何日归家洗客袍。银字笙调，心字香烧。[1]流光容易把人抛。红了樱桃，绿了芭蕉。

【赏析】

时光就像行船，飘飘摇摇，悠悠忽忽，便经过了各样的风景。刚刚还是温柔浪漫，一下子就变作了风雨飘摇的悲伤。而这些迷离的烟雨间，又隐藏了多少人生故事。

这些故事其实也很简单，就是年少时的自在轻狂。青春就是用来挥霍的，就是用来疯玩的，但也总是短暂的，眨眼之间就过完了，不知不觉的时候就已经在为生计碌碌了好久。所以流光容易把人抛啊，抛弃安乐的青春，抛进无尽的生活旋涡，最终又将把人抛出整个世界。

有时候也会重回旧地，也能看到当初的模样，就像蒋捷已经过了吴江，家就在眼前。然而时光染红了樱桃，染绿了芭蕉，也就是抛弃了春天，万里归来的他也早就不是个少年，被无情地抛弃在了过去的某个时间，于是回家也不能抚平时光无情的创伤。

这首词不大会写在亡国之后，因为始终有一股甜甜气息的温暖伴随着忧伤，只有在青春将逝的时候，才会对流光有这样温暖而感伤的认识。

---

1. 银字笙调（tiáo）：银字笙，笙管上有银制字样，用以标识音位，代指名贵的笙。银字笙调即调银字笙，吹笙也。心字香烧：即烧心字香，燃烧形如心字的香。

虞美人 蒋捷

听雨

少年听雨歌楼上，红烛昏罗帐。壮年听雨客舟中，江阔云低、断雁叫西风。

而今听雨僧庐下，鬓已星星也。悲欢离合总无情，一任阶前、点滴到天明。

【赏析】

少年的时候，无忧无虑，不需要为生活发愁，可以自在玩耍。脑海中充满着浪漫的幻想，就想邂逅一段纯真美好的爱情，过上永远幸福无忧的日子，连做的梦都是玫瑰色的。这个时候就是爱听流行歌曲，因为可以咿咿呀呀地唱着数也数不清的小情绪。

真的长大了，才发现那时的念头都是虚幻的，细碎的生活如潮水涌来，将浪漫的念头全压碎了。现在不仅要养活自己，还有一家老小嗷嗷待哺，于是不得不离家奔波，寻求谋生的机会。在这样的压力下，哪还有工夫去做玫瑰色的梦呢？更何况现在是孤身羁旅，他乡谋生，连可以倾诉衷肠、相互扶持、共渡难关、予以安慰的家人都不在身边，也只能一任眼角的泪水自由滑落了。

而等到年老了，各种各样的悲欢离合都见过了，也就无所谓喜怒哀乐了。这种看尽人世繁华的心态不必一定经历亡国才能体认，每一位到了白头年纪的人都会这样。只是蒋捷要更为沉痛。这个时候，人或许爱听听戏，因为戏文里的故事就是自己的人生。或许也就像这样，孤独地坐着，静静地回想平凡而飞扬的自我故事。

听雨，听的并不是雨，而是雨点滑落间，正在消逝的点滴生命。

少年游　　蒋捷

枫林红透晚烟青，客思满鸥汀。二十年来，无家种竹，犹借竹为名。

春风未了秋风到，老去万缘轻。只把平生，闲吟闲咏，谱作棹歌声。

【赏析】

这是蒋捷晚年的生命悲歌，清疏惆怅，又带着一些无奈平淡。枫林红透，是深秋的时序，此刻的蒋捷，已到生命的冬季，但他非要用深秋比附自己，还用晚烟青来形容晚景的平和，显然是一副倔强不甘的姿态。

不过他还是得面对亡国与衰老。国亡后的二十年来，他四处漂泊，无地为家，但依然保持着宋亡前那个与家乡门口竹山同名的号，便是故国情节的坚守，还是那副倔强。

春风未了秋风到，非常顺畅的季节变换间，蒋捷觉得愉快的青春实在太短了，还没有过够，便戛然而止，提前进入了无比漫长的人生秋冬。既然如此，某些倔强也就没必要了，青春时候的歌曲也就不要再唱了，换成闲淡的渔歌吧，只要不至于滑落到独钓寒江雪的冷酷，便是莫大幸运。不管遭遇着怎样的困境，还是要倔强地守住心中的底线。

南浦 张炎

春水

波暖绿粼粼，燕飞来、好是苏堤才晓。鱼没浪痕圆，流红去、翻笑东风难扫。荒桥断浦，柳阴撑出扁舟小。回首池塘青欲遍，绝似梦中芳草。

和云流出空山，甚年年净洗，花香不了。新绿乍生时，孤村路、犹忆那回曾到。余情渺渺。茂林觞咏如今悄。[1]前度刘郎归去后，溪上碧桃多少。[2]

【赏析】

这首词吟咏春天新涨的西湖水，这本不是静态之物，可以仔细观察刻画，而是无时不在变幻，随着两岸事物的倒影改换着光影颜色。于是张炎便顺势让它动了起来，拉开了一段春水的旅程。

起句是春水新涨的告知，它从苏堤边涌来，看见了归来双燕。伴随着水中游鱼和水面落花，它又经过了断桥边，人们也开始在温暖的春天活动，又撑着小船游湖了。春水不断地流着，回头望望断桥，也惊讶着突然间生出了那么多的青草，这让它也想起了一些过去的故事。

上阕末尾既然已经这样提示，下阕就自然转入往事的追忆，但依然跟着春水的足迹逐一拉开。此刻春水已从西湖流出，进入了孤山，眼前空旷的山景让它想到前几年也来过这里。曾经这里很热闹，发生过许多故事，有文人墨客的雅集高会，还有才子佳人的浪漫故事。但如今他们都已不在了，只留下春水再度经过，仔细想来，自从那些佳

张炎（1248—约1320），字叔夏，号玉田，又号乐笑翁。临安（今浙江杭州）人。南渡名将循王张俊六世孙。南宋遗民词人，被称作宋词之殿军。

1. 茂林觞咏：以东晋琅琊王氏在会稽山阴兰亭的家族聚会代指诗酒生活。

2. 前度刘郎：刘禹锡《再游玄都观绝句》有句云：“种桃道士归何处，前度刘郎今又来。”后遂以“前度刘郎”代指经历过往日欢愉的自己。

客消逝后，溪边的桃花也不知道开过多少回了。

词写到这里，也就结束了，但春水的旅程还将继续下去，留下了一片渺渺余情。实际上，这段余情的出现就意味着张炎并不单纯地在吟咏春水，还有如春水般静静流逝的年华，只不过藏而不露，情绪哀而不伤。

高阳台　　张炎

西湖春感

接叶巢莺，平波卷絮，断桥斜日归船。能几番游，看花又是明年。东风且伴蔷薇住，到蔷薇、春已堪怜。更凄然，万绿西泠，一抹荒烟。

当年燕子知何处，但苔深韦曲，草暗斜川。[1]见说新愁，如今也到鸥边。无心再续笙歌梦，掩重门、浅醉闲眠。莫开帘，怕见飞花，怕听啼鹃。

【赏析】

像张炎这样的贵族公子，关于承平岁月的记忆就不会是士庶同欢的元夕，而是西湖之上的文期酒会。那里既有繁华的烟景，奢靡的酒宴，还有朋友间高雅的情趣。

张炎此刻并未因为亡国而不再游湖，又去西湖边泛舟一圈。尽管正是蔷薇盛开的仲春，但象征春之盛的蔷薇不也是春将归去的预兆？更何堪，往日群芳争艳的西湖，如今只剩青青野草，一片荒凉烟景。

不仅当年的美景不复，故国人民也逐渐凋零。张炎在遗民中算得上高寿，他送别了一拨拨遗民的离去。所以现在，不仅当年贵族的园林已经荒废，连遗民的住所也满是荒草，即将再也没人留恋故国了，南宋的故事就会逐渐被世界遗忘，这便是毫无希望的悲伤。

于是哪还有心情去赏花吟月呢？本来就已经不会再有这样的心情与场合了。所以他害怕见到飞花，听到啼鹃，因为这些东西，会不断地提醒他，故国已经彻底消逝在时间与春色中了。

---

1. 韦曲：原指唐长安城南韦氏家族的世代聚居地，此处借指杭州的南宋贵族旧居。斜川：在江西庐山，陶渊明常游此地，后成隐士居所的代称，此处指南宋遗民的住处。

解连环　　张炎

孤雁

楚江空晚。怅离群万里，恍然惊散。自顾影、欲下寒塘，正沙净草枯，水平天远。写不成书，只寄得、相思一点。料因循误了，残毡拥雪，　故人心眼。[1]

谁怜旅愁荏苒。[2]谩长门夜悄，锦筝弹怨。想伴侣、犹宿芦花，也曾念春前，去程应转。暮雨相呼，怕蓦地、玉关重见。未羞他、双燕归来，画帘半卷。

【赏析】

张炎是南宋中兴名将循王张俊的后代，他的祖父张濡在元军大举侵宋的时候坚守独松关，关破被杀。略带讽刺的是，这么一位承平佳公子，在宋亡之后，居然北上燕赵，希望在新朝谋一个官职。尽管据说是为元朝修缮佛经，但总归大节有亏。最终他并没有获得官职，失意南归，自然对这番选择有几分悔意。这首吟咏孤雁的词，未尝不是自己的刻画。

词作的开篇就出现了一只离群的孤雁，与张炎的经历格外相符。北上谋官的他自然不会得到江南遗民的尊重，而独自南归又使得与那些共同北上的朋友分离，只能过着两头不讨好的离群索居的生活。

他的内心还是不甘的，不愿意就落得这样的下场，想把自我心迹全部表露给友人看，但每每动笔就失败，只能写一些相思的话，于是当然也就更加得不到老朋友的理解了。但话说回来，北上求官终究是求官了，再怎么妙笔生花，也无法为此开脱。

那么也就不必推脱了，就戴着这副枷锁独自咀嚼孤独吧。就像幽

1. 残毡拥雪：这里是用西汉苏武陷身北方匈奴的典故。
2. 荏苒：辗转迁徙。

居长门宫里的陈皇后，确实犯了错误，但不会有人想要理解她犯错的苦衷，以及被人遗忘的痛苦。

想到这里，其实也无颜再见旧日朋友了，他们依然保持着自身的操守，相伴在洁白芦花之中，若偶然与他们相遇，真不知双方心中是何滋味。而像这样落拓江湖，至少还能嘲笑一下更无节操的燕子。我尚且知道反思与悔恨，可你们却心安理得地在新王朝的庇护下住得自在逍遥！

清平乐　　张炎

候蛩凄断，人语西风岸。月落沙平江似练，望尽芦花无雁。

暗教愁损兰成，可怜夜夜关情。[1]只有一枝梧叶，不知多少秋声。

【赏析】

什么时候一叶才能知秋？不仅需要能敏感地意识到即将来临的肃杀，还需要已经承受过种种复杂难言的秋意。

张炎便是如此。他在上阕铺排了四种秋天悲苦的意象，才使得最后这一句凄凉而雄健。

当然，任何人的悲秋都有一个最主要的激发点，是其将候蛩、芦花、秋雁等等秋景牵连得一片苍凉。张炎在换头处提到的庾信便是透露个中消息的人物。生于南朝的庾信晚年被迫留在北朝，尽管被授予级别很高的官职，但心中对江南故乡故国的思念始终强烈，随着时间的推移，愈发愁苦。也只有这种情感，才能让他夜夜关情了，而这也是张炎此刻的切身体会。

其实，这首词张炎在宋亡前便已写好，但那时的文字是这样的："候虫凄断，人语西风岸。月落沙平流水漫，惊见芦花来雁。　可怜瘦损兰成，多情因为卿卿。只有一枝梧叶，不知多少秋声！"那个"卿卿"是一位歌女的名字，如此这首词本来只是一首儿女情长的普通之作，但经词人的修改，一下子就变得感慨悲深起来。

1. 兰成：庾信，小字兰成，本是南朝梁贵族、文学家，因侯景之乱而流落北朝，写有《枯树赋》《愁赋》《哀江南赋》等作，皆借落叶秋声抒发对于南方故园的思念。

九张机　　无名氏

四张机。鸳鸯织就欲双飞。可怜未老头先白，春波碧草，晓寒深处，相对浴红衣。

【赏析】

这是宋朝宫廷大曲中的一段，全文总共有十一段，除去头尾的引子与尾声，正曲部分便是九段旋律，从一张机、二张机一直唱到九张机，讲述了一位织锦姑娘寂寞幽怨的情绪，以及对爱情的美好向往。

这支大曲主要运用民歌的手法，所以词文比较简单，不太有什么修辞，但这第四曲却有些不同，稍稍用了些婉转的笔调，所以会显得有些清新。

此刻这位织女刚刚织好了一对鸳鸯，鸳鸯的白头突然撩动了她的情思。在古人眼中，头白是心愁的表现。辛弃疾就曾夸张地写道："人言头上发，总向愁中白。拍手笑沙鸥，一身都是愁。"尽管鸳鸯并没像沙鸥那样浑身白色，但头白也反映着心中抱有浓重的愁绪。

这在织女看来就特别不可理解了，鸳鸯有什么好愁的呢？你们成双成对，可以共同面对生命中的风雨或彩虹，才不管是春波暖意还是晓寒风恶呢。于是真正未老头先白的不是鸳鸯，而是织女自己。她向往着能与心上人风雨同舟，而不是现在孤独地织锦绣花，绣出了别人家的浪漫温情，却把自己的青春埋进了细密的针脚。

青玉案　　无名氏

钉鞋踏破祥符路，似白鹭、纷纷去。[1]试盝幞头谁与度。[2]八厢儿事，两员直殿，怀挟无藏处。[3]

时辰报尽天将暮，把笔胡填备员句。[4]试问闲愁知几许？两条脂烛，半盂馊饭，一阵黄昏雨。

【赏析】

戏谑是人间常态，特别是世俗民众在看待高高在上的人物时，就爱这样开他们的玩笑。这或许是发泄对特权与压迫的不满，或许是从他们的窘迫找寻一些自我人生的自信。总之，戏谑的风格非常世俗，他们需要解构知识阶层的风雅元素与姿态。

这首词就是典型的一首戏谑词，调戏的对象是参加省试的考生。按照道理，北宋时能够进入省试考场的人，已经经过了之前两次考试的选拔，大多应该是有真才实学的士子，但这首词却把他们写成了非常不堪的形象。他们身着白衣，想着能一举中第，换上鲜艳的官服。可他们却肚子里没货，面对考卷根本写不出什么东西，想作作弊吧，文弱的书生又看着威武的士兵，感到一阵瑟瑟发抖。这些考生还有啥本事呢？其实并没有。他们的生活也很窘迫，只能用着最低廉的蜡烛，吃着半碗馊掉的饭。讽刺的是，这样状态下的他们，还要在卷子上讲家国天下的政治大势，或是吟咏一些黄昏雨这样的闲情雅趣。书生的穷酸模样也就跃然纸上了。

有趣的是，这首词和韵贺铸那首著名的《横塘路·凌波不过横塘路》，而且里面有好多词句就是简单地延续过来。词作者应该就是把

1. 钉鞋：古时鞋底钉有钉子的雨鞋。祥符路：即指北宋东京开封。
2. 试盝（lù）：科举考生携带的装笔墨的小盒子。幞（fú）头：头巾。
3. 八厢儿事：成群士兵。直殿：军官。怀挟：作弊用的夹带小抄。
4. 备员：凑数的。

贺铸这首讲闲愁闲情的柔婉作品涂抹窜改，形成了这么戏谑粗俗的样子。贺铸的这首词在北宋徽宗年间太流行了，许多词人都有过和韵的作品，可以想见在开封的街巷里，应该四处都可以听到咏唱这首词的歌声，而越是这样流行的东西，越容易被世俗民众拿来戏谑改写。

可以想象，类似这首词的作品在宋代应当很多很多，是词之主流。但由于艺术层面的俗味，使得它们基本散佚了。今日的人们只能从这么几阕吉光片羽中稍稍感受一下北宋世俗民众的蓬勃生命力。

水调歌头　　无名氏

平生太湖上，短棹几经过。知今重到，何事愁与水云多。拟把匣中长剑，换取扁舟一叶，归去老渔蓑。银艾非吾事，丘壑已蹉跎。[1]

脍新鲈，斟美酒，起悲歌。太平生长，岂谓今日识兵戈。欲泻三江雪浪，净洗胡尘千里，不用挽天河。[2]回首望霄汉，双泪堕清波。

【赏析】

靖康之难，击碎了北宋的承平佳梦，不管当初过的是怎样的生活，在如此的国难变局面前，多多少少会产生一些恢复的志愿。这首题在吴江垂虹亭上的词便是如此。

从词的内容来看，作者应该是一位类似豪侠的人物。在承平年代，他仗剑风流，繁华的街巷中，留下了不少关于他豪饮奔放的故事。贺铸那首《六州歌头·少年侠气》便是对他最好的形容，其实就是一位浪荡轻薄的富家公子哥吧。

不过此刻已经没有侠气的氛围，他也在向南避乱，居然做起了与他个性迥异的渔樵佳梦，可见他内心深处确实没啥家国天下的抱负。然而就是这么一个人，在下阕还是表达出了愿为国家效力的情怀，可见在南渡之初，恢复中原是广大人民的共同期望。

但是再大的雄心在朝廷不作为面前都将成为空幻，就算实力不济，也需要努力一下吧！所以词人在全词的最后把目光投向了朝廷，流下了两行清泪。这泪水中包含着太多的感慨，有青春逝去，有家国沦丧，有衷心的期望，还有无奈的失望。

1. 银艾：官员佩戴的银印绿绶，因绶带用艾草染绿，故称艾。代指高官厚禄。丘壑：代指隐者所居的山林田园。

2. 三江：太湖入海的三条水道，即东江、娄江与松江。

长相思　　无名氏

去年秋，今年秋，湖上人家乐复忧，西湖依旧流。[1]

吴循州，贾循州，十五年前一转头，人生放下休。[2]

【赏析】

十五年前，贾似道将良相吴潜排挤出朝，贬谪循州，更将其毒死在那里。十五年后，贾似道在与蒙元作战时临阵脱逃，也被贬循州，后被监送官郑虎臣锤杀于木棉庵，一代奸相十五年前怎么迫害政敌的，他就以怎样的方式离开人世。

忠臣也好，奸臣也罢，在百姓看来，这场命运的轮回恰是一番善恶的劝诫。人生不能太狠毒，人生也不必太较真，自己其实也会吞下迫害他人的恶果。人间当然希望善有善报，恶有恶报，但似乎总会看见好人悲惨坏人嚣张的景象。不过这总是暂时的，公道自在人心，善恶自有公论。历史就如始终静静流淌的西湖水那样，不因暂时的错脱而改变标准，终将给予善恶最公正的评判。

当然，忠臣吴潜毕竟含冤离世，就算历史还其公正，贾似道亦遭惨死，对吴潜本人来说，其实早已于事无补。所以“人生放下休”一句透露出的消极避世，往往是普通百姓在旁观政治风波的时候，会油然而生的恐惧与庆幸。

1. 湖上人家：贾似道在西湖上的别墅。

2. 吴循州：吴潜，南宋后期宰相，被贾似道排挤而被贬循州（今广东梅州）。贾循州：贾似道，南宋晚期奸相，把持朝政多年，后与蒙古军队作战溃败而被贬循州。

青玉案　　无名氏

年年社日停针线，怎忍见、双飞燕。今日江城春已半。一身犹在，乱山深处，寂寞溪桥畔。

春衫著破谁针线，点点行行泪痕满。落日解鞍芳草岸。花无人戴，酒无人劝，醉也无人管。

【赏析】

社日是古人祭祀土地神的日子，分春秋两次，在立春与立秋之后的第五个戊日，大致在每年的农历二月与七月。每逢社日，大家要休息团聚，而这一天最为忌讳动针动线，所以对于女子来说，一定要在此日停下手中的针线活。

词中所写是一个春社日。词中人是一位离家远行的游子，因社日停针线的习俗思念起独自在家的妻子。夫妻之间的感情，不大会有羞涩腼腆，也少见花前月下的小情调，只会如这首词描写的那样，是一片补缀旧衣的琐碎的日常。但就是这日常生活间的陪伴，相互于生活艰辛中的扶持，才能遇见人生最美的浪漫与最大的幸福。

词人当也这么想的，所以在结尾用了一串三连对比，把浪漫的花酒拉近视野，产生与补衣的对比。此刻不是没有花，不是没有酒，但没有人戴没有人劝，也就毫无意义了。实际上戴花劝酒不一定非得妻子才能做，然而唯有妻子才会在自己醉得不省人事的时候真正心疼自己。或许她嘴上会疯狂地责备，但一边骂着，一边已经赶忙为自己盖好被子，做起醒酒的茶汤。

唯有情深，才会记忆起点滴细节，而这些细节，亦会勾起世间夫妻的最关情处，所以此词才如此真挚感人。

人月圆

吴激

南朝千古伤心事，犹唱后庭花。[1]旧时王谢，堂前燕子，飞向谁家。[2]

恍然一梦，仙肌胜雪，宫鬓堆鸦。江州司马，青衫泪湿，同是天涯。[3]

【赏析】

北宋灭亡之后，有一批才士因故留金，于是出任官职，成为金朝政坛文坛的重要人物。代表人物当属宇文虚中，其不仅迅速主盟金朝文坛，还一路做到特进、礼部尚书的高位。吴激也在同列，他要比宇文虚中小十一岁，一直被宇文虚中视为接班人，他也不负此重望。

作为留仕金朝的汉人，吴激心中充满了矛盾与痛苦，只能用笔来幽微表达。有一次，他参与了一场大臣家宴，席间佐酒唱曲的侍女状貌楚楚，甚为可怜，仔细询问，方知她是宋徽宗宣和殿的宫女，顿时引起了在座留金宋人的慨叹，随即纷纷填词赠之，吴激这首《人月圆》，便是即席为她而作。

这首词借六朝往事寄托自己的家国之恨，面对着这位故国宫女，陡然兴起同是天涯沦落人的伤感。但宫女可以自由而从容地闲坐说徽宗，自己却没有立场，只能借助刘禹锡与白居易的诗句隐隐地透露内心。

这首词含蓄空灵，融化古人诗句不留痕迹，在当时即享有很高声

吴激（？—1142），字彦高，自号东山散人。建州（今福建建瓯）人。北宋亡后留金，文学家、书画家。

1. 后庭花：南朝陈后主陈叔宝所撰流行歌曲《玉树后庭花》，被认作是亡国之音。杜牧《泊秦淮》诗："商女不知亡国恨，隔江犹唱后庭花。"

2. "旧时王谢"三句：刘禹锡《乌衣巷》诗："旧时王谢堂前燕，飞入寻常百姓家。"

3. "江州司马"三句：白居易《琵琶行》诗："同是天涯沦落人，相逢何必曾相识"，"座中泣下谁最多，江州司马青衫湿"。

誉。宇文虚中也填了一首《念奴娇》赠予这位宫女，见此词而大惊，自以为不如。其后凡是有人请宇文虚中作词，他一定会说应该请吴激来填，足见对其人其词的重视。

不过吴激在1142年便卒于深州知州任上，来不及见证四年后宇文虚中的被诛。据说宇文虚中利用他的权柄，暗地里联络中原地区的豪杰人士与“忠义军”，图谋复宋，结果机密泄露，全家老小百余口同日被害。可见吴激这首词体现出来的情感，确实是他们这一群体会有的矛盾心理。

摸鱼儿

元好问

乙丑岁赴试并州，道逢捕雁者云：“今旦获一雁，杀之矣。其脱网者悲鸣不能去，竟自投于地而死。”[1]予因买得之，葬之汾水之上，累石为识，号曰“雁丘”。时同行者多为赋诗，予亦有《雁丘词》，旧所作无宫商，今改定之。

问世间、情为何物，直教生死相许？天南地北双飞客，老翅几回寒暑。欢乐趣，离别苦，就中更有痴儿女。君应有语，渺万里层云，千山暮雪，只影向谁去？

横汾路，寂寞当年箫鼓，荒烟依旧平楚。[2]招魂楚些何嗟及，山鬼暗啼风雨。[3]天也妒，未信与，莺儿燕子俱黄土。千秋万古，为留待骚人，狂歌痛饮，来访雁丘处。

【赏析】

大雁的生死至情深深感动了词人，于是为大雁立言，写下了这篇千古名作。

开篇的沉重问句应当是每一位深情之人都会有的疑虑，因为他们完全可以为情献出自己的生命，于是每每向往自己付出深情的对象，也应该如此对待自己。但是往往落花有意，流水无情，只能伤悼为何只有自己用情如此之深，于是再次反复咀嚼这句话，陷入了怎么也解不开的死结。

天下至情之人其实不少，所以殉情的大雁才会被同样至情的词人

元好问（1190—1257），字裕之，号遗山，世称遗山先生。太原秀容（今山西忻州）人。金代文学家、历史学家。

1. 乙丑：金章宗泰和五年（1205）。

2. “横汾路”三句：汉武帝曾于汾水边作《秋风辞》，其中有“箫鼓鸣兮发棹歌”句。

3. “招魂”两句：《楚辞》有《招魂》《山鬼》两篇，前者为招魂曲，结句都用“些”字，故谓“楚些”；后者写山鬼空自等候的悲哀。

亲手埋葬，并赋词记下，不必与莺燕那样空归尘土，难被铭记。而代代重情之人都会来此凭吊大雁的坟墓，祭奠为情而死的壮烈，也祭奠为情所困的自己。

像词中大雁这样至情的形象还有不少，汤显祖《牡丹亭》中的杜丽娘便是另一个典型。然而杜丽娘对于现代至情之人来说更有启示意义。情不知所起，一往而深，这是没有办法的事情，所以为情所困在所难免。但至情真的就需要殉情才能表达吗？动了殉情念头的时候，还是先想想自己有没有杜丽娘那样的本事吧，为情而死，又为情而复生，这才可以自由地一任情之抒发。不然，生命为情结束，很难像大雁这样遇见元好问，将你悲壮的选择以如此深情的笔调记录下来。

其实真正的至情之人，对生命往往最为珍视。逝者已往，生者需要好好地活着，这样才不负往日的情深。

踏莎行

张翥

芳草平沙，斜阳远树，无情桃叶江头渡。醉来扶上木兰舟，将愁不去将人去。

薄劣东风，夭斜落絮，明朝重觅吹笙路。[1]碧云红雨小楼空，春光已到销魂处。

【赏析】

人在遭遇伤心的时候，看什么都是不满的，好像天下对自己充满了恶意，故意让身边的一切都不如自己所愿。

一次情人的分别，勾起了男子无尽的怨恨。他怪桃叶渡为何总带走心上人；也同样地怪着木兰舟，却给它增加了一项罪名，为何不把愁也载走；他还怪着春天，为何在小楼人去的时候也悄悄地溜走，让留下的人一点念想也没有。

所有的怨恨都是虚的，关键还是在于实实在在的寂寞的吞噬。

张翥（1287—1368），字仲举。晋宁襄陵（今山西襄汾西北）人。元代诗人。

1. 薄劣：薄情。夭斜：歪斜的样子。

念奴娇

萨都剌

登石头城次东坡韵[1]

石头城上，望天低吴楚，眼空无物。指点六朝形胜地，唯有青山如壁。蔽日旌旗，连云樯橹，白骨纷如雪。一江南北，消磨多少豪杰。

寂寞避暑离宫，东风辇路，芳草年年发。落日无人松径里，鬼火高低明灭。歌舞尊前，繁华镜里，暗换青青发。伤心千古，秦淮一片明月。

【赏析】

萨都剌是蒙元著名文人，他因担任江南诸道行御史台掾史而移居金陵。在这片充满繁华与寂寞的城市里，他留下了大量吟咏古迹的作品，隐隐地有与汉族士大夫较量斗技的心态，这首词便是其间的代表。

此词怀古金陵，已经是被唐宋文人写得烂熟的主题，而且王安石的《桂枝香·登临送目》特立独行，引起许多词人的仿写与比试，萨都剌亦不例外。而且这首词次韵苏轼名作《念奴娇·大江东去》，内容上也涉及东坡词英雄成空、人生如梦的主题，显然也有与苏轼暗暗较劲的意图。

此词上阕写登临远眺，感慨六朝的繁华往事与英雄豪杰皆已成空，是常见的笔法。但他特为关注了隋朝灭陈战争的残酷，将气势雄壮的舰队与凄惨悚然的战士白骨放在一起，表达了前人罕见的战争残酷之感，格调陡然一升。

下阕继续上阕的情绪，只不过时空换作了月夜故宫。前人借故宫

萨都剌（约1272—1355），字天锡，号直斋。回族（一说蒙古族）。元代诗人、画家、书法家。

1. 东坡韵：即苏轼《念奴娇·赤壁怀古》。

今貌表达沧桑情绪的也数量众多，但一般只是描写断壁残垣间的荒草野花，罕见萨都剌这样将鬼火坟头引入这片空间。于是从刘禹锡开始就常常注视这片空城的明月，在萨都剌这回的升起中，多了太多的凄厉色彩。

与萨都剌暗自较量的王安石与苏轼相比，这首词还是要略输一筹。毕竟，他没有王安石博大的学识与深刻的历史认识，故而没有《桂枝香》的苍茫沉雄，格局较小；他也没有苏轼面对江山历史时的人生起落，所以词中没有真情贯注，感慨也就不深。不过从艺术上说，这首词还是能够产生震人心魄的阅读体验，而且对于这么一个熟悉的主题，能写出这样的新意，已属难能可贵。

临江仙　　杨慎

滚滚长江东逝水，浪花淘尽英雄。是非成败转头空。青山依旧在，几度夕阳红。

白发渔樵江渚上，惯看秋月春风。一壶浊酒喜相逢。古今多少事，都付笑谈中。

【赏析】

杨慎在谪戍云南的时候，为明朝之前的二十一个王朝都做了一段讲史弹词，总称为《廿一史弹词》，被后世认作弹词始祖。这一首《临江仙》，便是第三段讲秦汉历史的开场唱词，也是这篇通俗浅近的说唱文学作品中，最具艺术魅力的一段。

开篇化用了苏轼《念奴娇》的起句："大江东去，浪淘尽，千古风流人物。"但节奏拉慢，有如缓缓展开一幅千里江山的画卷，上面不断闪现与隐去在这里发生过的种种是非成败。然后又突然将跳动的画面一下收去，只留下永恒的江山，以及不停反复的夕阳，永恒与短暂的冲击也就格外强烈。

下阕还是在这广袤的江山图画中，但多了白发苍苍的渔樵，他们见惯了春花秋月的人生美好，也对失落悲伤习以为常，于是能够自如地借着一壶浊酒笑谈过往的故事，将生命融合在青山之中，留下一段什么是永恒什么是短暂的不尽余意。对于个体生命来说，在江山面前当然是短暂有限的。然而人类生生不息，前人的故事可以不断地被后人讲述，恰如日日都将西沉的夕阳，其实也可算是一种永恒。

尽管这首词说的是秦汉历史，但清代毛宗岗父子评点《三国演义》时，将其置于全书开篇，扮演卷首语的角色，从而更广为人知。

杨慎（1488—1559），字用修，号升庵。四川新都（今属四川成都）人。明代文学家。

浣溪沙　　陈子龙

杨花

百尺章台撩乱飞，重重帘幕弄春晖。[1]怜他飘泊奈他飞。
澹日滚残花影下，软风吹送玉楼西。天涯心事少人知。

【赏析】

陈子龙是明末江南著名文人，才华横溢，风流潇洒。柳如是则为江南名妓，才思清绝，容貌姣好，而且性格正直刚烈。二人在明朝最后的岁月有一段浪漫的同处时光，但却最终未能结为姻缘，留下了这段才子佳人的遗憾故事。这首吟咏柳絮的小令，便是陈子龙为柳如是而作。

这首词的寄托之处不仅在于柳絮与柳姓的同音，还以柳絮的随风飘荡借指柳如是无法自主的个体生命——以杨柳代指风尘女子，早在唐代韩翃的《章台柳》中就已出现，但那是以柳枝被折为喻，缺少了柳絮漂泊无定的萧瑟——既切合柳如是在江南大户之间辗转流离的身世，也能够表达自己不能通过迎娶以救她于水火的无奈。

于是下阕会说柳絮又飞向新的人家，便是对柳如是继续辗转摧折的设想。但词末突然转以天涯心事，不禁令人深思。按照词意线索，这应是柳絮飞向天涯后的心事，但也未尝不可以是见到柳絮飞向天涯之人的心事。双方实际都与知音分别，内心的惆怅当然少人知了。至于心事是什么，就留待读者自己推想了。可以是感伤春去，可以是情人怨别，可以是韶华易老，可以是海誓山盟，也可以是爱情之外的青云之志。

陈子龙（1608—1647），字卧子，又字懋中。松江华亭（今属上海）人。明末清初文学家。
1. 章台：代指柳树。

梦江南　　屈大均

悲落叶，叶落绝归期。纵使归来花满树，新枝不是旧时枝。且逐水流迟。

【赏析】

叶子落了，明春就会重新生长，但在词人的眼中，今秋的落叶不会重回，长出来的都是新枝新花。这就是晏殊《浣溪沙·一曲新词酒一杯》里那句“无可奈何花落去，似曾相识燕归来”的深意。不过晏殊不把哀愁说破，屈大均却将事实赤裸裸地揭露了出来。

这番差异当然是因为屈大均将自己明遗民的悲愤迁移到了关于落叶的思考上，末句其实已然点破，故国与青春都已如流水一样逝去，再也追不回来了。如此，人心也就难言什么未来的希望。

屈大均（1630—1696），字骚余，号非池。广东番禺人。明末清初学者、诗人。

贺新郎

吴伟业

病中有感

万事催华发。论龚生、天年竟夭，高名难没。[1]吾病难将医药治，耿耿胸中热血。待洒向、西风残月。剖却心肝今置地，问华佗解我肠千结。追往恨，倍凄咽。

故人慷慨多奇节。[2]为当年、沉吟不断，草间偷活。[3]艾灸眉头瓜喷鼻，今日须难决绝。[4]早患苦、重来千叠。脱屣妻孥非易事，竟一钱不值何须说。[5]人世事，几完缺。

【赏析】

据说这首词是吴伟业的临终绝笔，也有人考证这只是一场大病初愈后的感慨。但无论如何，这都是借病痛来表露对折磨自己后半生的那次选择的内心想法。

吴伟业在明末有着很高的声望，无论是文坛还是政坛，都能成为江南一带的领袖。他自己也对明王朝一片忠诚，在清军入关后，积极参与南明政权，企图北伐复国。然而临危建立的南明延续了明朝党争与腐败的恶习，吴伟业与南明弘光帝的权臣阮大铖、马士英不合，愤而辞官归隐，眼睁睁地看着清军摧枯拉朽一般攻陷江南，统一全国。清政府对吴伟业也有很高的期待，想利用他笼络江南的汉族士人，于是便勒令他前往北京为官，担任秘书院试讲，后升国子监祭酒。迫于

吴伟业（1609—1672），字骏公，号梅村。江苏太仓人。明末清初诗人。

1. 龚生：西汉末年，王莽篡汉，征召名士龚胜为官，龚胜拒绝出仕新朝，绝食而死。

2. 故人：老朋友。奇节：慷慨就义，为国殉节。

3. 草间偷活：东晋王敦叛逆，有人劝大将周顗去北朝躲避，周顗正色道："吾备位大臣。朝廷丧败，宁可复草间求活，外投胡越邪！"

4. 艾灸：中医治疗手段，用艾草燃灸患处。瓜喷鼻：中医治疗手段，将瓜蒂放在黄热病人的鼻端，使病人吸之，可以通气。

5. 脱屣妻孥：孥，儿女。此句指抛下妻子儿女。完缺：保全名节与名节残缺。

家庭原因，吴伟业没有像其他明遗民那样宁死不从，而是接受了任命。尽管他只做了学官，但心中依然有着成为贰臣的自责。三年之后，吴伟业以守母丧为由离职归乡，再也没有做官。但内心的苦痛与煎熬无时无刻不伴随着他。直到临终，依然放怀不下。

这首词开篇便用龚生之典，羡慕他虽然享年不久，但却享有高名，暗指自己变节的人生悔恨。下文随即展开苦闷的书写，任何病痛都比不过这番煎熬，也就没有名家圣手能够救治了。

下阕继续将此恨回环辗转，以慷慨赴死的老朋友与自己对比，进一步彰显内心的痛苦煎熬。当然，他还是做了自我申辩，强调因守节而连累家人也是自己不愿看见的事情，但却没什么人能够理解自己的苦衷。其实吴伟业的纠结并不难理解，在王朝大义面前，自己为守节而不屈毕竟是自己的事，家人是无辜的，也是不情愿的，他们没有义务跟随自己殉难，自己也没有权利左右他们的生死。而且，作为家人来说，让自己的亲人好好地活下去，不也是应尽的责任与道义吗？为此，吴伟业永远背负上了这副沉重枷锁，有时候选择活着要比选择死亡更为痛苦更需勇气。

吴伟业就这样纠结忧愤地度过了后半生。临终前，他嘱咐家人要用僧衣为他入殓，墓碑上只刻“诗人吴梅村”五字。他已不属于明，亦不属于清，俗世红尘无处依凭，唯有诗歌才能证明他的生命曾经来过这个人间。

点绛唇

陈维崧

夜宿临洺驿[1]

晴髻离离，太行山势如蝌蚪。稗花盈亩，一寸霜皮厚。[2]
赵魏燕韩，历历堪回首。悲风吼，临洺驿口，黄叶中原走。

【赏析】

北地的怀古，没有江南秀丽的芳草，也不是哀怨迷离的忧愁，而是沉雄壮阔，慷慨不平。

太行山，被称作中华的脊梁，得了太行，就能拿下中原。但如今，却是一片野花秋霜，显然暗指汉家政权的覆亡并未过多久。

但词人未敢直说，将笔意投在了战国的岁月。但心中的愤慨掩饰不住，于是便化作那西风一吼。这吼声劈天而来，吼退了英雄，吼散了繁华，吼出了此刻的苍凉。

陈维崧（1625—1682），字其年，号迦陵。江苏宜兴人。明末清初词人。

1. 临洺驿：在今河北邯郸永年区西。

2. 稗花：稻田中的野花，其色白。

桂殿秋

朱彝尊

思往事，渡江干。[1]青蛾低映越山看。共眠一舸听秋雨，小簟轻衾各自寒。[2]

【赏析】

朱彝尊与他小姨子冯寿常有过一段炽烈的恋情，尽管为时人所不齿，他亦深知此事是自己一生的道德污点，但依然非常珍视这段感情，以至于晚年自编文集时，一点也不舍得删掉记录这段恋情的诗词。

朱彝尊十七岁入赘至冯家，那时的冯寿常才十岁，但朝夕相处间，两人渐渐产生微妙的情愫。随着冯寿常的长大，朱彝尊已经不能随意与她见面，但二人的情愫愈发深厚，只不过始终暗相传情，直到冯寿常十九岁出嫁的时候，都未为外人所知。

未过多久，冯寿常丈夫去世，父亲将她接回娘家生活，途中恰逢从家乡回程的朱彝尊，于是二人再次相遇，同舟共行，也就有了这首词追忆的往事。尽管依然情浓，但还是不能公开，只能装着欣赏浙江山水悄悄地看她几眼，而她也恰在偷看自己，眉目相接，她羞涩地低下了头。白天尚且能这样暗地传情，但在夜间，却毫无碰面的机会。于是尽管两人在同一条船上躺下，但却只能各自听着秋雨打篷的声音，想着自己心头的愁事。

朱彝尊当然无法询问小姨子此刻的心情究竟如何，但既然他觉得她的内心充满寒意，当然也就有自信确认她为何而心寒。两情相悦当然是人间最为温暖的事，然而像他俩这样两情相悦却不能厮守终生，当然也就带来了叹息与心寒。

朱彝尊（1629—1709），字锡鬯，号竹垞。浙江秀水（今浙江嘉兴）人。清代学者、文学家、藏书家。

1. 江干（gān）：江边，江岸。

2. 簟：竹席。

卖花声

朱彝尊

雨花台[1]

衰柳白门湾，潮打城还。小长干接大长干。[2]歌板酒旗零落尽，剩有渔竿。

秋草六朝寒，花雨空坛。更无人处一凭阑。燕子斜阳来又去，如此江山。

【赏析】

在明代遗民眼里，明朝灭亡的标志不是1644年崇祯皇帝自缢于景山，而是一年之后以南京为都的第一个南明政权福王的覆灭。于是南京便成为明朝成立于此又灭亡于此的城市，从而被明遗民反复吟咏，以寄托他们的故国哀思。

尽管明亡之时朱彝尊才十七岁，但他在清初还是持有着强烈的遗民立场，因此才会对南京倾注不一样的情感，使得这首词在汗牛充栋的金陵怀古诗词中占有重要地位。

这首词看上去还是在重复唐人感伤六朝的传统，但起句的“衰柳白门湾”就已经是明末清初人才会说的话，因为白门柳是属于他们的特定意象，就是寄托明朝不再的哀思。

不过在清朝严密的文字狱下，这种情绪当然不能直白地说出来，必须要有掩饰，而南京的六朝故事恰好成为绝美的掩护。于是当我们在阅读那个年代的作品时，特别是遇及遗民身份或立场的作家讨论金陵或六朝的时候，必须格外注意他们是否醉翁之意不在酒。毕竟在这个意义非凡的城市背后，有着隐微而又周知的时代深意。

1. 雨花台：在今江苏南京城南。
2. 长干：南京古代街巷名。

浣溪沙

王士禛

北郭清溪一带流，红桥风物眼中秋。绿杨城郭是扬州。[1]

西望雷塘何处是，香魂零落使人愁。[2]澹烟芳草旧迷楼。[3]

【赏析】

扬州也是一座充满故事的城市，大运河为其带来的繁庶经济，使得扬州烟花荟萃，浪漫满城。由于其没有做过政治中心，故而难以借古咏怀，抒发沧桑情绪。但王士禛却找到了一处元素，那便是隋炀帝晚年驻跸扬州，并在此结束了充满争议的帝王人生。

不过王士禛并没有把沧桑的焦点落在隋炀帝上，或许是扬州的城市个性，或许是词体文学的写作传统，他将萧皇后作为吟咏重心，使得这场怀古伤今还是多了几分妩媚。

在生命的最后时分，隋炀帝早已众叛亲离，唯有萧皇后依然守候在身边，这对他来说，未免不是一种幸运。萧皇后在后世也没有通常亡国帝后会背负的红颜祸水式骂名，所以她最终与隋炀帝同被弑杀，才会给后人留下诸多叹息。不过，王士禛眼里的隋炀帝萧皇后合葬之处雷塘，已被现代考古学证明是古人误传，不由得又为扬州添上了几分历史的无常。

王士禛（1634—1711），后改王士祯，字子真，一字贻上，号阮亭，又号渔洋山人，世称王渔洋。山东新城（今山东桓台）人。清顺治十五年（1658）进士，康熙四十三年（1704）官至刑部尚书，颇有政声。清初诗人、文学家，继钱谦益之后主盟诗坛，与朱彝尊并称“南朱北王”，诗主“神韵”，影响深远。

1. 红桥：扬州名桥，建于明末，桥上有数丈朱栏，故名。

2. 雷塘：古人认为的隋炀帝陵墓所在地，在扬州城北。香魂：指隋炀帝的萧皇后。

3. 迷楼：隋炀帝于扬州建的行宫。

金缕曲

顾贞观

寄吴汉槎宁古塔，以词代书，时丙辰冬，寓京师千佛寺，冰雪中作。[1]

季子平安否？[2]便归来、平生万事，那堪回首。行路悠悠谁慰藉，母老家贫子幼。记不起、从前杯酒。魑魅择人应见惯，总输他、覆雨翻云手。[3]冰与雪，周旋久。

泪痕莫滴牛衣透。数天涯、依然骨肉，几家能彀。[4]比似红颜多命薄，更不如今还有。只绝塞、苦寒难受。廿载包胥承一诺，盼乌头、马角终相救。[5]置此札，兄怀袖。

又

我亦飘零久。十年来、深恩负尽，死生师友。[6]宿昔齐名非忝窃，只看杜陵穷瘦。[7]曾不减、夜郎僝僽。[8]薄命长辞知己别，问人生、到此凄凉否？千万恨，为兄剖。

兄生辛未吾丁丑。共些事、冰霜摧折，早衰蒲柳。[9]词赋从今须少作，留取心魂相守。但愿得、河清人寿。归日急翻行戍稿，把空名、料理传身后。言不尽，观顿首。

顾贞观（1637—1714），字远平，号梁汾。江苏无锡人。清代文学家。

1. 吴汉槎（chá）：名兆骞，江苏吴江人，工诗文，因顺治科场案而为人所陷，于顺治十四年（1657）谪戍宁古塔（今黑龙江宁安）。丙辰：康熙十五年（1676）。

2. 季子：春秋吴国公子季札素有贤名，号延陵季子，后即以季子指称吴地才士，此处即代指吴兆骞。

3. 覆雨翻云手：陷害好人的阴险小人。

4. 牛衣：乱麻织成的披盖物，一般给牛遮寒。东汉王章少贫寒，夜间只能披牛衣而眠，曾与妻卧于牛衣上对泣。

5. 包胥：申包胥，楚国大夫。伍子胥率吴军攻陷楚国后，申包胥立誓要为楚国复国，后果实现。乌头马角：燕太子丹本于秦国为人质，求归，秦王云除非乌鸦头白，马头生角，才能放归。太子丹仰天长叹，感于上苍，居然乌头变白，马也生角。

6. 十年：顾贞观康熙五年中举，至此词写作，正过十年。

7. 杜陵穷瘦：杜甫自称少陵野老，故后人称其杜陵。李白《戏赠杜甫》诗有云："借问别来太瘦生，总为从前作诗苦。"

8. 夜郎：汉时南方小国，在今贵州西部，李白曾被流放至此。

9. 蒲柳：水杨，凋零最早的树木。

【赏析】

这两首词必须放在一起来看，因为这是一篇组词。词人顾贞观以词代信，抒发自己与远在东北宁古塔的挚友吴兆骞的深情厚谊。

吴兆骞是江南著名才士，他于顺治十四年（1657）参加江南乡试，考中举人。然而这一年的江南乡试爆发了一次震惊天下的舞弊案，顺治帝因此大怒，遂将此年中举人者全部押解进京，由他亲自主持重考，合格者方允许保留举人身份，否则一律治罪。然而吴兆骞却才华自负，拒绝接受重考，于是锒铛入狱。尽管后经查明他确实没有参与舞弊，但仍然被判流放宁古塔。临行前，好友顾贞观与他送别，并承诺全力解救。

然而二十年过去了，顾贞观依然一筹莫展，自己也并没有混出名堂，只是在当朝重臣明珠之子纳兰性德手下当幕僚。他也曾向纳兰性德求助，但纳兰因为与吴兆骞并无交情，所以并未理会顾贞观的请求。万念俱灰之下，顾贞观写下了这一组名作。

第一首代吴兆骞立言，描述他孤身塞北苦寒的萧瑟。顾贞观没有直接描写，反倒从吴兆骞的家人着笔，既彰显他的责任感，又通过亲情更加突出他的凄惨。而且在上阕用“魑魅”“覆雨翻云手”暗讽清政府的文字狱和阿谀奉承的小人，在这样的环境下，正直书生只能沦落冰雪荒寒，默默感伤自己的苦命。自己也为老友奔波游走二十年，却始终成空，这世间的公正又在何方？尽管如此，顾贞观仍然没有放弃努力，还是将履行自己的承诺。

第二首顾贞观自悼身世。这二十年来，他先花了十年时间考进士，但中举之后却依然不能解救老友，还是过着贫寒潦倒的生活，又空度了十年光阴。他在感伤老友苦寒荒凉之际，也觉得自己的境遇同样凄凉，不仅与老友分别二十年，而且亲爱的妻子也已离世，只留下生者无尽感慨。尽管饱含凄凉的吴兆骞与顾贞观心意相通，甚至这样的身世遭遇能大为提高自己的诗歌水准，但这些都是身后空名，对目前的现状没有任何帮助。

顾贞观用说家常话的方式将心中的悲愤淋漓倾泻，展现着二人自负清才却潦倒不堪的身世。其实吴兆骞也好，顾贞观也好，他们的经历其实是那个年代汉族知识分子共同的凄凉，才华与学问并不能改变自己的命运，还需要依附王公贵族，甚至完全拜倒在皇权之下。

吴兆骞的命运还是依靠王公贵族的力量才得到改变。当纳兰性德看到顾贞观这组《金缕曲》后，感动落泪，遂允诺解救。五年之后，吴兆骞终于获准回乡。但二十五年就这样没有了，他的人生也已难言前程，只能在故乡的杏花春雨间感慨依然的凄凉。

木兰花令 纳兰性德

拟古决绝词柬友

人生若只如初见，何事秋风悲画扇。等闲变却故人心，却道故人心易变。

骊山语罢清宵半，泪雨霖铃终不怨。[1]何如薄幸锦衣郎，比翼连枝当日愿。

【赏析】

时间的无情不仅在于静静地流逝着美好年华，还在于它会冲淡最初的深情。随着时间的推移，一切变得寻常，曾经的激情便会消散，似乎就会寻找新的刺激。所以面对背叛与情淡，多少人会产生这样人生若只如初见的感慨。

不过纳兰性德更进一层，道出了时间的无情只不过是人的借口，是因为本身就是多变花心，所以才会移情别恋。如果真的丹心如铁，那显然再长的时间也不会消泯初见时的情感。

这首词的词题叫拟古决绝词，于是全词是以一位女性的口吻，斥责背叛自己的男性，并与之绝交。不过纳兰性德是借此抒发与朋友绝交的心情。他虽然愤怒，但还是将怨意藏而不露地表达。

爱情也好，友情也罢，都是人间种种情感的一面，任何的关系都会遭遇这种若如初见的感慨与危机。不管是抛弃的一方，还是被抛弃的一方，或许都应该扪心自问一下，自己的内心是不是早就与先前不一样了。

纳兰性德（1655—1685），叶赫那拉氏，字容若，号楞伽山人。满族正黄旗人。康熙朝权臣明珠之子。清代初年词人，

1. 泪雨霖铃：传说唐玄宗入蜀时，在斜谷中遇霖雨十余日，栈道中闻雨打车铃之声与山相应，想起途中被迫赐死的杨贵妃，遂忧伤不已，作《雨霖铃》曲以寄恨。

浣溪沙

纳兰性德

谁念西风独自凉，萧萧黄叶闭疏窗。沉思往事立残阳。

被酒莫惊春睡重，赌书消得泼茶香。[1]当时只道是寻常。

【赏析】

人正在经历幸福的时候，往往只会尽情沉浸，哪会想到这段时光是多么来之不易，又匆匆即逝？只有最细腻深情的人，才会在一片祥和快乐的氛围中感到好景不长的忧虑。而对于普通人来说，一般就和纳兰性德这样在繁华过去的落寞中空自追悔，感慨着当时只道是寻常。

下阕出现了李清照与赵明诚的故事，显然纳兰性德是在悼念亡妻，但词末的重笔感慨是面对每一场散去的幸福时都适用的。尽管纳兰性德是一位翩翩贵族佳公子，但他总是放下身段，用普通人的情绪面对生活中的种种悲伤，又用平白如话的语言表达出来，使得普通读者不需要寻找浓艳词句背后的婉转深意，只凭个人的生活经验就能抓取到微妙情绪，所以纳兰词才会感动那么多的读者。

1. 赌书：李清照与赵明诚曾于家中烹茶，指架上某书，言某事在某书某卷第几页第几行，以中否角胜负，为饮茶先后。李清照屡胜，大笑，茶泼于衣上。

长相思

纳兰性德

山一程，水一程，身向榆关那畔行。[1]夜深千帐灯。

风一更，雪一更，聒碎乡心梦不成。[2]故园无此声。[3]

【赏析】

纳兰性德善于用短句营造画面，开篇山一程水一程的叠章咏唱，就用简要的方式传递着旅途的艰辛。突然接以夜深千帐灯的画面，似乎在用温暖消解旅途孤苦，但他自己其实是身处千灯之外，别人家的灯火温情其实与自己无关，反倒更加衬托出自身的孤寂忧伤。

下阕继续铺陈旅途孤苦，此夜也只有千帐灯是略有温暖，外界环境是一片风雪大作，将此刻想要梦中回到温暖家乡的愿望都吹破了，于是也就更加厌恶这片空间，更加怀念身后的故乡。

纳兰性德如今在什么地方？“身向榆关那畔行”一句已经透露出个中消息，他现在来到了山海关外的东北，所以面对着风雪苦寒。然而作为清朝贵族，东北本是他自己的故乡，是列祖列宗发迹的地方，是他真正的故乡。但他却不仅不把这里当成故乡，还无比嫌弃，始终想念汉家的土地北京。

其实纳兰性德此行是跟随康熙皇帝出关东巡，主要任务是祭祀太祖努尔哈赤与太宗皇太极，向祖宗报告平定了云南吴三桂的叛乱。在这样的目的下，纳兰性德仍然对关外的苦寒感到烦乱，还是深情怀念关内的北京，虽然可以体现他的一片坦诚的赤子之心，但却还是令人感到唏嘘。

自从清军入关，定都北京之后，清政府就非常重视传统的葆育，

---

1. 榆关那畔：榆关，山海关。那畔即指山海关外。
2. 聒（guō）：声音嘈杂。
3. 故园：故乡，指北京。

要求贵族都要训练骑射，延续他们的立身之本，还将东北视作龙兴之地而禁止随便进入，更严格禁止贵族与汉族通婚。但在此刻的康熙二十一年（1682），仅仅离入关过去三十八年，一位贵族公子就已然发出了如此凄凉的乡思，嫌弃起祖宗发迹的龙兴之地，当然是最高统治者始料未及的事情。可见无论清朝皇室再怎么防范，也阻止不了汉文化的冲击。而纳兰性德这番有些忘本的乡愁，其实也昭示着八旗子弟忘记传统，日益骄逸的未来。

临江仙

纳兰性德

寒柳

飞絮飞花何处是，层冰积雪摧残。疏疏一树五更寒。爱他明月好，憔悴也相关。

最是繁丝摇落后，转教人忆春山。湔裙梦断续应难。西风多少恨，吹不散眉弯。

【赏析】

这是一首咏柳词，寄寓着纳兰性德对亡妻深挚的思念。

词人面对着眼前的柳树，无时不联想着故去的妻子。现在是秋天，飞舞的柳絮早已不知所踪，恰如离世许久的妻子，不知道她到底去向了何处，唯有自己孤独地面对萧瑟的现实世界。在这样的情形下，也就爱恋起月亮，它的残缺仿佛明白自己此刻的忧伤情绪。

下阕将目光投向此刻正被西风摇落的柳叶，弯曲的柳叶往往被文人用来形容女性姣好的弯眉，于是又成为亡妻的代指。纳兰性德由此回忆起过往夫妻生活的日常，但这有什么用呢？就算反复想念，更在梦中常常相见，但现实的情缘显然无从继续了。

在过往与现实的双重借代下，词人在末句迎来了强音。满是愁恨的西风，吹不散弯弯的眉头。这或许是在说西风不能将自己因思念亡妻而紧锁的眉头吹开，但西风本来就是充满愁恨的，它怎么能为纳兰性德消解此刻的忧愁呢？所以最后的眉弯当然不是纳兰性德自己的眉头，而是眼前如眉般的柳叶。多恨的西风正在吹落柳叶，但是无论西风再怎么愁恨，再怎么无情，都吹不尽枝头的柳叶。因为柳叶是亡妻的化身，她将始终萦绕在纳兰性德的脑海之中。对亡妻的思念只要还在，眼前的柳树就一直会眉弯满枝。

木兰花慢

蒋春霖

江行晚过北固山

泊秦淮雨霁，又灯火、送归船。正树拥云昏，星垂野阔，暝色浮天。芦边。夜潮骤起，晕波心、月影荡江圆。梦醒谁歌楚些？泠泠霜激哀弦。[1]

婵娟。不语对愁眠。往事恨难捐。[2]看莽莽南徐，苍苍北固，如此山川。钩连。更无铁锁，任排空樯橹自回旋。[3]寂寞鱼龙睡稳，伤心付与秋烟。

【赏析】

描写羁旅惆怅的词作太多太多，其间借感伤往事抒发当下惆怅的也数量可观，但往往只是寂寞相思，风格也比较柔婉与凄美。

蒋春霖这首词同样在写旅途愁绪，也同样提到了令人感慨的往事，但却沉郁悲壮、幽怨苍凉。尽管词中并没有明确表达往事的具体内容，不过种种迹象都表明这不是普通的男女相思，而是另有高远的寄托。词中有两处化用杜甫诗句的地方："星垂野阔"化用《旅夜书怀》的"星垂平野阔，月涌大江流"；"寂寞鱼龙睡稳"化用《秋兴八首·其四》的"鱼龙寂寞秋江冷，故国平居有所思"。这已经足够透露出，他牵挂的，是脚下这片祖国山河。

蒋春霖（1818—1868），字鹿潭。江苏江阴人。晚清词人。

1. 楚些：指《楚辞》。

2. 往事：1840年，中英鸦片战争爆发，双方互有胜负。1842年6月，英军攻陷长江出海口，遂溯江而上，欲切断中国南北经济命脉大运河。7月21日，英军攻陷镇江。8月4日，英军进逼南京下关江面。清朝政府遂与英国展开和谈，签订了中国近代历史上第一个不平等条约中英《南京条约》。蒋春霖此词的往事即指这段战事。

3. 铁索：东吴末年，为了防止西晋渡江来袭，东吴君臣想出在长江上铺设铁索的方式，试图以此切断西晋战船的行船路线。蒋春霖此处即暗讽清政府不仅不利用南京镇江一带的险要山川组织有效防御，也不积极谋划任何的抗敌策略。

此时的中国，正遭受着列强入侵，国力衰微，甚至民族也到了生死存亡的关头。蒋春霖正是将这样的局势感慨引入词篇，才产生了如此旧瓶新酒的作品，词体文学也在新的变局下焕发着新的生命。

到了晚清，词体文学的创作经验已经极为丰富，一位作者完全可以只凭借鉴前人，涂抹出一首像模像样的新词。但实际上，时代已经发生了天翻地覆的改变，现代人面对的情事要比古人复杂得多，那么再用古人的那一套诗词语言系统来表达变化了的情感，就会显得浅薄而无神。只有真正面临大喜大悲的时候，只有真正拥有强烈感慨的时候，才能写出不输古人的篇章。蒋春霖便做了最生动完美的展示，值得当下对旧体诗词写作有兴趣的人反复领会。

浪淘沙

王鹏运

华发对山青，客梦零星。岁寒濡呴慰劳生。[1]断尽愁肠谁会得，哀雁声声。

心事共疏檠，歌断谁听。墨痕和泪渍清冰。留得悲秋残影在，分付旗亭。

【赏析】

王鹏运这首词有个题目，叫“自题《庚子秋词》后”。这本《庚子秋词》是王鹏运自编词集，收录了他在庚子年所作的词篇，这首词就是王鹏运为集中诸词所作的自我总结。

这首词写得极为悲怨，情感所指却扑朔迷离，很难从字面上看出他到底为何那么伤痛。但是庚子的纪年已经足以披露他的内心，这首悲秋词，以及词集里收录的所有作品，都为感伤国事而作。

王鹏运提到的庚子年即1900年，这是晚清历史上非常重要的年份。鸦片战争之后，西方列强不断蚕食中国，欺凌百姓，导致中国民众愤恨极深，遂兴起了义和团。义和团人数众多，他们活动于北京、天津、河北一带，拆毁铁路，焚烧教堂，专杀洋人，导致了西方列强的强烈不满，要求清政府镇压取缔义和团。

然而清政府对义和团的态度模棱两可，使得西方列强试图自己解决义和团问题，就又遭到义和团更为猛烈的报复，矛盾日益激化。于是在1900年，有八个国家组成联军，突然向清政府发出最后通牒，并开始攻打天津。面对如此情况，慈禧太后于1900年6月21日向八国宣战，决定抗击列强的入侵。

王鹏运（1849—1904），字佑遐，一字幼霞，自号半塘老人。广西临桂（今广西桂林）人。晚清词人。

1. 濡呴（xǔ）：相濡以沫，相呴以湿的省称。

然而清军很快就节节败退，8月15日，八国联军已经攻占北京，开始向紫禁城发动进攻，然而慈禧太后早已仓皇逃向西安去了。尽管很快联军就停止进攻紫禁城，但却下令特许军队公开抢劫三日，北京城顿时陷入灾难之中。这场公开抢劫至少持续了八天，中国百姓遭到了深重摧残，无数珍宝被掠夺，以圆明园为代表的大量建筑被焚毁，国家已经不成国家了。这场灾难被称为庚子国难，也就是王鹏运如此悲愤的原因。

在晚清词人的创作观念中，有着很强的以词记录当代历史的意识，王鹏运的《庚子秋词》便是杰出代表。这些词篇反映了那个混乱孱弱的年代，中国士大夫的沉痛与无助，是那一代人的心灵记录。不过在如此国难当头的时候，像这样哭泣哀鸣是没有用的，只能向虎狼之敌展示软弱，从而遭到更加凶残的欺凌。时代需要的是勇于抗争的志士豪杰，在各个方面带领中华民族走向现代，不再落后于世界，摆脱充满苦难的深渊。

鹧鸪天　　秋瑾

祖国沉沦感不禁，闲来海外觅知音。金瓯已缺总须补，为国牺牲敢惜身。[1]

嗟险阻，叹飘零，关山万里作雄行。[2]休言女子非英物，夜夜龙泉壁上鸣。[3]

【赏析】

面对着日益破碎飘零的中国，志士仁人的抗争壮声逐渐嘹亮起来，救亡图存的运动在进入二十世纪后愈发高涨。随着现代意识的传入与普及，中国女性开始觉醒，她们呼唤着自身权利，将家国天下视作自己的责任，因此也积极投身于救亡事业，她们的信念与勇敢并不输给任何一位男性。秋瑾便是其中的杰出代表。

这首词是秋瑾赴日本留学前所作的抒怀，开篇痛述当下国家沉沦、山河破碎的现实，直接迸发出不惜献出生命也要为救国事业而奋斗的强音。下阕突然节奏转缓，设想自己东渡日本的风雪兼程。尽管笔势柔婉起来，但依然展现出从容不迫的英雄豪情。她为何去日本留学？真的是上阕所言去海外寻觅闲情的知音吗？寻找知音当然没错，但他们并非花前月下的浪漫朋友，而是能与自己共舞龙泉的战友。

尽管这首词直抒胸臆，但并没有豪放末流的粗放叫嚣之嫌。真正的豪放词，需要词人的博大才气或者真正的英雄气概才能驾驭。而撑起此词如此雄壮风韵的，正是一代女杰峥嵘的风骨，傲立的人格。

秋瑾（1875—1907），近代民主革命志士，中国首位女权运动者。

1. 金瓯：指国土。

2. 作雄行：即指自己东渡日本求学，有如当年女扮男装的花木兰。

3. 英物：英雄人物。龙泉：宝剑名。传说四方有战事，即飞起指向用兵方位；若收起不用，则在匣中发出龙虎之声。

浣溪沙　　王国维

山寺微茫背夕曛，鸟飞不到半山昏。[1]上方孤磬定行云。[2]
试上高峰窥皓月，偶开天眼觑红尘。可怜身是眼中人。

【赏析】

王国维是清末民初著名的国学大师，在众多研究领域都有精深的造诣。在词学方面，更是将传统词学批评现代化的领路人，他的《人间词话》影响了当时的大批学者，同时也在大众读者间广为流传。直到今天，这本薄薄的谈词小册子在词体文学爱好者心中的地位依旧不减。

这样一位博学多识的鸿儒，往往也是一位睿智的哲人，思考着宇宙人生的终极命题。王国维不仅可以达到这样的高度，而且可以用东西方的不同思维展开思考。作为传统中国士大夫学者，王国维对于儒学、禅学与老庄当然非常熟悉，而身处晚清近代，他又接触到大量的西方哲学著作，其间尤以德国悲观主义哲学家叔本华的思想对王国维影响颇大。于是王国维的思想相对悲观，觉得人生充满了无法摆脱的苦难。如果在这样的哲理思考中添加些佛禅的元素，那么就会出现类似此词这样的空灵独悲。

这首词实际上是王国维一次哲理思考过程的文学再现。山顶的寺庙就象征着宇宙人生的最高道理，是代代哲人不断追求的终极命题。想要达到解答命题的山顶自然非常困难，所以象征着芸芸众生的鸟儿只能在半山腰停下了脚步，只能感慨寺庙钟声的空灵与神秘。

但是王国维并不是凡人，他尝试向顶峰攀登，去理解映照着世

王国维（1877—1927），初名国桢，字静安，亦字伯隅，初号礼堂，晚号观堂，又号永观，谥忠悫。浙江海宁人。民国初年学者。

1. 夕曛：落日的余晖。

2. 上方：寺庙。

间万物的皓月。这回他成功了，到达了山顶，睁开了可以窥探宇宙人生本质的天眼，看见了世间所有的荣辱得失不过是一粒红尘，英雄也好，凡人也好，其实都逃不过湮没于滚滚红尘之间的命运，在历史间留不下什么痕迹。这当然是一种悲观的理解，但是王国维将这悲观又往深处推了下去。理解了这些又有什么用呢？自己并不是超脱于三界轮回之外的罗汉菩萨，只是芸芸众生中的一个，刚刚睁开天眼看到的所有的人生纷扰，自己都将无法躲避地经历。

或许，人生中的未知磨难其实并不可怕，可怕的是自己知道这样那样的磨难将在未来的那一天降临。

陈引驰

复旦大学中文系教授，博士生导师
复旦中国古代文学研究中心教授、副主任
主要研究领域为中国古代文学、道家思想与文学、
中古佛教文学、古典诗学及近现代学术史

著作
《唐诗三百首》
《宋词三百首》
中国最美古诗词系列：
《你应该熟读的中国古诗》
《你应该熟读的中国古词》
《你应该熟读的中国古文》

你应该熟读的中国古词

编著 _ 陈引驰

产品经理 _ 张晨　装帧设计 _ 李子琪　产品总监 _ 应凡
技术编辑 _ 顾逸飞　责任印制 _ 梁拥军　策划人 _ 吴畏

营销团队 _ 毛婷 阮班欢 孙烨

果麦
www.guomai.cc

以 微 小 的 力 量 推 动 文 明

图书在版编目（CIP）数据

你应该熟读的中国古词 / 陈引驰编著 .— 济南 ：
山东文艺出版社，2023.4
ISBN 978-7-5329-6852-7

Ⅰ . ①你… Ⅱ . ①陈… Ⅲ . ①词（文学）—诗歌欣赏—
中国—古代 Ⅳ . ① I207.23

中国国家版本馆 CIP 数据核字（2023）第 040936 号

责任编辑：王玲玲
装帧设计：李子琪

你应该熟读的中国古词

NI YINGGAI SHUDU DE ZHONGGUO GUCI

陈引驰　编著

主管单位　山东出版传媒股份有限公司
出版发行　山东文艺出版社
社　　址　山东省济南市英雄山路 189 号
邮　　编　250002
网　　址　www.sdwypress.com

读者服务　0531-82098776（总编室）
　　　　　　0531-82098775（市场营销部）
电子邮箱　sdwy@sdpress.com.cn

印　　刷　河北鹏润印刷有限公司
开　　本　890mm×1280mm　1/32
印　　张　12
字　　数　310 千
版　　次　2023 年 4 月第 1 版
印　　次　2023 年 4 月第 1 次印刷
书　　号　ISBN 978-7-5329-6852-7
定　　价　58.00 元